只 为 优 质 阅 读

爱是半开的花朵

沈从文 著

江苏凤凰文艺出版社
JIANGSU PHOENIX LITERATURE AND ART PUBLISHING, LTD

目 录
CONTENTS

雨后[1]

“我明白你会来，所以我等。”

“当真等我？”

“可不是，我看看天，雨快要落了，谁知道这雨要落多大多久，天又是黑的，我喊了五声，或者七声。我说，四狗，四狗，你是怎么啦！雨快要落了，不怕么？全不曾回声。我以为你回家了。我又算……雨可真来了，这里树叶子响得怕人，我不怕，可只担心你。我知道你是不曾拿斗篷的。雨水可真大，我躲在那株大楠木下，就是那株楠木，我们俩……忘记了么？你装。我要问你到底打哪儿来，身上也不湿多少，头又是光的，我问你，躲到什么洞里。”

四狗笑，四狗不答。他不说从家中来，她便明白的。

他坐到那人身边去，挤拢去坐，坐的是些桐木叶。

这时雨已过前山，太阳复出了，还可以看前山成块成片的云，像追赶野猪，只飞奔。四狗坐处四围是虫声，是树木枝叶上积雨下滴的声音，上是个棚，雨后太阳蒸得山头出热气，四狗头上却阴凉。头上虽凉心却热，四狗的腰被两只手围着了。

---

① 本篇发表于 1928 年 9 月 10 日《小说月报》第 19 卷第 9 号。署名甲辰。

“四狗，——”想说什么不及说，便打一声唿哨。

因为对山有同伴，同伴这时正吹着口哨找人。

同伴是在雨止以后又散在山头摘蕨，这时陪四狗坐的也是摘蕨人。

在两人背后有一个背笼，是她的。四狗便回头扳那背笼看。

“今天怎么只得这一点？……喔，花倒得了不少。还有莓咧，我正渴，让我吃莓吧。下了一阵雨，莓是洗淡了，这个可是雨前摘的。我喂你一颗，算我今天赔礼，不成吗？”

“要你赔礼？我才……”

她把围着四狗的腰的两只手放松了，去采地上的枯草。

“我告你，我也总有一天要枯的，——一切也要枯，到八月九月，我总比你们枯得更早。”

四狗莫名其妙，他说道：

“我的天，我听不懂你的话。”

“我也不一定要你懂，你总有一天懂的。”

“让我在这儿便懂，成不成？”

“你要懂，就懂了，载不得我说。”她又想，“聋子耳边响大雷”，就哧的笑了。

四狗不再吃莓了，用手扳并排坐的人头。黑色的皮肤，红红的嘴，大大的眼睛与长长的眉毛。四狗这时重新来估价。鼻子小，耳朵大，下巴是尖的，这些地方四狗却放过了。他捏她辫子，辫子是先盘在头上，像一盘乌梢蛇，这时这蛇挂在背后了，四狗不怕蛇咬人，从头捏至尾。

“你少野点。”说了却并不回头。

因为蛇尾在尾脊骨下，四狗的手不得到警告以前，已随随便便到……

四狗渐渐明白自己的过错了。通常便如此，非使人稍稍生气，不会明白的。于是他亲她的嘴——把脸扭着不让这么办，所亲的只是耳下的颈子。四狗为这个情形倒又笑了。他算计得出，这是经验过的，像看戏一样，每戏全有打加官。打加官以后是……末了杂戏热闹之至。

稍停停，不让四狗看见，背了脸，也笑了，四狗不必看也清楚。

四狗说："莫发我的气好了。"

"怎么还说人发你的气。女人敢惹男子吗？……嘘，七妹子，你莫癫！"

后面的话音扬得极高，为的是应付对山上一个女人的唱歌。对山七妹子知道这一边山草棚下有阿姐与四狗在，就唱歌弄人。

四狗是不常常唱歌的，除非是这时人隔一重山——然而如今隔一层什么？他的手，那只拈吃过特意为他摘来的三月莓的手，已大胆无畏从她胁下伸过去，抓定一只奶了。

但仍然得唱，唱的是：

大姐走路笑笑底，一对奶子翘翘底，
心想用手摩一摩，心子只是跳跳底。

四狗的心跳，说大话而已。习惯事情不能心跳了，除非是把桐木叶子作她的褥，四狗的身作她的被，那时得使四狗只想学狗打滚。

对山的七妹子，像看清四狗唱这歌情形下的一切，便大声的喊："四狗！四狗！你又撒野了，我要告！"

"七妹你再发疯，你让我捶你！"

作妹的怕姐姐，经过一阵吓，便顾自规规矩矩扯蕨去了。这里的四狗不久两只手全没了空。

像捉鱼，这鱼是活的，却不挣，是四狗两手的感觉。

四狗不认字，所以当前一切全无诗意。然而听一切大小虫子的叫，听晾干了翅膀的蚱蜢各处飞，听树叶上的雨点向地下的跳跃，听在身边一个人的心跳，全是诗的。

“请你念一句诗给我听。”因为她读过书，而且如今还能看小说，四狗就这样请。

明白她是读书人，也就容易明白先时同四狗说话的深意了。她从书上知道的事，全不是四狗从实际上所能了解的事。为是要枯了，女人只是一朵花。真要枯。知道枯比其他快，便应当更深的爱。然而四狗不是深深的爱吗？虽然深深的爱，总还有不够处，这是认字的过错。四狗幸好不认字，不然这一对，当更不知道在这样天气下找应当找的快乐了。

说是请念一句诗，她就想：

念深了又不能懂，浅了又赶不上山歌好，她只念：“落花人独立，微雨燕双飞。”景不洽，但情绪是这样情绪。总还有比这个更好的诗，她不能一一去从心中搜寻了。

四狗说这诗好，——不是说诗好，他并不懂诗，是说念诗的人与此时情景好罢了。他说不出他的快乐，借诗泄气。

手是更其撒野了，从奶子滑下去，停到裤带边。

“这样天气是不准人放荡的天气，不知道么？”

四狗听到说天气，才像去注意天气一样，望望天。天是蓝分分，还有白的云。白的云若能说是羊，则这羊是在海中走的。四狗没见过海，但是那么大，那么深，那么一望无边，天也可以说是海了。

“我说天气太好了，又凉，又清，又……”

“你要成痨病才快活。”

“我成痨病时，你给我的要有好多！”四狗意思是身体强，纵听过人说年青人不注意身体就会害痨病，然而痨病不是一时起的事。

"给你的，——给你的什么？呸！"

到底给什么，四狗也说不出口。于是被呸了也不争这一口气。说出来，难道算聪明么？

到后他想到另外一个事情，要她把舌子让他咬。顽皮的章法，是四狗以外的别一个也想不出，不是四狗她也不会照办。

"四狗你真坏，跟谁学到这个？"

四狗不答，仍然吮，那么馋嘴，那么粘糍，活像一只叭儿狗。

"四狗……你去好了。"

"我去，你一个人在这里呆着成？"

她却笑，望四狗，身子只是那么找不到安置处，想同四狗变成一个人。她去捏四狗在平时不能轻易尽人损害的一样东西，像生气的是附属于四狗的那个它。

她把眼闭了，还是说，"四狗，你去了吧。"

四狗要走，可也得呆一会儿。

他看她着急。这是有经验的。他仍然不松不紧的在她面前缠，则结果她将承认四狗在她面前放肆是必要的一件事。四狗"坏"，至少在这件事上是坏的，然而这是有纵容四狗坏的人在，不应当由四狗一人负责。

"我让你摆布，四狗可是，你让我……"

一切照办，四狗到后被问到究竟给了他多少，可胡涂得红脸了。头上是蓝分分海样的天，压下来，然而有席棚挡驾，不怕被天压死。女人说，四狗，你把我压死了吧！也像有这样存心，到后可同天一样，作被盖的东西总不是压得人死的。

四狗得了些什么？不能说明。他得了她所给他的快活。然而快活是用升可以量还是用秤可以称的东西呢？他又不知道了。她也得了些，她得的更不是通常四狗解释的快乐两字。四狗给她一些气力，一些强硬，一些温柔，她用这些东西把自己陶醉，醉到不知人事。

一个年青女人，得到男子的好处，不是言语或文字可以解说的，所以她不作声。仰天望，望得是四狗的大鼻子同一口白牙齿。然而这是放肆过后的事了。

“四狗，不许到井边吃。那个冷水！”

在草棚的她向下山的四狗遥喊时，四狗已走到竹子林中，被竹子拦了她的眼睛了。

天气还早，不是烧夜火时候。雨不落了，她还是躺着，也不去采蕨。

王嫂[1]

厨房中忽然热闹起来，问一问，才知道帮工王嫂的女儿来了。年纪十八岁，眼睛明亮亮的。梳一饼大的发髻。脸圆圆的，嘴唇缩小如一个烟荷包。头上搭了一片月蓝布，白腰围裙上绣了一朵大红花，还钉上一些小小红绿镜片。说话时脸就发红，十分羞涩，在生人面前总显得不知如何是好神气。问问王嫂，才知道女儿还刚出嫁五个月，丈夫在乡下做田，住在离昆明府四十里乡下。穿的衣还是新娘子衣服。主人说:“王嫂，你大姑娘到这里来是客，炒几个鸡蛋，留她吃饭去！”王嫂就望着那女儿痴笑:“太太说留你吃饭，不要走，可好！”女儿也笑着。一家大小知道王嫂有个好女儿，都来看看，都交口称赞王嫂福气好。

王嫂只是笑，做事更热心了一些。王嫂不特有个好女儿，还有个好儿子！儿子十二岁，已到城西区茶叶局服务当差，净挣十五块钱一

---

① 本篇 1940 年 5 月 29 日发表于香港《大公报·文艺》第 848 期。署名沈从文。1942 年修改后发表于《文聚》月刊第 1 卷第 2 期。1946 年 10 月 13 日及 10 月 21 日分别发表于天津、上海《益世报》。修改后几次发表均署名沈从文。现据上海《益世报·益世副刊文艺版》编入。

个月。局里管教严，孩子长得也还干净清秀，穿上一件灰色制服，走路脱脱脱，见过的人都说他有福气，相并不贱，一定有点出息。王嫂怕他不学好，所以一来就骂，装成生气样子，要孩子赶快回去，孩子虽是唯一宝贝，可并不溺爱成性，行为还守规矩，并且不胡乱花钱。

王嫂因事离开了这家中约五个月，大约在别处主仆之间感情不大好，到后又回转这里来了。在这一家中的工作是洗衣烧饭，间或同卖鸡蛋清毛房的乡下人嚷嚷，一切动机行为无不出于护主。为人性情忠诚而快乐，还知清洁，又惜物不浪费，所以在一家中极得力，受一家重视。这点重视为王嫂感觉到时，引起她的自尊心，凡事便更做得有条理。

有一天，因为另外一个乡下妇人来了，带了些豆子来看王嫂，一面说一面抽抽咽咽。来人去后，问起一年前那个作新媳妇的女儿，才知道已在五个月前死掉了，因为生产，在乡下得不到帮助，孩子生下地两天，女儿血流不止，家里人全下了田，想喝水不得水喝，勉强去厨房喝了些水缸脚沉淀，第二天腹痛就死去了。孩子活了两个月，也死去了。经过这样大变故的王嫂，竟从不提起，还是一切照常，用来稳定她的生命或感情的，原来是古人的“生死有命，富贵在天”八个字。她相信八字。

说起女儿死去情形，她说：“他们忙收麦子，大麦稞麦，用车子装满一车一车马拖着走。家里下田去了。我女儿要喝水喝不到，把水缸脚水喝下肚，可怜，她嚷痛也痛，就死了！死了她男人哭，不许棺材抬出门。自己可要去做壮丁，抽签到头上，过盘龙寺当兵去，生死有命。”

吃晚饭时，王嫂加上一碗新蚕豆，原来就是白天那亲家送来的。亲家是女儿的婆婆，所以两人说起时，心酸酸的，眼睛湿莹莹的，都想念着儿女。可是女儿早已腐烂了。

王嫂女儿虽死了，儿子却好好的。一个月必来看看她，就便把工薪交上，王嫂另外送他两块钱作零用。

这家里同别的人家一样，有鸡，有狗，有猫儿。这些生物在家中各有一个地位。一切却统由王嫂照料。

把午饭开过，碗盏洗理清楚后，王嫂在大院中喂鸡，看鸡吃食。若看见横蛮霸道的大公鸡欺侮小母鸡时，好像有点物伤其类情感，就追着那公鸡踢一脚，一面骂着“你个良心不好的扁毛畜生，一天吃多少！我要打死你。”公鸡还是大模大样不在乎，为的是这扁毛畜生已认识了王嫂实在是个“好人”。公鸡是著名哲学教授老金寄养了下来的。每天大清早，家中小黑狗照例精神很好，无伴侣可以相互追逐取乐的，因此一听公鸡伸长喉咙鸣叫，就似乎有点恶作剧，必特意来追逐公鸡玩。这种游戏自然相当激烈，即或是哲学教授的公鸡也受不了的。因此这庄严生物，只好一面逃跑一面咖呵咖呵叫唤，表示对这玩笑并不同意，且盼望有人来援救出险。这种声唤自然引起了一家人的关心，但知道是小狗恶作剧，总不理会，到后真正来援救解围的，照例只有王嫂一人。

那时节王嫂也许已经起床，在厨房烧水了，就舞起铁火钳出来赶狗，同小狗在院中团团打转。也许还未起床，等到被小狗恶作剧闹到自己头上，必十分气愤的，从房中拿了一根长竹竿出来打狗，这枝竹竿白天放在院子中晒晾衣服，晚上还特意收进房中，预备打狗。小狗虽聪明懂事，食料既由王嫂分配，对王嫂也相当敬畏，并且眼见那枝竹竿是王嫂每天打它用的。只是大清早实在太寂寞了，精神兴趣又特别好，必依然折磨折磨大公鸡，自己也招来两下打，因此可好像一个顽皮孩子一般，讨了个没趣后，答答的跑到墙角去撒一泡尿，再不胡闹。尽管挨骂，挨打，小狗心中还是清楚明白，一家中唯有王嫂最关心它。

王嫂每天照例先喂狗，后喂鸡。狗吃饱后就去廊下睡觉。喂完了鸡，向几只鸡把手拍拍，表示所有东西完了完了，那几只鸡也就走过大油加利树下爬土玩去了。因此来准备开始做自己事情。下半天是她洗衣的时间，天气好，王嫂更忙。院子有两大盆待洗的衣服；老太爷的，老爷的，先生的，少爷的，太太的，小姐的，还加上自己在茶叶局作小勤务十二岁小儿子的。衣服虽不少，她倒不慌不忙的做去。事情永远作不完，可并不使她懊恼。一面搓衣一面间或还用本地调子唱唱歌，喉咙窄，声调十分悦耳。为主人听到时，要她好好唱下去，就害臊，把个粉脸羞得红红的，决不再开口。唱歌的用意原来只在自己听听，为自己催眠，凭歌声引导自己到一个光明梦境里去。

她目下有十二块钱一个月，儿子却有十五块，两人赚的钱都没有用处，积聚一年可捎回乡下去买一亩二分田地，打仗不讲和，米粮贵，一点收入虽少，利上翻利，五年不动用，会有多少！再过八年儿子长大了，所长保举他进军官学校，接一房媳妇，陪嫁多的不要，只要有十亩地，两头水牯牛，一切事都简单具体，使这个简单的人生活下来觉得健康而快乐，世界虽不断的大变，人心也在变，鸡狗好像都在变，唯有这个乡下进城的农妇，人生观和希望，却始终不变。

三月后天气转好，城区常有空袭警报。警报来时，家中主人照例分成两组，一组外出，一组不动。王嫂对外出最匆忙的照例要笑笑，一面笑一面说："先生，来了来了，快走快走！"话说得极少，意思似乎倒很多，有点讽刺，有点爱娇，主要表示倒是她并不怕。飞机到头上也不怕。为什么不怕？孔子遗教在这颗简单的心上有了影响，"生死有命，富贵在天"。还记起一个故事，"黄巢杀人八百万，在劫数的八方有路难逃，不在劫数的，坐下来判官不收你。"两句简单话语和一个简单故事，稳定了这个简单的心，在平时，因此做事很尽力，做人很可靠，在乱时，她不怕，炸到头上机会既不多，炸不到头上她当真不怕。

疏散的出门去后，不出门的照例还是各在房中做事读书，院中静静的，剩下王嫂一个人，却照例还是洗衣，一面洗衣，一面计数空中飞机数目，好等等报告给主人。或遇到什么人来院中时，有点话说。她需要听一两句好话，或是赞美，或表示敬服，听来她都十分高兴。哲学教授老金，照例每天午后四点来看他的大公鸡，来时必带一个大烧饼，坐在檐下石砌上，一面喂鸡一面和王嫂谈谈天。若有警报，或问“王嫂，你怕不怕？”知道她不怕后，就翘起大拇指说：“王嫂，王嫂,你是这个。一家人你胆量最好！”王嫂听来带点羞涩神气笑着:“咦，金先生你说得好！我不怕，生死有命，富贵在天！”俨然知道对面是教哲学的先生，就援引两句大哲人的话语，表示酬答。哲学教授老金必照样复述那两句话一次，并作个结论。“是哪吗！是哪吗！这是圣人说的！”

王嫂笑着，扬一扬细细眉毛:“圣贤说的。那里会错！”

王嫂虽从不出城避空袭，可是这城中也就真如“有命在天”，直到如今还未被炸过一次。王嫂看到的只是自己飞机三三五五在城空绕圈子，还不曾看到过日机。五月九号天气特别好，照样的有了警报，照样有万千人从门前走过疏散，家中也照样有人出门。这一次情形可不同一点，三点左右竟真有二十七架飞机排队从市空飞过，到飞机场投了弹。日机的样子，声音，有关轰炸传说，共同在王嫂脑子中产生一个综合印象。晚饭时把菜汤端上了桌子，站在桌边听新闻。一个客人同她说笑：

“王嫂，你看见了日本飞机？”

“二十七架，高也高！哪，那边高射炮蓬的响了，那边机关枪咯咯咯响了，亭桶，兵桶，飞机场炸了。我不躲，我不怕的。”

“真不怕吗？炸弹有水缸大，这房子经不起！”

"要炸让它炸，生死有命。"

"你命好，几个孩子？大姑娘有一位，一定的。我会看相，你有儿有女有福气。"

王嫂不声不响。走到厨房去了。她怕人提起女儿，心里难受。

这件事也就过去了。第二天到了下午，天气还是很好，并无警报，两点左右，她正一面洗衣一面用眼睛耳朵去搜索高空中自家飞机的方位，小狗忽然狂吠起来。原来那个在茶叶局当差的小儿子来了。

小孩子脸黑黑的，裤子已破裂，要他母亲给缝补缝补。

"福寿，你走那里来？"

孩子说："我从甘美医院来。"

"甘美医院作什么？"

孩子话不对题："妈，这只公鸡好威风，简直是架轰炸机。"

"昨天警报你在那里？"

孩子说："我在河甸营。"

这一来王嫂呆住了。"你怎么到飞机场去。日本飞机不是把河甸营炸平了吗？炸死好多人，你去看热闹！还有什么好看！"

"我有事去。日本飞机来了，丢十二个炸弹，七个燃烧弹，房子烧了，倒了，我前前后后是人手人脚，有三匹马也炸个碎烂。机关枪答答答答乱打。最后我也死了，土泥把我埋了。救护队坐车来时，有人摸我心子，还有一点气，汽车装我到甘美医院。九点钟我醒了，他们说好，你醒了，你姓什么？好，王家孩子命真大，回家去吧。怎么，在茶叶局作事，那么，到局里去吧，你妈找你。裤子被车门拉破的，他们当我是个死人！……"

孩子把事情叙述得清清楚楚，毫不觉得可怕，也毫不觉得这次经验有何得意处。坐在他母亲洗衣盆边，裤子破了一个大裂口。把手抹抹，瘦瘦的腿子全给裸露出来了。王嫂声哑了："咦，咦，咦，你不炸死。你看到死人？看到房子倒了烧起来？你看到人手人脚朝天上飞？人家抬你到医院去，九点钟才醒？回去主任骂不骂你？来，我看看你裤子。”

小孩子走到她身边去，她把破裤子一拉，在孩子精光光的瘦臀上巴巴的打了三下。“你不怕死？我自己打死你，省得吃日本水缸大炸弹五马分尸！”小孩子却嘻嘻笑着，因为看看母亲的眼睛，已湿莹莹的了。

“妈，我活着，不要紧的。一根汗毛都不伤的。”

“你活着，别人可死去不少。”

孩子说：“我不怕日本，我长大了还要当兵去打日本鬼子。”

王嫂一面拉围裙抹眼角，一面生气的说：“好，你当兵去，人家让你豆子大人当兵去。老鸦看你以为是耗子，衔你上天去，你当兵，当个救火兵，每天帮我来灭炉子里的火。”

“日本人我才不怕，我要捉一个活的回来给你瞧，一定捉活的，用电线丝绑来，带回家去帮我们做田。”

“你有力量捉灯草人。”

“我要长大的，我赌咒要去打日本。”

这种讨论自然是无结果的，王嫂不再同孩子争辩了，赶忙去取针线给孩子缝裤。把针线取来，坐到小竹椅边时，又拍打了孩子几下，孩子却感到一种爱抚的温情，问他母亲：“娘，你怕不怕？”

“咄，我怕什么？天在头上。”

她看看天，天上蓝分分的，有一团团白云镶在空间。恰有三只老鸦飞到院中油加利树高枝上停下来，孩子一拍掌，老鸦又飞去了。王嫂把裤子缝好后，用口咬下那点余线，把针别到头髻上去，打抱不平似的，拉住孩子脏耳朵说：“你当兵去，老鸦就叼你到树上去。福寿，你能当兵！”

孩子不作声，只快乐的微笑，他心想：“我怎么不能当兵？人长大了，什么都做得了。”

孩子走后，家中人知道了这件事，都以王嫂人好，心好，命好，遇事逢凶化吉，王嫂不作声，只是陪主人笑，到晚上却悄悄的买了些香纸，拿到北门外十字路口去烧化，她想起年纪青青月里死去的女儿，死得太苦了，命可不好！有点伤心，躲在自己房中去哭了好一会，不曾吃晚饭，这件事一家人谁也不知道，因为她怕人知道要笑她，要问她，要安慰她，这一切她都不需要。

主妇[1]

我们住处在滇池边五里远近。虽名叫桃园，狭长小院中只三株不开花的小桃树点缀风景。院外余地种有一片波斯菊，密丛丛的藻形柔弱叶干，夏末开花时，顶上一朵朵红白杂花，错杂如锦如绮。桃树虽不开花，从五月起每到黄昏即有毒蛾来下卵，二三天后枝桠间即长满了美丽有毒毛毛虫。为烧除毛毛虫，欢呼中火燎齐举，增加了孩子们的服务热忱，并调和了乡居生活的单调与寂静。

村中百十所新式茅草房，各成行列分散于两个山脚边，雨季来临时，大多数房顶失修，每家都有一二间漏雨。我们用作厨房的一间，斜梁接榫处已开折，修理不起，每当大雨倾盆便有个小瀑布悬空而下。这件事白天发生尚容易应付，盆桶接换来得及。若半夜落雨，就得和主妇轮流起身接倒。小小疏忽厨房即变成一个水池，有青蛙爬上碗橱，爬上锅盖，人来时还不大高兴神气，咚的一声跳下水，原来这可爱生物已把它当作室内游泳池，不免喧宾夺主！不漏雨的两间，房屋檐口太浅，地面土又松浮，门前水沟即常常可以筑坝。半年雨季中

① 本篇发表于 1946 年 10 月 13 日天津《大公报·文艺》。署名沈从文。作者以《主妇》为篇名写过多篇作品。据《大公报·文艺》编入。

室内因之也依然常是湿霉霉的。主妇和孩子们，照例在饭后必用铲子去清除，有时客人还得参加。雨季最严重的七八月，每夜都可能听到村中远近各处土墙倾圮闷钝声，恰如另外一时敌机来临的轰炸，一家大小四口，即估计着这种声音方向和次数，等待天晴，等待天明。因为万一不幸，这种圮坍也随时会在本院发生！

可是这一切都已经成为过去，仿佛和当前生活离得很远了。战事已结束，雨季也快结束了。我们还住在这个小小村子中，照样过着极端简单的日子，等待过年，等待复员。长晴数日，小院子里红白波斯菊在明净阳光中作成一片灿烂，滇池方面送来微风时，在微风中轻轻摇荡，俛仰之间似若向人表示生命的悦乐，虽暂时，实永久。为的是这片灿烂，将和南中国特有的明朗天宇及翠绿草木，保留在这一家人的印象中，还可望另一时表现在文字中。一家人在这片草花前小桌凳上吃晚饭时候，便由毛毛虫和青蛙，谈到屋前大路边延长半里的木香花丛，以及屋后两丈高绿色仙人掌，如何带回北平去展览，扩大加强了孩子们对“明日”的幻想，欢笑声中把八年来乡居生活的单调，日常分上的困苦疲劳，一例全卸除了。

九月八号的下午，主妇从学校上过两点钟课，带了一身粉笔灰回来，书还不放下即走入厨房。看看火已升好，菜已洗好，米已淘好，一切就绪。心中本极适意，却故意作成埋怨神气说：

“沈二哥，你又来搅事，借故停工，不做你的文章，你菜洗不好，米不把石子仔细捡去，帮忙反而忙我。以后这些事让我来省点事！”

我正在书桌边计划一件待开始的工作。我明白那些话所代表的意义，埋怨中有感谢，因此回答说：

“所以有人称我为‘象征主义者’从不分辩。他指的也许是人，不是文章。然而‘文如其人’，也马马虎虎。我怕你太累！一天到晚事作不完，上课，洗衣，做饭，缝衣，纳鞋，名词也数不清一大堆。

凡吃重事全由你担当。我纵即能坐在桌边提起一钱二分重的毛笔，从从容容写文章，这文章写成有什么意义？事情分作一点点，我心里安些，生命也经济些。”

“你心安？今天已八号，礼拜五又到了，我心里可真不安！到时还得替你白着急，生命也真不经济！”

“你提及日子，倒引起了我另外一个题目。”

“可是你好像许多文章都只有个题目，再无下文。”

“有了题目就好办！今晚一定要完成它，很重要的。比别的任何事情都重要。我得战争！”

末后说的是八年中一句老话。每到困难来临需要想法克服时，就那么说说，增加自己一点抵抗力，适应力。所不同处有时说得悲愤凄苦，有时却说得轻松快乐而已。

对日战争结束后，八年中前后两个印象还明明朗朗嵌在我记忆中，一是北平南苑第一回的轰炸，敌人二十七架飞机，在微雨清晨飞过城市上空光景，一是胜利和平那晚上，住桃园的六十岁老洋人比得，得到消息后，狂敲搪瓷面盆，村子里各处报信光景。至于两个印象间的空隙，可得填上千万人民的死亡流离，无数名都大城的毁灭，以及万千人民理想与梦的蹂躏摧残，万千种哀乐得失交替。即以个人而言说起来也就一言难尽！……我虽竭力避开思索温习过去生活的全部，却想起一篇文章，题名“主妇”，写成恰好十年。

同样是这么一天，北方入秋特有的阳光明朗朗的在田野，在院中，在窗间由细纱滤过映到一叠白纸上。院中海棠果已红透。间或无风自落有一枚两枚跌到地面，发出小小钝声。有玉簪花的幽香从院中一角送来。小主妇带了周岁孩子，在院中大海棠树下和新来老用人谈家常，说起两年前做新妇时的故事。从唯有一个新娘子方能感觉到的种种说下去，听来简直如一个“叙事诗”。可是说到孩子生后，却忽然沉默了。试从窗角张望张望，原来是孩子面前掉落了一个红红的果子，主妇和用人都不声不响逗孩子。和我推想到的情形恰恰相反。孩子的每一举动，完全把身心健康的小主妇迷惑住了。过去当前人事景物印象的综合，十小时中我完成了个故事，题名“主妇”。第二天当作婚后三年礼物送给主妇时，接过这份礼物，一面看一面微笑，看到后来头低下去，一双眼睛却湿了。过了一会儿才抬起那一双湿莹莹眼睛，眼光中充满真诚和善良。

“你写得真好，谢谢你，我有什么可送你的？我为人那么老实，那么无用，那么不会说话。让我用素朴忠诚来回答你的词藻吧。盼望你手中的笔，能用到更重要广大一方面去。至于给我呢，一点平静生活，已够了。我并不贪多！”

听过这话后，我明白，我失败了。比如作画，尽管是一个名家高手，若用许多眩目彩色和精细技巧画了个女人面形，由不相识的人看来，已够显得神情温雅，仪态端丽。但由她本人看后，只谦虚微笑轻轻的说，“你画得好，很像，可是恰恰把我素朴忘了。”这画家纵十分自负，也不免有一丝儿惭愧从心中升起，嗒然若丧，因为他明白，素朴善良原是生命中一种品德，不容易用色彩加以表现。一个年青女人代表青春眼目眉发的光色，画笔还把握得住，至于同一人内蕴的素朴的美，想用朱墨来传神写照，可就困难了。

我当时于是也笑笑，聊以解嘲。

“第一流诗歌，照例只能称赞次一等的美丽。我文字长处，写乡村小儿女的恩怨，吃臭牛肉酸菜人物的粗卤，还容易逼真见好，形容你这三年，可就笨拙不堪了。且让这点好印象保留在我的生命中，作为我一种教育，好不好？你得相信，它将比任何一本伟大的书，还影响我深刻。我需要教育，为的是乡下人灵魂，到都市来冒充文雅，其实还是野蛮之至！”

“一本书，你要阅读的也许是一本新天方夜谭吧。你自己说过，你是个生活教育已受得足够，还需要好好受情感教育的人。什么事能教育你。”

“情感，我不大清楚。或想象，或行为，我都并不束缚你，拘管你，倘若有什么年青的透明的心，动人的眉目笑颦，能启发你灵感，教育你情感，是很好的事。只是大家都称道的文章，可不用独瞒我，总得让我也欣赏欣赏，不然真枉作了一个作家的好太太，连这点享受都得不到！”

话说得多诚实，多谦虚，多委婉！我几乎完全败北了。嚅嚅嗫嗫想有所分疏，感觉一切词藻在面对主妇素朴时都失去了意义。我借故逃开了。

从此以后，凡事再也不能在主妇面前有所辩解，一切雄辩都敌不过那个克己的沉默来得有意义，有分量。从沉默或微笑中，我领受了一种既严厉又温和的教育，为任何一本书都得不到，从其他经验上也得不到的。

可是生命中却当真就还有一本“新天方夜谭”，一个从东方的头脑产生的连续故事，展开在眼前，内容荒唐而谲幻，艳冶而不庄。恰如一种图画与音乐的综合物。我搁下又复翻开，浏览过了好些片段篇章，终于方远远的把书抛去。

和自己弱点而战，我战争了十年。生命最脆弱一部分，即乡下人不见世面处，极容易为一切造形中完美艺术品而感动倾心。举凡另外一时另外一处热情与幻想结合产生的艺术，都能占有我的生命。尤其是阳光下生长那个完美的生物。美既随阳光所在而存在，情感泛滥流注亦即如云如水，复如云如水毫无凝滞。可是一种遇事忘我的情形，用人教育我的生活多累人！且在任何忘我情境中，总还有个谦退沉默黑脸长眉的影子。一本素朴的书，不离手边。

我看出了我的弱点，且更看出那个沉默微笑中的理解宽容以及爱怨交缚。终于战胜了自己，手中一支笔也常常搁下了。因为我知道，单是一种艺术品，一种生物的灵魂明慧与肉体完整，以及长于点染丹黛调理眉靥，对我其实并非危险的吸引。可怕的还是附于这个生物的一切优点特点，偶然与我想象相结合时，扇起那点忧郁和狂热。我的笔若再无节制使用下去，即近于将忧郁和狂热扩大延长。我得从作公民意识上，凡事与主妇合作，来应付那个真正战争所加给一家人的危险，困难，以及长久持家生活折磨所引起的疲乏。这一来，家中一切都在相互微笑中和孩子们欢呼欢乐中净化了。草屋里案头上，陆续从田野折来的野花，朱红的，宝石蓝的，一朵朵如紫火的，鹅毛黄还带绒的，延长了每个春天到半年以上，也保持了主妇情感的柔韧，和肉体灵魂的长远青春。一种爱和艺术的证实，装饰了这本素朴小书的每一页。

今天又到了九月八号，四天前我已悄悄的约了三个朋友赶明天早车下乡，并托带了些酒菜糖果，来庆祝胜利，并庆祝小主妇持家十三年。事先不让她知道。我自己还得预备一点礼物。要稍稍别致，可不一定是值钱的。深秋中浅紫和淡绿色雏菊已过了时，肉红色成球的兰科植物也完了，报春花恹恹无生气，只有带绒的小蓝花和开小白花的捕虫草科一种，还散布在荒草泽地上，柔弱细干负着深黄色的细叶，叶形如一只只小手伸出尖指，掌心中安一滴甜胶，引诱泽地上小小蚊蚋虫蚁。顶上白花小如一米粒，却清香逼人。一切虽那么渺小脆弱，生命的完整性竟令人惊奇，俨如造物者特别精心在意，方能慢慢完成。把这个花聚敛作一大簇，插入浅口钵盂式的黑陶瓶中搁向窗前时，那个黄白对比重叠交织，从黑黝黝一片陶器上托起，入目引起人一种入梦感觉。且感染于四周空气中，环境也便如浸润在梦里。

一家人就在这个窗前用晚饭。一切那么熟习，又恰恰如梦。孩子们在歌哭交替中长大，只记得明天日本投降签字，可把母亲作新娘子日期忘了。七七事变刚生下地一个月的虎虎，已到了小学四年级，妈妈身边的第五纵队，闪着双顽童的大眼睛，向我提出问题。

“爸爸，你说打完了仗，我们得共同送妈妈一件礼物，什么礼物？你可准备好了没有？”

“我当然准备得有，可是明天才让你们知道。”

十一岁的小龙说：“还有我们的！得为我买本《天方夜谭》，为虎虎买本《福尔摩斯》。”

主妇望着我笑着：“看《天方夜谭》还早！将来有的是机会。”

我说：“不如看我的自传动人，学会点顽童伎俩。至于虎虎呢，他已经是个小福尔摩斯。”

小虎虎说：“爸爸，我猜想你一定又是演说，……一切要谢谢妈妈，完了，说的话可永远一样，怎么能教书？”

“太会说话就更不能教书了。譬如你，讲演第一，唱歌第二，写字就第五，团体服务还不及格。……君子动手不动口，你得学凡事动手！”

“完全不对。我们打架时，老师说君子动口不动手。”

“老师说的自然是另外一回事。要你们莫打架，反内战，所以那么说。愚人照例常常要动手的！我呢，更不赞成打！打来打去，又得讲和，多麻烦。”

“那怎么又说动手不动口？”

“因为觉得相骂也不好。比打还不容易调停，还不容易明白是非。目前聪明人的相骂，和愚蠢人的相打，都不是好事。”

和要人训话一样，说去说来大家都闹不清楚说什么，主妇把煮好的大酸梨端出，孩子们一齐嚷叫，“君子们快动手动口！”到这时，我的抽象理论自然一下全给两个顽童所表现的事实推翻了。

在用过八年的竹架菜油灯放光时，黄黄的灯光把小房中一切，变得更如一种梦境中。

“小妈妈，你们早些休息，大的工作累了，小的玩累了，到九点就休息。明天可能有客来。我还有事情要作，多坐一会儿。瓶子里的油一定够到……”

到十二点时，我当真还坐守在那个小条桌边。作些什么？温习温习属于一个小范围的世界相当抽象的历史，即一群生命各以不同方式，在各种偶然情形下浸入我生活中时，取予之际所形成的哀乐和得失。我本意照十年前的情形再写个故事，作为给主妇明天情绪上的装饰。记起十年前那番对话，起始第一行不知应该如何写下去，方能把一个素朴的心在纸上重现了。对着桌前那一簇如梦的野花，我继续呆坐下去。一切沉寂，只有我心在跳跃，如一道桥梁，任一切“过去”通过时而摇摇不定。

进入九月九号上午三点左右，小书房通卧室那扇门，轻轻的推开后，主妇从门旁露出一张小黑脸，长眉下一双眼睛黑亮亮的：“嘻，你又在写文章给我作礼物，我知道的！不用太累，还是休息了吧。我们的生活，不必用那种故事，也过得上好！”

我于是说了个小谎，意思双关。“生活的确不必要那些故事，也可过得上好的，我完全和你同意。我在温书，在看书，内容深刻动人。如同我自己写的，人物故事且比我写出来还动人。”

“看人家的和你自己写的，都不问好坏，一例神往。这就是作家的一种性格。还有就是看熟人永远陌生，陌生反如相熟，这也是做作家一个条件。”

“小妈妈，从今天起，全世界战争结束了，我们可不能破例！听我话好好的睡了吧。我这时留在桌边，和你明天在厨房一样，互相无从帮助，也就不许干涉。这是一种分工，包含了真实的责任，虽劳不怨。从普通观点说，我做的事为追求抽象，你做的事为转入平庸，措词中的褒贬自不相同。可是你却明白我们这里有个共同点，由于共同对生命的理解和家庭的爱，追求的是二而一，为了一个家，各尽其分。别人不明白，不妨事，我们自己可完全得承认！”

“你身体刚好。怎么能熬夜？”

“一个人身体好即应当做点事。我已经许久不动笔了！我预备写个小故事。”

主妇笑了：“我在迷糊中闻到烧什么，就醒了。我预备告你的是可别因为我，像上回在城中那么，把什么杰作一股鲁又烧去，不留下一个字。知道的人明白这是你自己心中不安，不知道的还以为我妒嫉到你的想象，因此文章写成也还得烧去，多可惜！”

“不，并不烧什么。只是油中有一点水，在爆炸。”口上虽那么说，我心中却对自己说，“是一个人心在燃烧，在小小爆裂。在冒烟。虽认真而不必要。”可是我怯怯的望了她一眼，看看她是不是发现点什么。从她的微笑中，好像看出一种回答，“凡事那瞒得了我。”

我于是避开这个问题，反若理直气壮的问她说：“小妈妈，你再不能闹我了！把我脑子一搅乱，故事到天亮也不能完事！你累了一整天，累了整十三年，怎么还不好好休息。”

“为了明天，大家都休息休息，才合理！”

我明白话中的双重意义。可是各人的明天却相似而不同。主妇得好好休息，恢复精力来接待几个下乡的朋友，并接受那种表面烦琐事实上极偷快的家事。至于我呢，却得同灯油一样，燃干了方完事，方有个明天可言！我为自己想到的笑了，她为自己说到的也笑了。两种笑在暗黄黄灯光下融解了。两人对于具体和抽象的“明天”都感到真诚的快乐。

主妇让步安静睡下后，我在灯盏中重新加了点油，在胃中送下一小杯热咖啡。搅动那个小小银茶匙时，另外一时一种对话回复到了心上。

“沈二哥不成的，二十一点钟了，为了我们，你得躺躺！这算什么？”

“这算是你说我有点懒惰不大努力的否认。你往常不是说过，只要肯好好尽力工作，什么都听我？即不意中被一些年青女孩子的天赋长处，放光的眼睛，好听的声音，以及那个有式样的手足眉发，攫走了我的心，也不妨事？这不问出于伟大的宽容或是透明理解，我都相信你说的本意极真诚。可是得用事实证明！”

“得用多少事？你自己想想看。”

“现在可只需用一件比较不严重的小事来试验，你即刻睡去，让我工作！我在工作！”

“你可想到对于身边的人，是不是近于一种残忍？”

“你可想到把一个待完成的作品扼毙，更残忍到什么程度？”

从这个对话温习中，我明白在生活和工作两事上，还有点儿相互矛盾，不易平衡，引起了一丝丝这也是生命的空隙，需要设法填平它。疏忽了时，凡空隙就能生长野草和藓苔。我得有计划在这个空处种一点花，种一个梦。比如近身那个虽脆弱却完整的捕虫科植物，在抽象中可有那么一种精美的东西，能栽培发育长大？可有一种奇迹，我能不必熬夜，能从容完成五本十本书，而这些书既能平衡我对于生命所抱的幻念，不至相反带我到疯狂中？对于主妇，又能从书中得到一种满足，以为系由她的鼓励督促下产生？

这个无边际的思索，把我淹没复浮起。时间消失了。灯熄了。天明了。

我若重新有所寻觅，轻轻的开了门，掩上门，和一只鹰一样，离开了宿食所寄的窠巢，向清新空阔的天宇下展翅飞去。在满是露水的田埂荒坟间，走了许久只觉得空气冰凉，一直浸透到头脑顶深皱褶里。一会会，全身即已浴于温暖朝阳光影中，地面一切也溶于这种光影中。草尖上全都串缀着带虹彩的露水。还有那个小小成台状的紫花，和有茸毛的高原兰花，都若新从睡梦中苏醒，慢慢的展开夜里关闭的叶托，吐出小小花蕊和带粉的黄绒穗。目前世界对于我作成一种崭新的启示，万物多美好，多完整！人类抽象观念和具体知识，数千年积累所成就的伟大业绩，若从更深处看去，比起来都算个什么？一排参加庆祝胜利的飞机，由附近机场起飞，成群从低空中吼过，在地面作成的阴影，一瞬即逝。田野间依然是朝阳和露水，以及那个在露水朝阳中充分见出自然巧慧与庄严的野花。一种纯粹的神性，一切哲学的基本观念，一切艺术文学的伟大和神奇，亦无不即由之孕育而出，我想看看滇池，向水边走去。但见浸在一片碧波中的西山列嶂，在烟岚湿雾中如一线黛绿长眉。那片水在阳光中闪亮，更如美目流波。自然的神性在我心中越加强，我的生命价值观即越渐近一个疯子。不知不觉间已脚踏有螺蚌残骸的水畔，我知道，我的双脚和我的思索，在这个清晨清新空气中散步，都未免走得太远了一点，再向前走也许会直入滇池水深处。我得回家了。

记起了答应过孩子送给主妇的礼物，就路旁摘了一大把带露水的蓝花，向家中跑去。

在门前即和主妇迎面相遇。正像是刚发现我失踪，带着焦急不安心情去寻找我。

“你到什么地方去了？怎不先说一声，留个字。孩子们都找你去了！”一眼瞥见那把蓝花，“就为了这个好看，忘了另外一个着急。”

“不。我能忘掉你吗？只因为想照十年前一样，写篇小文章，纪念这个九月九日。呆坐了一夜，无下笔处。我觉悟了这十年不进步的事实，我已明白什么是素朴。可是，赞美它，我这复杂脑子就不知从何措手了。我的文章还是一个题目，主妇。至于本文呢（我把花递给她），你瞧它蓝得多好看！”

“一个象征主义者，一点不错！”

说到后来两人都笑了起来。

两种笑在清晨阳光下融解了。

主妇把那束蓝花插到一个白瓷敞口瓶中时，一面处理手中的花，一面说：“你猜我想什么？”

“你在想，这礼物比任何金珠宝贝都好！和那个‘主妇’差不多！这是一种有个性有特性的生物，平凡中有高贵品德。你还想说，大老爷，故事完成了，你为我好好睡两点钟吧。到十点火车叫时，再起身，我们好一同去车站接客人。我希望客人中还有个会唱歌的美丽女孩子，大家好好玩一天！睡一睡吧，你太累了！……我将说不，我只是这一天有点累，你累了十三年！你就从不说要休息。我想起就惭愧难过！”

“这也值得想，值得惭愧吗？我还是第一次听到你说惭愧！”

从主妇不甚自然微笑中，依约看到一点眼泪，眼泪中看到天国。

桌案上那束小蓝花如火焰燃烧，小白花如梦迷濛。我似乎当真有点儿累了。似乎遥闻一种呼唤招邀声，担心我迷失于两种花所引起的情感中，不知所归，又若招邀本自花中间出，燃烧与作梦，正是故事的起始，并非结束。

一九四五·九月九日

于昆明桃园

一九四六·九月北平写成

学吹箫的二哥[1]

像是他第二，其他的犯人都喊他做二哥，我也常常“二哥二哥”的随了众人叫起他来了。

二哥是白脸长身全无乡村气的一个人。并没有进过城入过学堂，但当时，我比他认的字要少得多。他又会玩各种乐器。我之所以同二哥熟，便是我从小时就有着那种爱听人吹唢呐拉四胡的癖好。因为二哥的指导，到如今，不拘哪一管箫，我都能呜呜的吹出声音来，虽然不会怎样好。但二哥对我，可算送了一件好的要忘也无从忘的悲哀礼物了。在近来，人的身体不甚好，听到什么地方吹箫，就像很伤心。固然身体不好把心情弄得过于脆薄，是容易感动的原因之一种，但，同时也是有了二哥过去的念头，经不住撩拨，才那么自由的让不快的情绪在心中滋长！我有时还这样想：在这世界中，缺少了力，让事实自由来支配我们一切软弱得如同一块粑的人，死或不死，岂不是同类异样的一个大惨剧么？忽然会生出足以自吓的慈悲心，也许便是深深的触着了这惨剧幕角的原因吧。

---

① 本篇发表于 1927 年 1 月 1 日《现代评论》（第二周年纪念增刊）。署名沈从文。

想着二哥，我便心有悲戚，如同抓起过去的委屈重新来受的样子。二哥的脸相，竟像是模糊得同孩时每早上闭眼所见葵花黄光一样，执了意要它清楚一点就不能，但当不注意时，忽而明朗起来，也是常有的事。不必要碰时候我也容易估定的，便是二哥样子颇美，各部分，尤其是鼻子，和眉眼耳朵。或者，正因其是美，这印象便在我心上打下结实的桩来，使我无从忘怀吧。我对于这样的自疑，也缺少自护的气力，有一时，我是的确只有他的性情与模样的美好温良据在我心中，始觉到人生颇为刻酷的。

这我得回头说一些我们相识的因缘。

民国初年，我出了故乡，随到一群约有一千五百的同乡伯伯叔叔哥子弟兄们，扛了刀刀枪枪，向外就食。大地方没有占到，于是我们把黔游击队放弃了的芷江的东乡几个大一点的村镇分头占领了。正因为是还有着所谓军民两长的清乡剿匪的委令，我们的同乡伯伯叔叔们，一到了砦里，在未来以前已有了命令，所传的保甲团总，把给养就接接连连送上来了。初到的四五天，我们便是在牛肉羊肉里过的生活，大吃大喝。甚至于有颇多的忘了节制的弟兄们，为了不顾命的吃喝，得了颇久的病，不是为了大吃大喝，谁想离了有趣的家乡？吃以外，我们一到，像是还得了很多的钱。这钱立时就为团长伯伯为分配下来，按营按连，都很公平，照了职务等次，多少不等。营长叔叔是不是也拿，我可不知道了。团长伯伯的三百元，我是见到告示，说是全赏给普通弟兄们让大家瓜分的。我那时也只能怪我身个儿同年龄太小，用补充兵的名义，所以我第一次得来的钱，是三块七毛四，这只是比伙夫多七毛四分的一个数目而已。但也是我可喜的事。人家年长得多，身体又高又大，又曾打过仗，才比我这刚入伍的孥孥[1]多得块

① 孥孥，凤凰土语，指弟弟，老弟。

多钱哩。

三块多钱处分的情形，除了我请过一次棚内哥弟吃过一对鸭子外，我记不清楚了。

我们就是那么活下来，非常调谐，非常自然。

住处是杨家祠堂。这祠堂大得怕人。差不多有五百人住下，却还有许多空处。住了有一年，我是甚至于有好些地方还不敢一人去。不单是鬼，就是那种空洞寥阔，也是异样怕人的。不知是怎么意思，当真把队伍扯出去打匪虽是不必做的事，但是，却连我最怕的每日三操也像是团长伯伯可怜我们而免了。把一根索子，缠了布片，将索子从枪眼里穿过，用手轻轻的拖过去，这种擦枪的工作，自然是应得像消遣自己来做做。不过又不打靶，这样镇日的擦，各人的枪筒的来复线，也会就是那么擦融吧。当真是把枪口擦大，又怎样办？不久，我们的擦枪工作也就停下来了。

不知是哪一个副官做得好事，却要我们补充兵来学打拳。这真是比在大田坪叉了手去学走慢步还要坏的一件事情！在吹起床号之后就得爬起，十分钟以内又得到戏台下去集合，接着是站桩子，练八进八退，拳师傅且口口声声说最好是大家学“金鸡独立”（到如今我还不知道这金鸡独立，把一只脚高高举起，有什么用处）。把金鸡独立学会时，于是与我一样大小的人每天无事就比起久来了。小聪明我还有一点，是以我总能把许多大的小的比败。师傅真是给了我们一种娱乐。因为起得早，到空旷处吸了颇多的干净空气，身体像是日益强壮了，手膊子成了方形，吃饭也不让人，在我过去的全部生活中，要算那时为最康健与快乐了吧。

我们第四棚，是经副官分配下来，住在戏台下左边的。楼上是秘书处，又是军法处，他们的人数总有我们两倍多，但也像并没有许多事可以送那些师爷们去做。从书记处那边栏杆空处，就时常见到飞下那类用公文纸画上如同戏台边的木刻画的东西来，这可以见出大家正是同样的无聊。我还记得我曾拾了两张白纸颇为细致的画像，一为大战杨再兴，一为张翼德把守芦花荡。最动人的是张飞，胡子朝两边分开，凶神恶煞，但又不失其为天真。据一个弟兄说，这是军法长画的，我于是小心又小心，用饭把来妥妥帖帖粘在我睡处的墙上了。住处虽无床，用新锯的还有香气的柏木板子铺成，上头再用干稻草垫上，一个人一床棉被，也不见得冷。大家睡时是脚并脚头靠头，睡下来还可以轻轻的谈笑话的，这笑话不使楼上人听到，而大家又可乐。到排长来察时，各人把被蒙了头，立时假装的鼾声这里那里就起了。排长其实是在外面已听了许久。可是虽然知道我们假装，也从不曾发过气。他果真是要骂人，到明天大家上后山去玩，不和他亲热，他就会找到不能受的寂寞了。说到排长也真好笑。因为年纪并不比我们大几多，还是三月间二师讲武堂毕的业，有两个兵士是他的叔叔辈，点名到我们这一排时，常受窘到脸红，真难为他！“四叔，我们钓鱼去呀！”这是一个笑话。因为排长对他的兵士曾这样又恭敬又可怜的邀约过，以后见到排长一说到“四叔，我们……”排长就笑着走开了。

在放肆得像一匹小马一样的生活中，经过半年，我学会了泅水，学会了唱山歌，学会了嗾狗上山去撵野鸡，又学会了打野物的几样法术。（这法术，因为没有机会来试，近来也就全忘了。）

有一天，像是九月十四样子，副官忽然督工人在我们住处近边建起一座栅栏来了。当那些大木枋子搬来时，大家还说是为我们做床，到后才知道是特为囚犯人的屋子的。不是为怕我们寂寞才来把临时监牢建筑到这里，真是没有什么理由。“把监牢来放在我们附近，这不是伯伯叔叔有意做得可笑的事么？”于是用话激了丁桂生，丁桂生，是营长的二少爷，也是我们的同班补充兵，还说：

“去呀，到七叔那里去说！”

那小子，当真便走到军法长那里去抗议。不过，结果是因为犯人越来越多，而且所来的又多半是“肥猪”，于是在戏台旁筑监牢的理由就很充分的无从摇动了。

第二天，午时以前，监牢做成后，下午就有三个新来的客，不消说看管的责任就归了我们。逃脱是用不着担心的。这些人你让他逃也不敢。这缘故是这类人并不是山上的大王或喽罗。他们的罪过只是因为家中有了钱而且太多。你不好好的为他们安置到一个四围是木柱子的屋子里，要钱真不是一件容易事情呵！果真是到了这屋子还想生什么野心逃走，那就请便吧，回头府上的房子同田地再得我们来收拾。把所有的钱捐一点儿出来，大家仍然是客客气气的吃酒拉炕。关于用力量逼迫到这类平时坏透了的士绅拿出钱来，是不是这例规还适用于另一个世界，我可不知，但在当时，我是觉得从良心上的批准，像这样来筹措我们的饷项，是顶合式而又聪明的办法了。

桂生回头时诉说他是这样办的交涉：

“七叔，怎么要牢？”

“我七叔就说：牢是押犯人的！”

“我又说：并没见一个犯人；犯人该杀的杀，该放的放，牢也是无用！”

“七叔又说：那些不该杀又不能放的，我们把他押起来，他钱就屙马屎样的出来了。不然大家怎么有饷关呢？”

“我就说:那么，牢可以放到别处去，我们并不是来看管犯人的。”

“这些都是肥猪，平常同叔叔喝酒打牌，要你们少爷去看管也不是委屈你们——七叔又是这么说。”

“我也无话可说，只好行个礼下来了。”

“好，我们就做看犯人的牢头，也有趣。”这是听了桂生报告后大家说的。

有趣是有趣，但正当值日那时节，外面的热闹可不能去看了。

第二天副官便为我们分配下来，每两人值日一天，五天后轮到各人一次。值日的人，夜间也只能同那派在一天的弟兄分别来瞌睡。不知道的，会以为是这样就会把我们苦了吧，其实是相反的。你不高兴值夜班，不拘是谁都愿意来相替。第一个高兴为人替到守夜的便是桂生，以前日子，他就每夜非说笑话到十二点不能合眼。值夜班后，他七叔又为我们立了一个新规例，凡是值夜的人得由副官处领取点心钱两毛：牺牲一个通宵，算一回什么事？有两个两毛钱合拢来是四毛，两毛钱去办烧鸡卤肉之类，一毛钱去打酒，剩一毛钱拿去大厨房向包伙食的陈大叔匀饭同猪油，后园里有的是不要钱买的萝卜和芫荽，打三更后，便你一杯我一杯的喝将起来。酒喝完了，架三块砖头来炒油炒饭，不是一件顶好玩的事情么？并且，到酒饭完了，想要去睡时，天也快要亮了。

我之所以学会喝酒，便是从此为始。

下面我说一段我们同我们的犯人的谈话：

“胡子，你怎么还不出去？这里老人家住起来是太不合宜了！”

“谷子卖不出钱，家中又没有现的——你给我个火吧。”

我给了他一根燃着的香，那犯人便吸起旱烟来了。

桂生又问，“你家钱多着咧，听军法长说每年是有万多担谷子上仓，怎么就莫有钱？”

“卖不出钱！”

“你家中地下必定埋得有窖，把银子窖了！”一个姓齐的说。

“莫有，可以挖，试试看。”

“那我们明天就要派人去挖看！”桂生和我同声的吓他。

“可以，可以，……”

其实我们一些小孩子说要明天去挖，无论如何是不会成为事实的，但胡子土财主，说到可以可以时，全身就已打战了。这胡子在同我们谈话的三天以后，像是真怕军队会去挖他窖藏的样子，找到了保人，承认了应缴的五千块钱捐款，就大摇大摆拿了旱烟袋出去了。这胡子像是个坐牢的老手，极其懂得衙门中规矩似的，出去之后，又特送了我们弟兄一百块洋钱。我们没有敢要，到后他又送到军法长处去，说是感谢我们的照料，军法长仍然把钱发下来，各人八块，排长十六，伙夫四块，一百元是那么支配的。补充兵第二次的收入，便是当小禁子得来的八元！对于那胡子所给我们的钱，这时想来，却对胡子还感到一点愤恨。在当时，因为他有着许多钱，我们全队正要饷，把他押起来，至少在我们十个年青小孩天真的眼光看起来，是一种又自然又合理的事。但胡子却把我们看成真的以靠犯人赏赐的禁子样子，且多少有一点儿以为我们对他不虐待就是为要钱的缘故，这老东西真侮辱了我们了。守犯人是一件可以发财的差使，真不是我们那时所想到的事。并且我们在那时，发财两个字也不是能占据到心中，我们需要玩比需要钱还厉害。或者，正因其为我们缺少那种人生的发财的欲望与技术，所以司令官才把我们派去办理那样事情吧。

牢中一批批大富户渐渐变成小富户了，这于我们却无关。所拘的除了疯子吵吵闹闹会不让我们睡觉以外，以后来的纵是一个乞丐，我们也会仍能在同一情形下当着禁子罢。

不久，小富户由三个变成两个，两个而一个，过一日，那仅有的一个也认了罚款出去了。于是我们立时便忽然觉到寂寞起来。习惯了的值夜在牢已空了之后当然无从来继续，大的损失便是大家把吃油炒饭的权利失去了。“来一个哟,来一个哟,”大家各自的在暗中来祈祷，盼望不拘是大富小富，只要来一个在木栅栏里住，油炒饭的利益就可以恢复。

可是犯人终不来，一直无聊无赖过了那阴雨的十月。

天气是看看冷下来了；大家每天去山上玩，随意便捡柴割草，多多少少每一人一天总带了一捆柴草回营盘。这一点我是全不内行的一个人。正因了不内行，就也落得了快活。别人所带回的是冬天可以烤火的松香或别的枯枝，我则总是扛了一大束山果，回营来分给凡是我相熟的人。有时折回的是花，则连司令那里，桂生家爹，同他七叔处，差遣棚杨伯伯，传达处，大厨房陈叔，一处一大把，得回许多使我高兴的奖语谢语，一个人夜里在被盖中温习享受。不过在我们刚能用别的事情把我们充禁子无从得的怅惘拭去时，新的犯人却来了。

我记到我是同一个姓胡的在一株大的楠木树上玩，桂生同另一个远远走来，“呀！”他大声嚷着，“来了来了，我才看到押了五个往司令部去！”从楠木上溜下来就一同跑回去看。桂生家七叔正在审讯。

“预备呀！”我是一见到那墙角三块为柴火熏黑的砖，就想起今晚上的油炒饭。

因为看审案是一件顶无趣味的事，于是，我们几个先回了营的人，便各坐在自己铺上等候犯人的下来。

“今天是应轮到我！”对于这有趣的勤务大家都愿意来担负。

夜里是居然有了五个犯人。新的热闹，是给了我们如何的欢喜啊！我记得这夜是十个人全没有睡觉，玩了一个通宵，像庆祝既失的地盘重复夺还的样子，大家一杯又一杯的喝着。

楼上桂生的七叔喊了又喊“大家是要睡”，在每一次楼上有了慈爱的温和的教训后，大家又即刻把声音抑下来。但谁都不能去睡！我们又相互轮到谈笑话，又挑对子两个人来练习打架。兴还未尽，天就发白了，接着，祠堂门前卫兵棚的号兵，也在吹起床喇叭了。

五个犯人之中就有二哥在。到两天以后，我们十个人便全同二哥要起好来了。知道是二哥之所以坐牢不是为捐款，是为了仇家的陷害，不久便可以昭雪以后，便觉得二哥真是一个好人，而且这样的好人，是比桂生家七叔辈还要好。大致或者二哥之善于说话，也是其所以引起我们同情的一种吧。他告我们是离此不到二十里的石门寨上人，有妈没有父亲。这仇家是从远祖上为了一个女人结起的，这女人就是二哥的祖母，因为是祖母在先原许了仇家，到后毁约时打了一趟堡子，两边死了许多子侄，仇就是那么结下。以后，那一边受了他们祖宗的遗训，总不忘记当年毁约的耻辱，二哥家父亲就有过两次被贼攀赃污盗，虽到后终得昭雪，昭雪后不久也就病死了。二哥这次入监，也已经是第二次，他说是第一次在黔军军法处只差一分一秒险见就被绑了哩。

问他："那你怎不求军队或衙门伸冤反坐？"

他说："仇家势力大，并且军队是这个去了那个来，也是枉然。"

又问他："那就何不迁到县里去住？"

说是："想也是那么想，可是所有田坡全是在乡里，又非自己照料不可。"

"那你就只可听命于天了！"

他却轻轻的对我说："除非是将来到军队里做事，也像你们的样子。"

二哥是想到做一个兵，来免除他那不可抵抗的随时可生的危险的。但二哥此时却还正是一个犯人。怎么有法子就可以来当兵？他说的话桂生也曾听到，桂生答应待他无事出狱后，就为他到他爹处去说情。

因为是同二哥相好，我们每夜的宵夜总也为他留下一份。他只能喝一杯酒。他从木窟窿里伸出头来，我们就喂他菜喂他酒，其实他手是可以自已拿的，但是这样办来，两边便都觉得有趣。像是不好意思多吃我们的样子，吃了几筷子，头便团鱼样缩进去了，"二哥，还多咧，不必客气吧。"于是又不客气的把头伸出来。在宵夜过后，二哥就为我们说在乡下打野猪以及用药箭射老虎的一些事。有时不同他说话他仍然也是睡不下去，或者，想到家中的妈吧。在我们还没有同二哥很熟时，二哥的妈就来过一次。一个五十多岁的高大乡下人，穿蓝色衣服，在窟窿边同二哥谈了一些话，抹着眼泪就去了。问二哥才知道那就是他妈，知道这边并无大危险，所以回家去照料山坡去了。他妈第二次来时，我们围拢去同她说话，才看出这妇人竟与二哥一个模样，都是鼻梁骨高得极其合式，眉毛微向上略飞，大脚大手，虽然是乡下人样子，却不粗卤。这次来时为二哥背了一背笼红薯，一大口袋板栗，二哥告她在此是全得几个副爷相看护，这一来却把老太太感动了。一个一个的作揖。又用母亲样的眼光来觑我们，且说自己把事做错了，早知道，应当要庄上人挑一担红薯来给大家夜里无事烧起吃。最后这老太太便强把特为她儿子带来的一袋栗子全给了我们，背起空背笼走了。其实她纵不把我们，二哥的东西，我们是仍然要大家不分彼此的让着来吃的。

不知道是怎么样的缘故，每次要桂生去他七叔处打听二哥的案件，总说是还有所候，危险虽没有，也得察明才开释。既然是全无危险，二哥也像没有什么不愿意久住的道理了。我们可没有替别人想，当到大家都去山上打雀儿时，一个人住在这栅栏子里是怎样寂寞。照我们几个人的意思，二哥就是那样住下来，也没有什么不好。若果真是二哥一日开释，回了家乡，我们的寂寞，真是不可受的寂寞呀！

有一天，不知姓齐的那猴子到什么地方抢来一个竹管子，这管子我们是在故乡时就见到过的。管子一共是七个眼，同箫样，不过大小只能同一枝夺金标羊毫笔相比。在故乡吃了晚饭后，大街上就常有那类四十来岁的中年男子汉，腰带上插了许多大大小小的东西，一面走一面把手中的管子来吹起，声音呜呜喇喇，比唢呐还要脆，价值大概是两个铜子一枚，可是学会吹的总得花上一些儿工夫。桂生见到那管子了，抢过来吹，却作怪不叫。我拿过来也一样的不服我管理。

“我来，我来！”二哥听到外面吵着笑着，伸出头来见了说。

“送二哥试来吹吹！”桂生又从我手里抢过去。

呵，栅栏里，忽然呜呜喇喇起来了。大家都没有能说话。各人把口张得许多大，静静的来听。不一会，楼上也知道了，一个胡子书记官从栏杆上用竹篾编好黄连纸糊就的窗口上露出个头来，大声问是谁吹这样动人的东西！大家争着告他是犯人。二哥听到有人问，却悄悄的把管子递出来了。桂生接过拿上楼去给那胡子看，下来时高兴的说七叔告二哥再吹几个曲子吧。二哥是仍然吹起来，变了许多花样，竟像比大街上那卖管子的苗老庚还吹得动人。楼上的师爷同楼下的副爷，就呆子样听二哥吹了一个下午。

到明天，又借得一枝箫来要二哥试吹，还是一样的好听。待到大家听饱了以后，就勒着要二哥为指点，大家争到来学习，不过，学到两三天，又觉到厌烦放下了。可是我因此就知道了吹箫的诀窍，不拘一枝什么箫，到我手上时，我总有法子使它出声了。这全是得二哥传的法。二哥还告我们他家中是各样乐器都有的，琵琶，筝，箫，笛子，只缺少一个笙。在乡中，笙是见也无从见到的，但他预备将来托上常德卖油的人去带，说是慢慢的自己来照了书去学。

音乐的天禀，在二哥，真是异样的。各样的乐器，他说都是从人家办红白喜事学来的。一个屈折颇多的新曲，听一遍至两遍也总可熟习，再自己练习一会，吹出来便翻了许多更动人的声音了。单凭了耳朵，长的复杂的曲子也学会了许多。自己且会用管子吹高腔，摹仿人的哼着的调子。又可以摹仿喇叭。军歌也异常熟习。本来一个管子最多总不会吹出二十个高低音符的，但二哥却像能把这些三个或四个音揉碎捏成一个比原来的更壮大，又像把一个音分成两个也颇自然的。

像是有了规则的样子，虽然上头也同我们一样的明知二哥的案子全是被贼匪所诬赖，仇家买合的匪是把头砍下了，但平安无事的二哥，仍然还得花上一百元名为乐捐的罚款，才能出门。真是无聊呵，像才嫁了女的家中，当二哥出去以后！

二哥是在吃了早饭时候出去，到夜里，又特意换了一件干净衣服，剃了一回发，来到我们棚里看我们的。不过这时我却出了门。二哥便同桂生谈笑了一阵。桂生为他打了半斤酒，买来一些卤牛肉，说是“还刚被一个人扯到喝了一顿呢”，但也勉强同桂生喝了一小茶盅酒。他又要桂生为他去试问问营里，若是不为什么资格所限的话，是愿意自己出钱买一枝枪来同我们做补充兵的。桂生同其他几个同声说，果若二哥能来到营里，班长的位置是非二哥来做不可的。我们正少一个班长哩。到我回营时，二哥却已返到一个亲戚家去了。

因为是记到二哥说的明日便当返石门寨去看看妈，过几天稍稍把家事清理一下就又返身来候信，所以虽然是一对着栅栏便念着像嫁去的二哥，但总料想第二次见到二哥时，我们便要更其放肆的来一同喝酒说笑了。我是因了二哥允许我的一枝箫，便更觉念念，恐怕是二哥来了后一时不能入营，就时时刻刻催到桂生到他爹处去撒赖。桂生七叔是也知道二哥的为人的，经他帮到一说，事情便妥帖了。只等二哥从石门寨回来，枪不必自己买，桂生家七叔就做了保人补上一个名字。

至少是当时的我，异样的在一种又欢欣又不安的期待中待着二哥的！我知道时间是快要下雪了。一到雪后，我们就可以去试行二哥所告我们的那种法术，用鸟枪灌了细豆子去打斑鸠。桂生的爹处那两匹狗，也将同我们一样高兴，由二哥领队，大家去追赶那雪里的黄山羊！若是追赶的是野猪，我们爬到大树上去，看二哥用耳巴子宽的矛子去刺野猪，那又是如何动人的一幕戏同一张画！

一天，两天，……二哥终于不见来。到第四天，桂生从他七叔处得来一个坏消息，二哥的妈在二哥出牢第三天，就有一个禀，说是儿子正预备着一切要来当个兵，夜里几个脸上抹了烟子的人，把儿子从家中拖出去跑了……第二个禀帖便是说已在坳上为人发现了儿子的死掉了的尸，头和手脚却已被人用刀解了下来束成在一处，挂在一株桐子树上，显然是仇杀，只要求为儿子伸冤。桂生说完，大家全哭了。若是二哥还是坐在监牢里，总不至于这样吧。这不消说是仇家见到二哥这次又没有被军队认做匪，自己的陷害不成功，眼看到二哥是仍然平平安安回到家里来；并且二哥行将来营里当兵的消息，总又是那位爽直的老太太透露了出去，所以仇家就出了这样一个毒计策，买人把二哥害了。

箫是不必学了！我们那一棚的班长也只好让他那样缺着下去了！桂生呵，要你爹把那两匹狗打了吃掉吧！没有二哥，山羊是赶不成了！

桂生听着我的伤心的话语，一面抹着眼泪，一面爬到凳子上头去，把墙头上悬着那一大捆带壳的细绿豆，取下来掷到地上后，用脚蹂的满地是豆子。

“要这东西是有什么用处？将来谁再打斑鸠就是狗养的！……”

这夜对着空的监牢，我们才感到以前未曾经过的大的空虚。同样的心情，就是二姊死了，让尸身塞到棺木里，眼见为几个肮脏伕子抬去后那样的欲哭不能的到堂屋里去烧夜香时候！

在快要过年那几天，我们是正用生的棕布包了脚，在那没膝的厚雪里走动开差到麻阳县去的。在路上，见到那白雪上山狸子的一串踪迹，经我悄悄的指点给桂生，不久大家都见到了。大家都会意。因为这样小小的印子，引起了我们对二哥的怀念，又无一个人敢提出关于二哥的话语，觉得都很惨戚。山狸子的脚迹是在雪消后就会失去的，二哥却在我们十个人心上，留下一个不容易为时间拭去的深深的影子。

到近来，使我想起死的朋友们而辄觉惘然的，是已有了差不多近十个，二哥算是我最初一个好朋友。还是能吃能喝活着的当年那九个副爷们，虽然是活的方法同趣味也许比往日要长进了许多，像桂生同小齐是在前年见着时就已经穿了上尉制服的，不过，我们的当年那种天真的稚气，却如同二哥一样早已死去成灰了。想大家再一同来酒呀肉呀你一杯我一杯的不客气的兄弟样吃喝，是一件比做皇帝还要难的事。就是真实的过去，也成了梦幻似的传奇似的事情，在此时要去当兵的年青人，谅亦无从去找到那同样浪漫不羁的生活教训了。

死不甘心生又不能的吉弟，在无可奈何中往东北陆军第二旅当兵去了。送他去时，见到他眼泪婆娑的一个人进那二旅司令部，回头在车子上，我想到我在比他还幼小的年龄出门入伍的情形，又想到不期望在我如今居然却来改了业，而改业后仍然还不能忘情于过去，心里忽然酸楚起来，泪便堕在大褂前襟上面了。吉弟呵，勇敢一点吧。这里的军中不比家庭，官佐上司不是父母，同队弟兄也与我们朋友是异样，这一次我希望是我最后见到你的小孩子的眼泪，以后你就能把眼泪收拾起来，学做一个大人！我是像你这样十七岁的年纪时，便已管理十个比我还大的人，充班长每日训练别人了。你当随时小心又小心，莫让人拿你来做整理军纪的证明。凡事都得耐烦去做，忍了痛对你生活去努力。你应当用力量固执着你的希望向前去奋斗，到力尽气竭为止。你当认清你生活周围的敌人：时时想打仗的军阀？不是的！穿红绿衣裳用颜料修饰眼眉的女人么？不是的！在不合理的社会制度下养成的一切权威，就是你的敌人！在两样的命运下，我是希望你没有为枪呀炮呀打死，侥幸能活下找得出对于这世界施以一种酷刻的报复的。在生活的侮辱下糟踏，与其每天每天去尽了全力与柴米油盐来打仗，结果胜负还是未可知，不如走这士大夫所不齿的一条路，还是于你我都适宜。一切的站到幸运上的人，周围的事实是已把他们思想铸定成为了那样懦怯与自私，他们那能知道一个年青的人在正好接受智慧的时候为生活压下而继续死去是普遍的事实？他们哪能知道他自己以外的还有生活的苦战？那类口诵着陈旧的格言说是“好男不当兵”的圆脸凸肚绅士们，我是常常的梦到我正穿起灰衣在大街上见一个就是一个耳刮的。这可笑的梦我竟常常的要做。呵，小的弟弟，那类绅士的教训，若是在你心中居然生了足以使你自惭的坏影响，真是不应该！目下的，在此几个穷苦朋友们，还梦着呓语着，要在艺术上建设什么，找寻什么，在追求中却为了饥饿而僵仆，让冬的寒风在头上代表人类做冷峭的狞笑。这样的结果一无所得、包着苦恼死去的朋友们，这里那里全是。从这种悲剧的连续中，已给了我们颇大的真而善的教训了。当兵，便是我们这类人从梦中找不到满足复仇的一条大路！虽然这并不是一条平坦的路，但比之于类乎“秀才造反”的途径，已是异样的清楚了。吉弟，好好的对着新的生活努力吧。你好好的学一个大人，不要时时眼泪婆娑，不要如我六弟那样莽，我同你村哥也就可以放心了。我们是在同一命运下竭着力量来同生活抗拒的人，看了为可怕的时间所捏碎我们的天真与青春，真是只有抚着脸儿来痛哭。但是，向渺茫的那一点儿光明去看吧。过去的是已经成为过去了。好好的运用着未来也不为迟！得你来信，说是除了戴皮帽子大家骤然相对时要不禁微笑外一切都还好过，你会不知道我在接到你这信以后是怎样在喜悦与惆怅中眷念着我过去的自己！恐怕你仍然免不了初离开我们的寂寞，我才来写这一篇我的入伍生活，愿你有好的朋友，也能如我当时，只是不要到了我这样年纪时，却来改了业，写当年的一切给你小的朋友看！

连长[1]

一

军营中的上灯喇叭声音，在夏天时能使马听熟了也知道归回塞堡，入冬来，就只作了风的啯哨同伴，无聊无赖消失到那四面山林里去了。

天降了雪后，喇叭声音更低郁，住远一点的，就不能听到，这给了许多茅屋下面孩子的寂寞。

然而在军队中呆过的大人，就不闻号声，也能断出时间的。若尽靠营里喇叭打知会，那离营略远一点的地方就去不成了。指定时间的钟表一类东西不是凡是军人都有的，官佐也都看人来。而驻扎到此乡间这些那些喝酒吃肉是免不了常有的事情。在便利中找熟人谈天学古或者打一点小牌，也是军中许可的娱乐。还有不定要明白公开的各以其方法找个把情人，这纵为长官知道也都成了通融的例子。（一些是在别的村子五魁八马，一些是在学猪悟能招亲、姜子牙与申公豹斗法事，一些又是在陪到妇人身边唱小调。）若对于时间太无估计的能力，则类

---

① 本篇发表于1927年10月24~26日《晨报副刊》第2100~2102号。署名璇若。

乎点名那种事情一误再误总太难为情了吧。这里的军营中人，要紧的事是，不拘离营三里两里内外到晚上点名时节，总能预先赶到营中站立在那坪里让那值日连附喊到自己名字大应一个到，才成其为营中的体统。地方是乡村，既清净，不必同土匪打仗，又无贼，当然像那每日三操二讲堂的常备兵苛刻军规，在此是用不着的！然而每天点三次名还误事，挨一点骂或罚一点钟立正，这在驻扎于此间的军队官佐士兵夫全体良心都以为是应得而且为必要的了。在普通军营中，点名是早午晚，于晚上那次，是九点左右，即吹熄灯号以前不久。这里因为九点不适宜于全体的浪漫兴趣，于是又由连长连附集议改为与起更号相接近，这一来，还误点名，则对自己也像对不起似的了。是以这里的军人，于上灯时间的知识，更准确。

此时是，一个红着脸的穿着不相称的大灰布棉衣的号手，又站在那旗杆下头墩子石上吹他极得意的起更号时节了。凡是兵，就说驻扎在这旧庙里的一连人，已经各按照惯例，站到那盖满了雪的坪中。队伍成单行，班长则站在其一班的后面。行列中，因为习惯各人能记到自己地位，有些人告了假赴别地出差，就临时空出些地位来，经班长喊一声靠拢，其一班便即时缩短了。大家排了班以后，号音还未毕，值日连附就忙匆匆的从那蒙有格子花银封纸的一扇新白门内里出来，因为忙，帽子也不很正当。大家全爱喝一杯御寒，连附也免不了此，这时就正是从那羊肉火锅子边抽身出来办公的。连附拿着一本名册出来了，领头班长喊一声立正，各人重新端正起来振作精神把藏在厚重棉衣下的身子弄成一块碑模样，雪是不容情的乘此就进衣领了。随即是稍息，聪明一点的兵士，懂得头向后昂便能拒绝雪片的侵入，就不妨装作搔痒或整理腰带来逃难。

喊一声人名，就有一个人从队伍中骤的立正答应到，连附于是便在其名字下用铅笔一划。其喊过一次二次以后并无应声的，班长就上前解释。点名完毕照例短短的训词，大家又得笔直起身来默听。最后是，又稍息，又立正，解散了。

队伍解散后，连附便同班长之类，围到炉边继续喝那羊杂碎的火锅酒，弟兄各分开，那大坪里雪尽落，却再无一个人用颈部肯去承受了。

照营规，点了这次名以后，这一天算已告了结束，大家一直可以挨到明天清早点名再见面，因此凡是这里土著有着那军营中朋友情人的，听到吹号以后就可各以路途远近猜详他们的到来。喇叭的意义，在这里，又是怎样异于战地啊！

二

管领这一百个自由兵士的，是十个班长，每人手下有十人，如同自己的手指。在班长上面有三个连附，一个为中尉阶级，二个属少尉。连附上面是一个连长，按照例规有大操或战事发生，连长就得统率这一百余子弟指挥其进退。但是驻扎到这个地方，还有什么事要统率？做连长的除了拇战就是应团总约上山打野猪那工作了。然而这也只是连长一人事。做连长的真是简直闲到比庙里的僧还少事做，若非亏他能够找出一些方法消磨这日子，恐怕早已生病倒床了。

连长究竟做些什么消遣？是有的。按照通常习惯，一个长官总比其他下属多有一倍或是数倍机会得那驻在地方人民尊敬和切齿。这位连长也正是如此。譬如说，初初把队伍开到此地扎营到一处住户家中时，恰恰这位主人是一个年青寡妇，这寡妇，又正想从这些雄赳赳的男子汉中选那合意的替手，希望得到命运所许可的爱情与一切享受，那么总是先把她的身体奉献给那个位尊的长官。连长是正如所譬，因了年青而位尊，在来此不久，就得到一个为本地人艳称的妇人青睐，成了一个专为供给女子身体与精神二方面爱情的人物了。关于军营中的事越少，则足以使连长感到于新发见的职务越多。女人住的地方系在营盘一里外，入冬来，连长的勤务，就几乎是每天早晚二趟来去！若非关于伙食账目得常常同司务长清算，连长似乎不回也无不可的。照一个班长说法，连长是为女人，已经迷到愿意放弃全部职务于中尉连附身上，不必充当管领百人的长官，自己单想侍候妇人，终生让那妇人管领自己就行了。

就令当真是如此，这算连长的罪吗?

从连长年龄体貌上作价，都正适宜于同一个妇人纠缠为缘。命运把他安排到这小地方来，又为安排一个年龄略长的女人于此地，这显见连长再要关住爱情于心中，也不是神所许可的事！

要一个纯粹青年军官，受过良好军人教育的上尉，忘了自己的生活目的，迷恋妇人到不顾一切，如同一个情呆子，仍然是不可能的事情。且照常情说，如若短短分离不但不为爱情的障碍，且正可以借此休息从那终日拥抱得来的疲倦，则连长三日五日始能在营外别人家中宿一次，也是很自然的了。但把身子留在营中，心上仍然挂念着别处，年青人，究竟还是年青！

因了不能把身子同心分开在两地，有时节，连长是在夜静也曾偷偷起身或是装作察哨溜过妇人处宿的。连长在这事上头，是一个诗人又是个英雄。当其轻轻敲着那门，妇人已经听出连长声音拥着薄薄白的单衣开门时，妇人松散着发髻，以及惺忪的情态，在连长眼中，全成了神圣的诗质。一个缺少能力在文字上表现他的灵感的人是能加倍在他行为中表现出他灵感的，因此连长在这妇人的面前，便把那军营中火气全化尽，越变越温柔了。妇人呢，从连长那面来的不可当的柔情使妇人做着无涯涘的梦，正同一个平常妇人在她年青情人身上一个样，自己是已像把心交给这个人，后来终生都是随着这人跑，就到天涯地角也愿意了。当连长因了一点小事未能在妇人处宿，约到吃早饭号吹完以后出营时，那早上吃饭喇叭，便同专为连长情妇所吹一个样。妇人也是年青人，人其所以谓之为年青，这事便是一种凭证！

连长看妇人，像是本营少校上司官，自己应直隶其调度。妇人是把连长当作未来的丈夫，全让连长占据了自己。爱这东西是没有因为人类事业不同而荒疏了某种人。在一个都市上精致青年男女应酬宴会中能生长的根芽，在此同样的也会发育完全、开花结果了。

若把连长当作这里的总督，总督夫人的位置，在兵士心中，也都一致认定是这妇人了。

三

天落雪，气候冷到溪里水也结了冰。在雪中去嗾狗赶野兔，或者披了蓑衣用雪盖在蓑衣上面伏在林里打斑鸠，那种游戏如今只有一个老年纪的连附同到几个兵士有这种的趣味了。大多数的兵士是在营里围到火柴堆喝酒，少数的兵士是往别的人家打牌或找女人去谈谑。我们的上尉，不消说是正在情妇这边勾留！

用栗子下本地的烧酒，两人同在一个火塘旁边坐下来，连长就用一个军人经验谈着他的过去一切与驻扎各地不同的习惯。从葫芦里倒一杯酒到杯子中时，妇人总只喝五分之一，余下全到连长肚中去。从午时点名以后到如今，一葫芦酒有两斤，快完了。

"我瞧你今天吃酒量不同，怪！"

的确是不同。本来预备作两顿的一次就快完。妇人手摇着那长把漆有黑色花纹的酒器，奇怪了。

连长不作声，把空了的杯子送到妇人面前去，妇人无可如何似的于是又筛了一杯。又自解的说，天气太寒，多吃一点也并不碍事。

连长不说话，接着又是两口喝下了。

妇人担心的望连长：“已经没有酒了。我看你脸色不好，醉了就睡吧。”

“不。”是不醉，不睡，并且不承认有什么不好过的地方，答词只是一个不。

然而事实是连长因多喝了酒，从酒中引起一些烦恼了。

“我要回营了，劳你驾，为我把雨衣从钩上取下！”

“营里又无事，莫转去了呀。”

“非转去不可。喂，劳驾！”

在往日，也有这种的情形。连长忽然想到要回营，像心上有一件事正要做，但劝一两次，虽然还在脸上保留着那放心不下的颜色，就仍然留下，是妇人所知道的脾气。说非转去不可，妇人就采用那往日所取的战略，故意的说道：

“是又不满意我了？”

连长听此话，颜色变得越发难看了。妇人即刻就知道所说的话是误了方向，就改口说天气冷，又快要断黑，有事明早回也得。

“好歹我要走。我同你说你也不明白。乘到天未即断黑，不用灯，我就走！”

妇人愕然了。但从过去性格认识连长并非就能够固持到底，仍然打趣模样的说，纵有事，也总不外同你们连里那位司务长算伙食账。

“我要走！”连长在语气上表明不是为酒醉，给妇人明白。

妇人问：“为什么？”

“为什么？说不定在这样天气下头忽然会奉到上司旅长命令开拔到边界上去，我们还得走长路！”

“你胡思乱想。”

“我胡思乱想？”

从反复的一句话上，妇人听着忽然像为一个炸雷把耳震聋了。

连长见到妇人愣住的情形，也悟出是自己答话太近乎真要开差了，就补充说这是恐怕会有的一种猜想。

“恐怕是，”这虽足以解释去那“当真是”还距离得有多远，然而无意中把开差事情嵌进到这一团火热的胸中，两人要拔出这虚无的刺却不是一时可作得到了。

“我不走了，”连长说，还把酒杯推过去，“请为我再倒一杯。”

妇人极颓丧的倒出葫芦一杯酒。虽然在把酒筛好以后就诚诚实实接过来，却又并不即时朝嘴边送去，连长为了自己一句话也打伤了。

连长掉头过去避开妇人的目光。外面风飘着雪片，从窗口望去，像正有人在空中轻轻撒下棉花那样的轻盈，又像并不是下落，有些还正在上升。那窗子格上，是砌了好些雪了，还有些雪一粘到玻璃上面就融化不见。因为屋里温度高，窗子下面的一块玻璃，在屋中这面，便糊上了一层薄纱那样不再透明的冰雾，有两个小孩手掌的大小。

若不是落雪，天气已应当黑了。因了地上屋上遍是雪，一同反着哑的沉静的光辉，就不见得天气和平时的晚。这时屋里人相对着，脸相都还很分明，但是渐渐的，屋中角落以及那些桌子下面坛罐器皿却已全为黑暗偷偷悄悄搂着了。

两人不说话，两人便都听到外面的雪落地作极微极匀声音，又可听到屋后竹园大堆的雪下坍以后竹子弹起的声音。此外可是全无响动了。全村子里没有狗叫，也没有人声，也没有锣鼓唢呐，一个村子里面的一切全像睡着，又像全死了。

天色渐渐暗下来，屋子中慢慢颜色暗默，火塘内的炽着的炭却益发明了。

两人都能知道对方是在追索那句开差的话的意义，就是细细称量那未来而又必然要来的忧愁分量。

连长借了足下炽炭的光望妇人，触目的是那双垂着的白手。把手拿过来，握着了。妇人也不声。葫芦是为妇人放在桌子上，连长即时又抽出一只手去倒酒。妇人那只空手就去抢。连长声音戚戚的说：

“你就让我索性喝醉吧。”

先是劝，这时妇人不知怎样不愿连长再喝了。

“你让我，”连长说，“这样我好过一点。”

“酒完了。”

“多着咧。”

“你不能喝了，”妇人移开葫芦使连长手取不到就摩连长的下巴，“瞧，全像火，醉了不吃亏么？”

“酒逢知己千杯少”，这意思，连长在另外一个情形下所感到的与此时完全不同。有过多回的过去，在连长，已就明白而且承认“千杯少”是实话了。但今天则真应喝尽无数杯。

平常为功名，为遇合，为人生牢骚，得用酒来浇，如今为女人，连长以为最好为酒淹死了。

四

在把一种温柔女性的浓情作面网，天下的罪人，没有能够自夸说是可以陷落在这网中以后容易逃遁。学成了神仙能腾云驾雾飞空来去自如的久米仙人，为一眼望到妇女的白胫也失了他的法术，何况我们凡人秉承了爱欲的丰富遗产，怎么能说某一类人便不会为这事情所缚缠？在把身子去殉情恋的道路上徘徊的人，其所有缠缚纠纷的苦闷，凡圣实没有很大区别的。一个皇帝同一个兵士地位的不同，是相差到几乎用手可以摸得出，但一到恋着一个人，在与女人为缘的应有心灵上的磨难，兵士所有的苦闷的量与皇帝可并不两样。一个状元同一个村塾师也不会不同。一个得文学博士的人同一个杂货店徒弟也总只会有一种头痛。因此在连长的身分上，就不必怎样去加以此时那尽量饮酒的解释，也很容易明白了。

露水的夫妇，是正因为那露水的易消易灭，对这固持的生着那莫可奈何的恋恋难于舍弃的私心，自然的事啊！

没有酒可喝的连长，借着身边炭盆飘着微微蓝焰的火光，望到妇人的侧身轮廓，终无一语。旋又极无聊赖将那散在膝上桌上以及炭盆边旁的花生栗子壳扫盖到那炽炭上，先是发着烟，爆响着，不久就全体燃着火燎熊熊了。从火光中连长见到妇人白白脸上流泻着眼泪，就摇摆那个剃得光光的军人式的头，哑声说是已依命令就不回营了。

妇人苦笑着，倒出葫芦里余酒，自己一口气喝尽。

“说不有酒又有了！”连长责难似的嚷妇人。

“我不愿你吃了。”

“那你也莫喝。”

答应说是不喝，把葫芦摇着，一转眼间又倒出些到杯中。妇人正欲去拿时，连长手快先抢到，朝火里一浇。酒是只剩下一些余沥，与火接触忽然便变成火焰向上蹿。妇人把手掩了脸。腕上套有银麻花圈镯，这时像真金。也不是因为连长把酒抢了去不让喝就生了气，但在掩着脸以后，妇人忽然幽幽哭泣起来了。

“我答应不走，你又哭呀。”

还是哭，并非不曾听到连长的话语。再哭下去把连长反而哭走，也是妇人所能料得到的事。然而连长说不走，是这时，终久仍然还得走啊！妇人想到这些本不必想的未来情形，不由得更伤心了。好歹都得走，所有的情义，到时便当全丢下，这未来的必不可免的寂寞，使妇人把眼前怎样束缚连长的方法全忘记。若是连长真若为烧酒淹死，则妇人非把身子泡到泪中不可了。连长是，因了妇人一哭倒觉能将预支的苦恼支票拒绝，心上反而轻松一点了。连长望着妇人的抽咽，怔怔的，不知其办法，就立起身来。妇人虽用手掩脸，可是距离近，听得出。

“要走你就走，横顺要散场！”

“说不走了呀！”本来是想立起身来伸一个懒腰，怕误会就不伸。说是说不走了呀，那是为这因立起身子响声得来的误会加一种解释。

然而妇人为了自己一句话，索性嚎啕了。

要连长去持刀杀一个人，其困难不会像这时情形。

浇在炭上的酒是只一倏的光明，所有的果壳，也无从持久，屋中是随即恢复以前黑暗了。从光明中骤来的黑暗，各人是把对面的人轮廓也全体失去，妇人在黑暗中像是连长已真离开了她，哭得更浓了。

一个军人关于哄嘬妇人的方法，比较起来是笨拙到像蒺兔拉车，连长不久就用手去拭额边的汗，酒醒一半了。

连长求助于手去抚慰妇人，妇人就拖着那手用牙齿啃着。

“不痛吗？”连长反问那妇人。

“痛到你手上，我的心子被你啃了有多久！”

连长用嘴擦妇人腮边的泪，两人莽莽撞撞抱着了。

五

到腊月二十三，各家准备灶马糖送灶神上天的时节，连长办公改了个地方。从此司务长得一天一趟来到连长家中清算一次伙食账。点名号仍然是每日吹三次，但从此以后，不再能使连长太太听到这声音心跳了。

重阳后五日于北京

雪[1]

——在叔远的乡下，你同叔远同叔远母亲的一件故事

天气变到出人的意外。晚上同叔远分别时，还约到明早同到去看栎树林里捕野狸机关，就是应用的草鞋，同到安有短矛子的打狗獾子的军器，也全是在先夜里就预备整齐了。把身子钻到新的山花絮里呼呼的睡去。人还梦到狸子兔子对我作揖，心情非常的愉快。因为是最新习惯，头是为棉被蒙着，不知道天亮已多久，待到为一个人摇着醒来时，掀开被看，已经满房光辉了。

叔远就站在我面前笑。

他又为我把帐子挂好，坐到床边来。

“还不醒！”

“我装的。”

“装的？”

“那只怪你这被太暖和。因为到这里来同到一茂睡，常常得防备他那半夜三更猛不知一脚。又要为他照料到被，免得他着凉，总没有

---

① 本篇发表于 1927 年 10 月 27~29 日，31 日《晨报副刊》第 2103~2105 号，第 2107 号。署名沈从文。

比昨晚的好过。所以第一次一人来此舒服地方睡觉，就自然而然忘记醒转了。”

“我娘还恐怕你晚上会冷，床头上还留有一毯子，你瞧那不是吗？”

“那我睡以后，你还来到这里了！”

“来了你已经打鼾，娘不让我来吵你，我把毯子搭在你脚上，随即也就去睡了。”

因为是纸窗，我还不知道外面情形，以为是有了大黄太阳，时候太晏了，看狸子去不成了，就懊丧我醒来得太晚，又怪叔远不早催我醒。

“怎么，落雪多久了！我刚从老屋过来，院中的雪总有五六寸，瓦上全成了白颜色，你还不知吗？”

“落雪？”

“给你打开窗子看，”叔远就到窗边去，把两扇窗槅打开，“还在大落特落呢，会要有一尺，真有趣极了。”

叔远以为我怕冷，旋即又把窗关上。我说不，落了雪，天气倒并不很冷。于是就尽它开着。

雪是落得怪热闹，像一些大小不等的蝶蛾在飞，并且打着旋。

房中矮脚火盆中的炭火炽爆着火星，叔远在那盆边钩下身子用火箸尽搅。

“我想我得起来了。”

“不，早得很。今天我们的机关必全已埋葬在雪里，不中用，不去看了。呆会儿，我们到外踏雪去。”

我望到床边倚着那两枝军器，就好笑。我还满以为在今天早上拿这武器就可到叔远的栎林里去击打那为机关揹着后腿的野物！

我就问叔远，“下了雪不成，那我们见到玛加尔先生他捕狐不就正是在雪中么？”

“那是书上的事情，并且是俄国。我的天，你为了想捉一匹狸子，也许昨天晚上就曾做过那个可怜玛加尔捉狐的梦了！”

听到叔远的话我有些忸怩起来。我还不曾见过活的狸子在木下挣扎情形。只是从那本书上，我的确明明白白梦过多次狐狸亮亮的眼睛在林中闪烁的模样了。

叔远在炭盆的热灰里煨了一大捧栗子，我说得先漱漱口，再吃这东西。

“真是城里人呵。”

叔远是因为我习惯洗脸以后才吃东西揶揄我，正像许多地方我用“真是乡下人啊”的话取笑他一样。因为不让我起床，就不起来了。叔远把煨熟的栗子全放在一个竹筒子内送到床上来，我便靠在枕上抓剥栗子吃。叔远仍然坐床枋。

“我告你，乡巴老有些地方也很好受用的，若不是我娘说今天要为你炒鹌鹑吃，在这时节我们还可以拿猪肠到火上来烤吃呢。”

“那以后我简直无从再能取笑乡下人了。这里太享福。”

“你能住到春天那才真叫好玩！我们可以随同长年到田里去耕田，吃酸菜冷饭。（就拾野柴烤雀儿吃也比你城里的有趣。）我们钓鱼一得总就是七斤八斤，你莫看不起我们那小溪，我的水碾子前那坝上的鱼，一条有到三斤的，不信吧。”

我说：“就是冬天也还好得多，比城里，比学校，那简直是不消说了。”

“不过我不明白我的哥总偏爱住城里。娘说这有多半是嫂嫂的趣味，我以为我哥倒比嫂嫂还挂念城里。”

关于叔远的哥的趣味，我是比叔远还不明白，我不说了。我让我自己来解释我对于城乡两者趣味的理由。先前我怕来此处。总以为，差不多是每天都得同到几个朋友上那面馆去喝一肚子白酒，回头又来到营里打十轮庄的扑克的我，一到了乡下，纵能勉强住下也会生病！并且这里去我安身地方是有四百来里路，在此十冬腊月天气，还得用棕衣来裹脚走那五六天的道，还有告假离营又至多不会过两月，真像不很合算似的！然而经不得叔远两兄弟拖扯，又为叔远把那乡间许多合我意的好处来鼓动我心，于是我就到这个地方来了。到了这乡下以后，我把一个乡间的美整个的啃住，凡事都能使我在一种陌生情形下惊异。我且能够细细去体会这在我平素想不到的合我兴味的事事物物，从一种朴素的组织中我发现这朴素的美。我才觉得我是虽从乡下生长但已离开得时间太久，我所有的乡下印象，已早融化到那都市印象上面了。到这来了又得叔远两弟兄的妈把我当作一个从远处归来的儿子看待，从一种富厚慈善的乡下老太太心中出来的母性体贴，只使我自己俨然是可以到此就得永久住下去的趋势。我想我这个冬天，真过一个好运的年了。

叔远见我正在想什么，又自笑，就问我笑的缘故是什么。

“我想我今年过了一个顶舒服的年，到这来，得你娘把我待得这样好，运气太好就笑了。”

“娘还怕你因为一茂进城会感到寂寞，所以又偷偷教我告我大哥，一到十几就派人把一茂送来的。”

一茂是叔远大哥的儿子。一个九岁的可爱结实的孩子。聪明到使人只想在他脸上轻轻的拧掐。因为叔远大哥是在离此四十五里的县城里住，所以留下他来陪我玩。在一茂进城以前，我便是同一茂一床睡。日里一茂叔远同我三人便像野猫各处跑。一茂照例住乡不久又得进城去跟他的妈同爹住一阵，所以昨天就为人接进城了。如今听到叔远说是他娘还搭信要一茂早点来，我想因为我来此，把人母子分开，就非常不安。

我说，“再请为我写一信到你大哥处去，让一茂在城里久玩下，莫让嫂嫂埋怨你大哥说是老远一个客来分开他们母子！”

叔远就笑着摇头，说是那不成。一茂因为你来就不愿进城。你还得趁今年为他学完《聊斋》！

我想就因了一茂这乖孩子，我心中纵有不安，也得在这个乡里多呆一月了。

一竹筒栗子，我们不知不觉就已吃完了。望到窗边雪还是不止。叔远恐怕我起床时冷，又为加上两段炭。

栗子吃完我当然得起身了，爬起来抓取我那棉袄子。

“那不成。”叔远回头就把我挂在床架上的衣取到远处去，“时候早得很，你不听听不是还不曾有人打梆子卖糕声音吗？卖糕的不来，我不准你起来。炭才加上，让它燃好再起身。”

“我们可以到外面去玩。”望到雪，我委实慌了。

“那时间多着。让我再拿一点家伙来吃吃。我就来，你不准起身，不然我不答应。”

叔远于是就走出去了。耳朵听到他的脚步踏在雪里沙沙的声音渐远去了。我先是照着他嘱咐，就侧面睡下，望到那窗外雪片的飘扬。等一会，叔远还不来。雪是像落得更大。听到比邻人家妇人开门对雪惊诧的声音，又听到屋后树枝积雪卸下的声音，又听到远远的鸡叫，要我这样老老实实的安睡享棉被中福，是办不到的事了。

火盆中新加的白炭，为其他的炽炭所炙着，剥剥爆着响，像是在催我，我决定要起床了。

然而听到远远院子的那端，有着板鞋踏雪的声音，益近到我住的这房子，恐怕叔远抖那小脾气，就仍然规规矩矩平睡到床上。声音在帘外停止了。过了一会不作声，只听到为寒气侵袭略重的呼吸。

我说，“叔远，我听到你的脚步，怎么去得这样久？”

然而掀开帘子是一个女人，叔远的母亲。我笑了，赶忙要起床，这老伯娘就用手止住。老人一进房，就用手去弹那蓝布包头上的雪。

“我以为你不曾醒，怕他们忘了帮你加盆中炭火，起来又受凉，来看看。昨夜是不是睡得好？”

“谢谢伯妈，一夜睡得非常好，醒以前我还不知天已落了雪呢。”

“我也不想到。”这老太太见到窗子不关以为是昨晚忘了，“怎么叔远晚上窗子也忘关！”

“不，是刚才开的，落的是浮雪，不冷。”

“当真一点都不冷。你瞧我这上年纪的人，大毛皮衣还担受不住，是人老成精，也是天气的改变，哈。”

到这老伯妈把手来炭盆边交互捏着烘着时，我们适间所吃的栗子，剥到地下盆边的栗壳，已为老太太见到了。老太太笑。我记起叔远说的，娘是不准拿东西到早上吃，担心这时叔远不知道他娘在此，适于此时高高兴兴捧了一堆果子冒昧从外面进来，又无从起来止住叔远，就很急。

叔远的娘似乎看出我的神气了。就微笑解释似的说：“我已见到了叔远，正捧了不少粑同腊肉，我知道他是拿到这来，这孩子见了我就走了。我告了他今天早饭我们炒辣子鹌鹑，不准多吃别的零东西，这孩子又骗我！栗子吃熟的还不要紧，不过像我们老人吃多了就不成。你是不是这时饿了想吃粑？我可以帮你烧几个拿来。”

当到这老太太含着笑说这话时，我心上真不好意思惶恐到要命！明明叔远又告了我是早饭菜有鹌鹑，娘已要我们莫吃别的东西，我却尽量同到叔远分吃烧栗子。并且叔远这时若果拿粑来，设或把粑放到火上烤成黄色，包上猪肉，我也总不会拒绝，至少又得吃三个。等一会，吃早饭时又吃不下，这不是故意同老人家抬杠？然而背了老人两人偷偷吃的栗子赃证全在地板上，分辩说是并不曾吃过，只是剥来烧着玩，当然不是实在话。虽说幸好还只吃一点栗子，粑还不到口，然而纵不入口仍然也为老人所知道，我这时真有点儿恨叔远不孝了。我们自己以为使鬼聪明，可以背了老伯妈做的事，谁知全为她知道。我从她的眼中看出她是相信我至少也是同情叔远取粑同腊肉的，并且安慰我，若果是想吃可以为我烧几个，我还好意思说是就吃也不妨？

我答应她的话是：“不，我并不想吃。”我一面在心中划算，“今天吃早饭我若不再多吃两碗来表明我栗子吃得并不多，真是不配在此受人款待了。”

她看着我忸怩神气，怕我因此难过，就又把话移到另外一桩事上去，说到在雪里打白绵的情形。

“你不知白绵那东西，狡极了，爬上树以后，见到狗在树根就死捱不下树。这时节，总又有好多机会得到这东西了。我要廖七到村里去问，若有人打得就匀一腿来，我为你同叔远作白绵蒸肉，欢喜用小米拌和也好，这算顶好味道一种菜，一茂这小子就常嚷要，不是落雪也得不到！”

若果是今天晚饭有白绵蒸肉吃，我想过午我又得少吃一点东西，好在饭量上赎我所有的罪了。

听到院中有人踹雪的声音，我断定这真是叔远了，老太也听到，就从窗口望出去。

“又不怕冷呀。你瞧手都冻红了，还不来烤烘！”

叔远即刻负着一身雪片进房了。我因他妈望别处，就努目示意，告他栗子事已为老人发觉。

叔远装作不在意那样，走近炉边去，说：“娘，我先还以为挂在那檐下的棕袋里栗子不干，谁知甜极了。”

“你是又忘娘的话，同从文吃烧栗子了。”

“并不多，只几颗儿。”

娘望到地下那一些空壳，听到“几颗儿”的话，就不信任似的抿嘴笑。我也不得不笑了。

叔远坐在火边反复烤着那些肿成小胡萝卜似的手指，娘就怜惜十分为纳到自己暖和的掌中捏着。叔远一到他娘的面前，至少就小了五岁，天真得与一茂似乎并不差有多少了。

我是非得起床不可了。叔远说是为到东院去叫人送洗脸水，他娘就说让她过去顺便叫一声，娘于是走了。

我站到床上，一面扣衣一面说，“我问你，你拿的粑同腊肉？”

叔远把头摇，知道是母亲已告了我。然而又狡猾的笑。

“怎么？还有什么吧？”我看叔远那身上，必定还有赃。

“瞧，”果不出所料，叔远从抱兜里把雪枣坯子抓出七八条，“小有所获，君，仍然可以！”

接着叔远说是只怪娘为人太好，所以有些地方真像是不应当的顽皮。

“还说！你真不孝！”

洗脸水还不见来，我们二人又把放在灰里捞好的东西平分吃完了。

船上岸上[1]

写在《船上岸上》的前面

十二月九日，是叔远南归四年的一个纪念日。

同叔远北来，是四年又四个月。叔远南归是四年。南归以后的叔远，死于故乡又是二十个月了。

在北京，我们是一同住在一个小会馆，差不多有两个半月都是分吃七个烧饼当每日早餐。天气寒冷，无法燃炉子，每日进了我们体面的早餐后，又一同到宣内大街那京师图书分馆看书。遇到闭馆，则两人就藏在被里念我们史记。在这样情形下，他是终于忍受不来这磨难，回家了。我因无家可回，不得不在北京呆下来。

谁知无家可归者，倒并不饿死；回家的他却真回到他的“老家”去了。生来就多灾多难的我，居然还来吊叔远，真是意料不到的事！

---

① 本篇发表于 1927 年 12 月 29~31 日《晨报副刊》第 2165~2167 号。署名休芸芸。

哭自己，哭别人，我是没有眼泪了。今天写这点东西，是我想从过去的小事上，追想我们的友谊，好让我心来痛哭一次。以前我能劝别人莫从失望到绝望，如今我是懂得自劝了。

休某

船停了。

停到十八湾。十八湾是辰河中游长长的一条平潭。说十八湾地名应作“失马湾”者，那当去志书上找证据。从地形上看，比从故事上看方便了许多。所以人人都说这是十八湾。潭长七里，湾拐本极多，但要说十八的数是顶确实，那也并不一定。不说十二十五，说十八,一面言其多，一面谐“失马”的音，不算极无意义了。

船到十八湾多停停，因为是辰河船舶往来一个极方便停船的所在。下行停到此地，则明天可以在晚饭左右抵泸溪。上行则从辰溪县上游潭湾地方开船，此为第一天顶合式停船码头。

我们船是下行的。

船停在码头边成一队，正如一队兵。大船排极右，其他船只依次来。这是说我们所有下行船一帮。虽然这只是一帮，船就有四十只，各把船头傍了岸，一个石头堆成的码头早挤满不能再容别的船舶了。别的船，原有别的帮，也就有别的码头让它们泊岸，两不相关。

停了船，不上岸不成的。

坐船久了的人，一爬上岸也总觉得地是在脚下晃动。无形中把在船上憩着为水荡摇成为新习惯，一上岸，就反而觉岸在动了。实则动的是自己身子。但是谁能不疑心是地动呢。

岸是上了，上了岸原也无可作，就坐在岸边石墩子上看到一帮船。船的头尾全已站了人，凡是日间在篷里呆睡呆坐的，这时全出到舱面来了。各个船上都全在煮饭，在船头，在船尾，无一个不腾起白的烟气。一些煮好了饭的，锅中就炒菜，有油落在锅里炸爆的声音，有切菜的声音。有些用顶罐煮饭，米已熟，把罐提起将米汤倾倒到河中去。又有人蹲在船篷上唱戏。坐在岸边看看天夜了。

“远，我们怎么样？”我意思想上船了。

他说饭还不曾熟，随到他们到上面街上买一点东西，看有什么买什么。我是不会不答应，我们就上了街。

天呵，这是什么街！一共不到二十家铺子，听人说这算南街。再过去，转一个拐直入山上去，有一个小石堡子门，进堡子门零零落落一些人家，比次而成一直行，算东街。

“看不出，铺子小，生意倒不错咧。”远说着就笑，我也笑。

从麻阳下行的船，到高村可以将一切应用东西完全准备好，如像猪肉呀，猪油呀，盐同辣子呀，高村全可买。从辰州上行的船，一切东西也办得整齐丰富，在路上要买就还有的是机会买小菜。那么这里生意应当萧条了。

猪肉一类东西这地方销路实际上似乎真不怎样好，看看屠案上，所有的猪肉，就全像从别个乡村赶场趸来的东西！牛肉有是有，是更来得路程远一点，色变紫色了。

但这地方另有生意真可以搭股分呢。凡是码头顶好的生意，并不是屠户。只要是这地方有船停泊，卖小吃东西的总不会亏本。从五十六十里路大市口上趸来的半陈点心，一到这地方来，成了奇货可居了。鸡蛋糕，雪枣，寸金糖，芝麻薄饼，以至于能够扯得多长的牛皮糖，全都有，全易卖。从搭客到船上火头师傅，对于这类东西都会感到极浓厚趣味。小孩子则还要更凶。大家争着买，抢着拿，因此一来价钱更可以高升一些。

还有卖纸烟，卖大烟的哩，全是门前堆了不少的人，像是抢粑粑！[1]

我们到一个卖梨子花生的摊子边买梨。

问那老妇人："怎么卖？"

"四十钱一堆。"说了又在我同叔远身上各加以眼睛的估价。

一堆梨有十来个，只去铜元四枚，未免太贱，就一共买了四堆。

"不，先生，这一共买就只要百二十钱。"

"怎么？"

"应当少要点。"

望到那诚实忧愁憔悴的面貌，我想起这老妇人有些地方像我的伯妈。伯妈也有这样一个瘦脸，只不知这妇人有不有伯妈那一副好心肠。

"那我们多把你这点钱也不要紧。"我就一面用草席包梨，一面望那妇人的脸。

远也在望她。

妇人是全像我伯妈了。她说既然多给钱也应多添几个梨子。

一种诚朴的言语，出于这样一种乡下妇人口中，使我就无端发愁。为什么乡下同城里凡事都得两样？为什么这妇人不想多得几个钱？城里所谓慈善人者，自己待遇与待人是——城里的善人，有偷偷卖米照给外国人赚点钱，又有把救济穷民的棉衣卖钱作自己私有家业的。这人也为世所尊视，脸上有道德光辉所照，多福多寿。乡下人则多么笨拙。这诚实，这城中人所不屑要的东西，为什么独留在一个乡下穷妇人心中盘据？良心这东西，也可以说是一种贫穷的原素，城市中所谓道德家其人者，均相率引避不欲真有一时一事纠缠上身，即小有所自损，亦必大张其词使通国皆知他在行善事。以我看，不是这妇人太

① 作者自注：抢粑粑，乃放燄口后施鬼食，人人可以抢，箪俗也。

傻，便是城市中人太聪明能干！

远似乎也为这妇人感触着一种心思，望到这妇人又把筐中的梨捡出到簸箕里，大小平均兼扯的摆成一堆，摆好后，要我们抓取，不愿抓，就轻轻嘘了一口气。末后还是趁我们不备，把一堆梨放到我们席包里了。

我们把梨包好，走开了。

我在路上问远，“你瞧这妇人，那种诚实坦白的样子，真使人想起生无限感慨——你怎么？我见你也望她！”

“这人实在太蠢了。城里人可不这样。”

远的话的幽默使我作一度苦笑。

我们一旁走，一旁从席包中掏出梨来啮，行为像一个船夫。也只有水手才吃这梨！梨子味酸得极浓，却正是我们所嗜，若非知道吃饭有鳜鱼，我们每人会非吃十个不知道止了。

到岸边。

天是渐夜了。日头沉到对河山下去，不见日头本体后，天空就剩一些朱红色的霞。一些霞，时时变，从黄到红，又从红到紫，不到一会儿已成了深紫，真是快夜了。

我们依然坐在那码头石墩子上，我们的船离我们不到五丈，船上煎鱼的油味，顺着微风飘来时就可以闻到。

在空中，有一些黑点，像摆得极匀，在那灰云作背景的天空匆匆移向对岸远汀去。我猜那是雁，远却猜是鸟。然而全猜错了。直到渐渐小去才听到叫出轲格轲格声音来，原来这是渔鹭鸶！弯嘴渔鹭鸶值钱，这些便是那些打鱼人用不着的直嘴鹭鸶。算作野鸟了。望到鹭鸶我想起远家中的那只大白鹤，就问远，是不是还牵挂那只鸟。

“怎么不？还有狗，还有那火枪，都会很寂寞。”狗是为远追逐田兔的，枪是不知打过多少山鸡的，所以远说到时就当真俨然见着他家那只黑狗卧在门前顶无聊似的。

“我也念它呢，”我说，“我念它第一次咬我吓了我，第二次同我亲热时扑上身来又吓了我！”

我们全笑了。

当真这时家中的狗也许极无聊，此时正是吃夜饭时节，人既离了家，则狗同谁到夜饭桌边去闹？若远的侄子在家，还可以来一同抢掉在地下的鸡头。若家中尽剩他母亲一人，那就有苦受了！因此我又想起那黑狗吓了我后为远的母亲用杖挞它时伏于地面不动的情形。是，这是一匹狗，还有比狗更可恋的许多许多东西在！人一来，有谁再去仓上看我们的钓竿？此后砖坝上有鱼，谁去钓？鱼不也会寂寞么？

简直不堪设想了，就是远的母亲，那笑脸，那一副慈祥心肠，把儿子一走，那老人的笑脸同这好心肠，给谁受用？

不想吧，也不成。于是我们谈着一切顶有趣的故事，从远的母亲到远家长年的一只草鞋，因这只草鞋曾为远拿起打着一只斑鸠……

谈也谈不完。

到船上煎鱼姜辣香味为我闻及时，对河的岸同水面，已全为一种白色薄薄烟雾笼罩，天上是一片青色，有月亮可以看得出了。

我们上船把饭吃，吃鳜鱼，还各用上一杯酒。船上规矩有鱼不吃酒不行，所以照规矩两人勉强吃下。

吃了饭以后，又上到岸，月是更明了。在月下，有傍了各帮的船尾划着小划子的人曼声喊猪蹄子粉条声音，这声音，只像他是为唱歌而唱歌，竟不像是真在那里招引主顾。桨的拍水声，也像是专为这歌声搭拍而起。

在水上远处，又可听到摇橹的歌声，声极清，又极远，声是非常美。

有船从上游下驶，赶到这地方停泊，便是这奇怪歌声来源了。虽有月，初七初八的月光非常澹，所以总先听到歌声从水面飞来，不见船，不见人。到认清来船形体时节，这时歌声已快止，变了调，更急迫了。不久就听到船上人语嘈杂。

一切光景过分的幽美，会使人反而从这光景中忧愁。我如此，远也正如此。我们不能不去听那类乎魔笛的歌，我们也不能不有点儿念到渐渐远去的乡下所有各样的亲爱东西。这样歌，就是载着我们年青人离开家乡向另一个世界找寻知识希望的送别挽歌！歌声渐渐不同，也像我们船下行一样，是告我们离家乡越远。我们再不能在一个地方听长久不变的歌声。第二次也不能了！

两人默默的呆着，没有可说的。

这时别的船上也有不少人在岸上坐。且有唱戏的，一面拉琴一面唱，声作麻阳腔。

远轻轻的说："从文，你听，这是《文公走薛》！麻阳人最长的是摇橹唱歌打号子，一到唱戏，这简直像猪叫了。"

琴既是嗡嗡拉着，且有一个掌艄模样的人为拍板，一时是决不会止了。我想起要看看那卖梨子的妇人这时是不是还在作生意，就说我们可以再到街上去玩玩。远答应，我们就第二次上了街。

月光下的街上美多了。

一切全变样，日里人家疏，屋显陋小，此时则灯光疏疏正好看。街道为月光映着，也极其好看。

屠户关了门，只从门罅露出点黄色灯光，单听到里面数钱声音，若不是那张大案桌放在门外，我们就会疑心这是大的钱铺了。看来他们生意仍然不坏，并不如我们先时所想。

其他的人家，已有上过铺板的，却知道是门里仍然有人做生意。其他不曾关门的，生意却依然是忙乱着，一盏高脚丹凤朝阳煤油灯，在那灯光下各样坛子微微返着光，还有那在灯光下摇去摇来扁长头颅的影子，都有一种新鲜趣味。我们就直向那有灯光处走去，每一个灯下全看看是卖什么样东西。全没有买却全都看到，十多个摊子是看尽了。

到卖梨子妇人小摊旁,见这老妇人正坐在一小板凳上搓一根麻绳，腰躬着，因为腰躬着，那梨子簸里那桐油灯便照着她的头发，像一个鸟窠。

听到我们走近摊子旁,妇人才抬起头来。大约以为我们是来买梨，就说梨是好吃的，可以试试。

“我们买得许多了。”

“哦，是才来买的，我真瞎眼了！”妇人知道我们不是要梨子，原是上街玩，就让我们坐。

当然是不坐。

本来是预备来同这妇人说说话的我，且想送她一点钱，到此又像这想头近于幼稚，且看看这妇人生活，听她谈及还很过得去，钱是不送她，我们随即又转身到河边码头了。

上船来，同远睡在一块儿，谈到这妇人，远想起他妈，拥着薄被哭。哭，瞒不了我，为我知道了，我只能装成大人，笑他“不济”。

十二月北京

阿金[1]

黄牛寨十五赶场，鸦拉营的地保，在场头上一个狗肉铺子里，向预备与一个寡妇结婚的阿金进言。他说话的本领与吃狗肉的本领一样好，成天不会餍足。

“阿金管事，你让我把话说尽了。听不听全在你。我告你的事是清清楚楚的。事情摆在你面前，要是不要，你自己决定。你不是小孩子了。你懂得别人不懂的许多事，——譬如划算盘，就使人佩服。你头脑明白，不是醉酒。你要讨老婆，这是你的事，不用别人出主意。不过我说，女人的脾气不容易捉摸。我们看到过许多会管账的人管不了一个女人。我们又得承认有许多人管兵时有作为，有独断，一到女人面前就糟糕。为什么巡防军的游击大人被官太罚跪的笑话会遐迩皆知？为什么有人说知县怕老婆还拿来搬戏？为什么在鸦拉营地方为人正直的阿金也……”

地保一番好心告给阿金，说有些人不宜讨媳妇的。所谓阿金者，这时似乎有点听厌烦了，站起身来，正想走去。

地保隔了桌子一手把阿金拉着，不即放手。走是不行的了。地保

---

① 本篇发表于 1929 年 1 月 10 日《新月》第 1 卷第 11 号。署名沈从文。

力气大，能敌两个阿金。

“别着急！你得听完我的话，再走不迟！我不怕人说我有私心，愿意在鸦拉营的正派人阿金做地保的侄婿。我不图财，不图名，劝你多想一天两天。为什么这样忙？我的话你不能听完，将来你能同那女人相处长久？”

“我的哥，你放我，我听你说！”

地保笑了，他望阿金笑，笑阿金的为女人着迷，到这样子，全无考虑，就只想把女人接进门。又笑自己做老朋友的，也不很明白为什么今天特别有兴致，非把话说完不可。见阿金样子像求情告饶，倒觉得好笑起来了。不拘是这时，是先前，地保对阿金原完完全全是一番好意的。

除了口多，爱说点闲话，这地保在鸦拉营原被所有人称为好人的。就是口多，爱说说这样那样，在许多人面前也仍然不算坏人啊！爱说话，在他自己是无恶意的。一个地保，他若不爱说话，成天到各处去吃酒坐席，仿佛一个哑子地保的身分，还在什么地方可以找寻呢？一个知县的本分，照本地人来说，只是拿来坐轿子下乡，把个结结实实的身体，给那些轿夫压一身臭汗。一个地保不长于语言可真不成其为地保。

这时地保见阿金重复又坐下了，他把拉阿金那一只右手，拿起桌上的刀来就割，割了就往口里送。（割的是狗肉！）他嚼着那肥狗肉，从口中发出咀嚼的声音，把眼睛略闭复睁开，话又说到了阿金的婚事。

……

总而言之是他要阿金多想一天。就只一天，老朋友的建议总不能不稍加考虑！因为不能说不赞成这事，这地保到后来方提出那么一个办法，等明天才说。仿佛这一天有极大关系存在，一到明天就“革命”似的，使世界一切发生了变化。这婚事阿金原是预备今晚上就定规的，抱兜里的钱票一束，就为的是预备下定钱作聘礼用的东西。这乡下人今年三十三岁，他手摸钞票洋钱摸厌了。一双数惯钱钞的手，如今存心想摸摸妇人身上的一切，算不得是怎样不合理的欲望！但是经不住地保用他的老友资格一再劝告，且所说的只是一天的事，想一天，想不想还是由自己，不让步真像对不起这好人，他到后只好答应下来了。

为了使地保相信，——也似乎为了使地保相信才能脱身的原因，阿金管事举起杯，喝了一杯白酒，当天赌了咒，说是今天决不上媒人家走动，绝对要回家考虑，绝对要想想利害。赌过咒，地保方面得了保证，到后便满意的微笑着，近于开释的把阿金管事放走了。

阿金在场上，各处走动了一阵，今天场上苗族女人格外多。各处是年青的风仪，年青的声音，年青的气味，因此阿金更不能忘情那一身白肉寡妇。乌婆族的女人是妖是神，比酒还使人沉醉，那不承认是不行的。这管事，打量讨进门的女人，就正是乌婆族中身体顶壮肌肤顶白的一个女子！

在别的许多大地方，一个人有了点积蓄时，照例可以作许多事情，或者花五百银子，买一匹名为拿破仑的狼狗，或者花一千银子，买一部宋版书。阿金是苗人，生长在苗地，他不明白这些事情。他只按照一个平常人的希望，要得到一种机会，将自己的精力，用在一个妇人身上去。精致的物品只合那有钱的人享用，这话凡是世界上用货币的地方都通行。这妇人的身体值五头黄牛，凡出得起这个价的人都有作她丈夫的资格。阿金管事既不缺少这份金钱，自然就想娶这个精致体面妇人作老婆。

妇人是新寡，出名的美。大致因为美，引起了许多人的不平，许多无从与这个妇人亲近的汉子中，就传述了一种只有男子们才会有的谣言，地保既是阿金的老友，因此一来自然就觉到一分责任了。地保劝阿金，不是为自己有侄女看上了阿金，也不是自己看上了那妇人，这意思是得到了阿金管事谅解的。既然谅解了老友，阿金当真是不方便在今天上媒人家了。

知道了阿金不久将为那美妇人的新夫的大有其人。这些人，今天同样的来到了黄牛寨场上会集，见了阿金就问："阿金管事什么时候可吃酒？"这正直乡下人，在心上好笑，说是："快了吧，在一个月以内吧。"答着这样话时的阿金管事，是显得非常快乐的。因为照规矩一面说吃酒，一面就有送礼物道贺意思。如今刚好进十月，十月正是各处吹唢呐接亲的一个好节季！

说起这妇人，阿金管事就仿佛捏到了妇人腿上的白肉，或拧着了妇人的脸，有说不出的兴奋。他的身虽在场坪里打转，他的心是在媒人那一边的。

虽然赌了小咒，说决定想一天再看，然而终归办不到，他到后又向做媒那家走去了。走到了街的一端狗肉摊前时，遇见了好心的地保，把手一摊，拦住了去路。

"阿金管事，这是你的事，我本来不必管。不过你答应了我想一天！"

原来地保等候在那里。他知道阿金会翻悔的。阿金一望到那个大酒糟鼻子，连话也不多听就回头走了。

地保一心为好候在那去媒人家的街口，预备拦阻阿金。这关切真来得深厚。阿金知道这意思，只有赶快回头一个办法。

他回头时就绕了这场走，到卖牛羊处去，看别人做牛羊买卖。认得到阿金管事的，都来问他要不要牛羊。他只要人。他预备的是用值得六只牯牛的钱换一个身体肥胖胖白蒙蒙的妇人的。望到别人的牛羊全成了交易，心中有点难过，不知不觉又往媒人家路上走去。老远就听到那地保和他人说话的声音，知道还守在那里，像狗守门，所以第二次又回了头。

第三次是已走过了地保身边，却又被另一人拉着讲话，所以为地保见到，又不能进媒人家的。

第四次他还只起了心，就有另一个熟人来，说是地保还坐在那狗肉摊边不动，和人谈天。谈到阿金的事，阿金真不好意思敢再过去冒险了。

地保的好心肠的的确确全为阿金打算的。他并不想从中叨光，也不想拆散鸳鸯。究竟为什么一定不让阿金抱兜中钱，送上媒人的门，是一件很不容易明白的事，但他是有道理的。好管闲事的脾气，这地保平素有一点也不多，恰恰今天他却特别关心到阿金的婚事。为什么缘故？因为妇人太美，相书上写明“克夫”。老朋友意思，不大愿意阿金勤苦多年积下的一注财产一分事业为一个妇人毁去。

为了避开这麻烦，决计让地保到夜炊时回家，再上媒人家去下定钱，阿金管事无意中走到赌场里面去。一个心里有事的人，赌博自然不大留心，阿金一进了赌场，也同别的许多乡下人一样，很豪兴的玩了一阵，出来时，天当真已入夜了。这时无论如何地保应回家吃红炖猪脚去了，但阿金抱兜已空，所有钱财业已输光，好像已无须乎再上媒人家商量迎娶了。

过了几天，鸦拉营为人正直热情的地保，在路上遇到那为阿金做媒的人，问到阿金管事的婚事究竟如何，媒人说阿金管事出不起钱，妇人已归一个远方绸商带走了。亲眼见到阿金抱兜里一大束钞票的地保还以为必是阿金觉得美妇人是不能做妻，因此将亲事辞了。地保自以为自己做了一件很对得起朋友的事情，即刻就带了一大葫芦烧酒，走到黄牛寨去看阿金管事，为老朋友的有决断致贺。

十七年十二月写成

（选自《旅店及其他》）

旅店[1]

只有醒的人，去看睡着了的另一种人，才会觉到有意思的。他们是从很远一个地方走来，八十里，或一百里的长途，疲劳了他们的筋骨，因此为熟睡所攫，张了口，像死尸，躺在那用干稻草铺好的硬炕上打鼾。他们在那里做梦，不外乎梦到打架、口渴、烧山、赌钱等等事。他们在日里时节，生活在一种已成习惯了的简单形式中，吃、喝、走路、骂娘，一切一切觉得已够，到可以睡时就把脚一伸，躺下一分钟后就已睡着了。

这样的人在各处全不缺少。生在都会中人是即或有天才也想不到这些人生在同一世界的。博士是懂得事情极多的一种上等人，他也不会知道这种人的存在的。俄国的高尔基，英国的萧伯纳，中国的一切大文学家，以及诗人，一切教授，出国的长虹，讲民生主义的党国要人，极熟习文学界情形的赵景深，在女作家专号一书中客串的男作家，他们也无一个人能知道。革命文学家，似乎应知道了，但大部分的他们，去发现组织在革命情绪里的爱去了，也仿佛极其茫然。

中国的大部分的人，是不但生活在被一般人忘记的情形下，同时

① 本篇发表于1929年2月10日《新月》第1卷第12号。署名沈从文。

也是生活在文学家的想象以外的。地方太宽，打仗还不容易，其余无从来发现，这大概也是当然的道理了。这里一件事，就是把中国的中心南京作起点，向南走五千里，或者再多，因此到了一个异族聚居名为苗窠的内地去。这里是说那里某一天的情形的。

天已快亮。

在主人名字名为黑猫的小店中，有四个走长路的人，还睡在一个长大木床上做梦。他们从镇远以上，一个产纸的地方，各人肩上扛了一担纸下来，预备到屈原溯江时所停船的辰阳地方去。路走了将近一半。再有十一天，他们就可以把纸卖给铺子回头了。做着这样仿佛行脚僧事业的人，是为了生儿育女的缘故，长年得奔走的。每一次可以休息十天，通计一年之中有四分之三在各地小旅店中过夜。习惯把这些人变成比他一种商人更能耐劳，旅店与家也近乎是同样的一种地方了。

这旅店开设在山脚，过湖南界下辰州的是应翻山过去的，走了长路的因此多数在此住宿，预备在一夜中把疲倦了的身体恢复过来，蓄了力上这高山。主人是二十七岁的妇人，属于花脚苗。这妇人为什么被人取名为黑猫，是很难于追溯的事。大概是肌肤微黑，又逗人欢喜的原故，所以称为黑猫。这名字好像又是这妇人丈夫所取的。为自己妇人取下了这样好名字的丈夫，料不到很早的就死去，却把名字留给一切过往客人呼唤了。把名字留给过往客人呼唤，原是不什么要紧，黑猫的身体，自从丈夫死了以后，倒并不如名字那样被一般人所有！

欢喜白肉，苗族中并不如汉人嗜好之深。对于黑的认识，在白耳族中男子是比任何中国人还有知识的。然而黑猫自从丈夫死了以后，继续了店中营业，卖饭、卖酒，且款待来往远方的客人住宿，却从不闻谁个人对黑猫能有皮肤以内的认识。凡是出门经商作事的人全不是无眼睛的人，眼睛大部分全能注意到生意以外的妇女们脸孔，但对于黑猫，总像她真是个猫，与男女事无关，与爱情无分。事情也并不怎样奇怪，她不是平常的花脚族妇女。乌婆族妇女的风流娇俏，在这妇人身上并不缺少，花脚族妇女的热情，她也秉赋很多，同时她有那猓猓族妇女的自尊与精明，死去了的丈夫让他死去，她在一种选择中做着寡妇活下来了。

她在寡妇的生活中过了三年，没有见到一个动心的男子。白耳族男子的相貌在她身边失了诱人的功效，布依族男子的歌声也没有攻克这妇人心上的城堡。土司的富贵并不是她所要的东西，烟土客的挥霍她只觉得好笑。为了店中的杂事，且为了保镖需人，她用钱雇了一个四十多岁的驼背人助理一切。来到这里的即或心怀不端，也不能多有所得，相约不来则又是办不到的事。这黑猫的本身就是一件招徕生意的东西，至于自黑猫手中做出的菜，吃来更觉得味道真好，也实有其人。

因为这样，黑猫在众人所不能忘的情形下生活，自然幸福与忧患是同时都有得到的方便，她应得到的全来了。在营业上心怀上占了优势的黑猫，在身体上灾难上不可免的也来了。用歌声，与风仪，与富贵，完全克服不了黑猫的心，因此有人想起用力来作最后一举的事了。亏了黑猫的机警，仍然不至于被人遂心，其中故事不少。……故事数毕到了最近的今天。

照例天一发白，黑猫是就应当同那驼子起身，为客人热水洗脸，或烫一壶酒，让客人在灶边火光中把草鞋套上，就来开门送客的。把客送走，天若早，又是冬天，还可以再把身子蜷到棉絮中睡一觉。若系三月到九月中任何一日，则大清早各处全是雾，也将走到大路旁井边去担水，把水缸中贮满清水为止。担水的事是黑猫自作的。

黑猫今天特别醒得早，醒时把麻布蚊帐一挂，把床边小小窗子推开，满天的星子，满院子虫声，冷冷的风吹来使人明白今天的天气晴朗是一定。虫声像为露水所湿，星光也像湿的，天气太美丽了。这时节，不知正有多少女人轻轻的唱着歌送她的情人出门越过竹林！不知有多少男子这时听到鸡叫，把那与他玩嬉过一夜的女人从山峒中送转家去！又不知道有多少人在那分别时流泪赌咒！黑猫想起了这些，倒似乎奇怪自己起来了。别人作过的事她不是无分！别一个作店主妇的人都有权利在这时听一点负心男子在床边发的假誓，她却不能做。别的妇人都有权利在这时从一个山峒中走出，让男子脱下蓑衣代为披上送转家中，她也不能做。

一个二十多岁的妇人，结实光滑的身体，长长的臂，健全多感的心，不完全是特意为男子夜来享受的么？可是一个有权享受她的男子，却安安静静睡到土里四年，放弃这权利了。其余呢，又都不济。

今天的黑猫真有点不同往常，在星光下想起的却是平时不曾想到的男女事情。她本应在算账这些纠葛上感觉到客人好坏的，这时却从另一些说不分明的印象上记起住宿的客人来了。四个客，每年来去约在十五六次左右，来去全在此住宿也已经有数年了。因为熟，她把每一个人的家事全知道得清清楚楚。这些人全有家室是她早知道了的。只要中了意，把家中撇开，来做一点只有夫妻可以有的亲密，不拘形迹的事体，那原无妨于事的。山高水长两人分手又是一个月，正因为难于在一处或者也就更有意思。这些事，在另一时本来她就想到了，不行的仍然是男子中还无一个她所要的男子。此时的四个纸客，就无一个像与她可以来流泪赌咒的。她即或愿意在这四碗菜中好歹选取一碗，这男子因为太与主人相熟，也就很难自信在这个有名规矩的妇人身上，把野心提起！

但奇怪的是今天这黑猫性情，无端的变了。

一种突起的不端方的欲望，在心上长大，黑猫开始来在这四个旅客中思索那可以光身的人了。她要的是一种力，一种圆满健全的、而带有顽固的攻击，一种蠢的变动，一种暴风暴雨后的休息。过去的那个已经安睡在地下的男子，所给她的好经验，使她回忆到自己失去的权利，生出一种对平时矜持的反抗。她觉得应当抓定其中一个，不拘是谁，来完成自己的愿心，在她身边作一阵那顶撒野的行为。她思索这样事情时，似乎听得有人上山的声音了。

她又从窗口去望天上的星，大小的星群无从数清，极大的星子放出的光作白色，山头上显得出庙宇的轮廓，无论如何天是快明了。

听到鸡叫的声音，听到远处水磨的呜咽声音，且听到狗的声音。狗叫是显然已有人乘早凉上路了。在另一时，她这时自然应当下床了，如今却想到狗叫也有时是为追逐那无情客人而怀了愤恨的情形的，她懒懒的又把窗关上了。

那驼子原是一个极准确的钟，人上了年纪，一到天亮他非起床不行，这时已在那厨灶边打火镰燃灯，声音为黑猫听到了。

黑猫在床上，像是生了气，说，“驼子，你这样早是做些什么事？”

“不早了，我知道。今天天气又好，今年的八月真是菩萨保佑！”

驼子照例把灯一燃，就拿灯到客人房中去，于是客人也醒了。

一个客人问驼子：“天气怎么样？”

“好天气！这种天气是引姑娘上山睡觉，比走长路还合式的天气！”

驼子的话把四个客人中有三个引笑了，一个则是正在打哈欠。这打哈欠的人只顾到打哈欠，所以听不真。驼子像有意说话给这四个客人以外另一个人听，接口说：

“如今是变了，一切不及以前好。近来的人成天早早起来做事。从前二十年，年青人的事是不少，起来的也更早，但作的事情却是从他相好的被里爬出回家，或是送女人回家。他们分了手，各在山坡上站立，雾大对面不见人，还可以用口打哨唱歌。如今是完了，女人也很少情浓心干净的女人了。”

主人黑猫在后房听到驼子的话，大声喊他，说：“驼子，你把水烧好，少在那里说呆话！”

“噢，噢，”这驼子答应了，还向这四个客人做一个烂脸神气，表示他所说的话不是无根，主人就是一个不知情趣的女人。他一旁走一旁自言自语，说的是“世界变了，女人不好好的在年青时唱歌喝酒，倒来作饭店主人。作了饭店主人，又不……”他不把话说完，因为已到了灶边，有灶王菩萨在。大约是天气作的怪，这个人，今天也分外感到主人安分守寡不应当了。

听到驼子发了感慨的黑猫，这时已起了床，趿了鞋过客人这边房来，衣服还未扣好，一头的发随意盘在头上蓬起像鹰窠，使人想象到山峒狼皮褥上仰卧的媚金，等候情人不来自杀以前的样子。客人中之一，听到驼子的不平言语，见到黑猫的苗条身段，见到黑猫的一对胀起的奶，起了点无害于事的想头，他说：

“老板娘，你晚来睡得好！”

她说：“好呀！我是无晚上不好！”

“你若是有老板在一处，那就更好。”

黑猫在平时，听到这种话，颜色是立刻就会变成严肃的。如今却斜睨这说笑话的客人笑。她估量这客人的那一对强健臂膊，她估他的肩、腰以及大腿，最后又望到这客人的那个鼻子，这鼻子又长又大。

客人是已起床了，各人在那里穿衣，系带，收拾好的全到房外灶边去套草鞋。说笑话的那个客人独在最后。在三个伙伴出去以后，黑猫望到这大鼻子客人，真有一种一口咬下这大鼻头的潜意识在，所以手揣到自己的怀里把身子摇摆着，想同客人说两句话。

这客人虽曾与黑猫说了一句笑话，是想不到黑猫此时欲望的。伙伴去后见到黑猫在身边，倒无一句可说的话了。他慢慢把裹腿绑好，就走出房了。黑猫本应在这时来整理棉被，但她只伏到床上去嗅，像一个装醉的人作的事。

另一个客人，因为找那扎在床头的草烟叶，从外面走来，黑猫赶即起来为客人拿灯照烛，客人把烟叶找到，也像不注意到这妇人的大与往日不同处，又走出去了。

黑猫拿了灯跟出房来，把灯放在灶上，去瞧水缸。水所剩不多了，她得去担水，就拿了扁担在手，又从方桌下拖水桶。

把店门开了，外面的街有两三只狗走过身，她又忙把门关上。“驼子，近来怎么野狗又多起来了！”

“每年一到秋天就来了。我说了多久，要装一个药弩，总不得空。我听人说野狗皮在辰州可卖三四两银子一个，若是打到一对狐种狗，我就可以发财了。”

那大鼻子客人说：“岂止三四两银子？我是亲眼见到有人花十块钱买一个花尾獾子的。”

“这话信不得。”另一个客人则有疑惑，因为若果这话可靠，那这纸生意可以改为猎狐生意了。

“谁说谎？他们卖獭是二十两银子，我亲眼见的，可以赌咒。”

“你亲眼见些什么呢？许多事你就不会亲眼见到。若是你有眼睛，早是——”这话是黑猫说的。说了她就笑。

他们都不知道她所说意义何所在，也不明白为什么而笑。但这个大鼻子客人，则仿佛有所会心了，他在一种方便中，为众人所忽略时，摸了一下黑猫的腰，黑猫不作声，只用目瞅着这人的鼻子，好像这鼻子是能作怪的一种东西。

虽然有野狗，野狗不是能吃大人的兽物，本用不着害怕的，所以不久黑猫又开门出去担水去了。大鼻客人也含了烟杆跟了出去，预备打狗或者解溲，总有事。这一担水像是在一里路以外挑回的，回来时黑猫一句话不说，坐在灶边烤火。

驼子见大鼻客人转来更慢，却说以为客人被狗吃了。或者狗，或者猫。某一个地方总也真有那种能吃人的猫狗吧。被狗吓的是有人，至于猫，那是并不像可怕的东西了，有人问到时，大鼻客人是说得出的。

洗完脸，主人不知何故又特意为客人煮了一碗鸡蛋，把蜂糖放在鸡蛋里。吃完后，送了钱，天已大亮，四个客人把扁担扛上了肩，翻出去了。黑猫主人痴立在门边半天，又坐到灶边去半天，无一句话同驼子可说。

过了一个月左右，旅店中又有人住宿了。卖纸人四个中不见了那位大鼻子，问起缘故才知道人是在路上发急症死了。过了十个月，这旅店中多了一个小黑猫，一些人都说这是驼子的儿子，驼子因为这暧昧流言，所以在小黑猫出世以后，做了黑猫的丈夫。

黑猫是到后真应了那不幸的大鼻客人的话，有老板人更好了。那三个纸客，还是仍然来往住宿到这旅店中，一到了这店里，见到驼子的样子，总奇怪这个人能使黑猫欢喜的理由不知在什么地方。这些事谁能明白？譬如说，以前是同伴四个，到后又成为三个，这件事就谁也不知道清楚。

一月十日作（病中）

菜园①

玉家菜园出白菜，因为种子特别，本地任何种菜人所种的都没有那种大卷心。这原因从姓上可以明白，姓玉原本是旗人，菜种是当年从北京带来的。北京白菜素来著名。

辛亥革命以前，来城候补的是玉太爷，单名讳瑁。当年来这小城时带了家眷也带了白菜种籽。大致当时种来也只是为自己吃。谁知太爷一死，不久革命军推翻了清室，清宗室平时在国内势力一时失尽，顿呈衰败景象。各处地方都有流落的旗人，贫穷窘迫，无以为生，玉家却在无意中得白菜救了一家人的灾难。玉家靠卖菜过日子，从此玉家菜园在本县成为人人皆知的地方了。

主人玉太太，年纪五十岁，年青时节应当是美人，所以到老来还可以从余剩风姿想见一二。这太太有一个儿子是白脸长身的好少年，年纪二十一，在家中读过书，认字知礼，还有点世家风范。虽本地新兴绅士阶级，因切齿过去旗人的行为，极看不起旗人，如今又是卖菜佣儿子，很少同这家少主人来往。但这人家的儿子，总仍然有和平常菜贩儿子两样处。虽在当地得不到人亲近，却依然相当受人尊敬。

---

① 本篇发表于1929年10月10日《小说月报》第20卷第10号。署名沈从文。

玉家菜园园地的照料，另雇得有人。主人设计每到秋深便令长工在园中挖窖，冬天来雪后白菜全入窖。从此一年四季，城中人都有大白菜吃。菜园廿亩地，除了白菜也还种了不少其他菜蔬，善于经营的主人，使本城人一年任何时节都可得到极新鲜的蔬菜，特别是几种难得的蔬菜。也便因此，收入数目不小，十年来，因祸得福，渐渐成为小康之家了。

仿佛因为种族不同很少同人往来的玉家母子，由旁人看来，除知道这家人卖菜有钱以外，其余一概茫然。

夏天薄暮，这个富于林下风度的中年妇人，穿件白色细麻布旧式衣服，拿把宫扇，朴素不华的在菜园外小溪边站立纳凉。侍立在身边的是穿白绸短衣裤的年青男子。两人常常沉默着半天不说话，听柳上晚蝉拖长了声音飞去，或者听溪水声音。溪水绕菜园折向东去，水清见底，常有小虾小鱼，鱼小到除了看玩就无用处。那时节，鱼大致也在休息了。

动风时，晚风中混有素馨兰花香，茉莉花香。菜园中原有不少花木的，在微风中掠鬓，向天空柳枝空处数点初现的星，做母亲的想着古人的诗歌，可想不起谁曾写下形容晚天如落霞孤鹜一类好诗句，又总觉得有人写过这样恰如其境的好诗，便笑着问那个男子，是不是能在这样情境中想出两句好诗。

“这景象，古今相同。对它得到一种彻悟，一种启示，应当写出几句好诗的。”

“这话好像古人说过了，记不起这个人。”

“我也这样想。是谢灵运，是王……，不能记得，我真上年纪了。”

“母亲你试作七绝一首，我和。”

“那么，想想吧。”

做母亲的于是当真就想下去，低吟了半天，总像是没有文字能解释当前这一种境界。所谓超于言语，正如佛法，心印默契，不可言传，所以笑了。她说：

“这不行。”

稍过，又问：

“少琛，你呢？”

男子笑着说，这天气是连说话也觉得可惜的天气，做诗等于糟蹋好风光。听到这样话的母亲莞尔而笑，过了桥，影子消失在白围墙竹林子后不见了。

不过在这样晚凉天气下，母子两人走到菜园去，看工人作瓜架子，督促舀水，谈论到秋来的菜种、萝卜的市价，也是很平常的事。他们有时还到园中去看菜秧，亲自动手挖泥浇水。一切不做作处，较之斗方诗人在瓜棚下坐一点钟便拟赋五言八韵田家乐，偶一出城就称赏独木桥美不可言，虚伪真实，相去真不可以道里计。

冬天时，玉家白菜上了市，全城人皆吃玉家白菜。在吃白菜时节，有想到这卖菜人家居情形的，赞美了白菜总同时也就赞美了这人家母子。一切人所知有限，但所知的一点点便仿佛使人极其倾心。这城中也如别的城市一样，城中所住蠢人比聪明人多十来倍，所以竟有那种人，说出非常简陋的话，说是每一株白菜，皆经主人的手抚手摸，所以才能够如此肥茁，这原因是有根有柢的。从这样呆气的话语中，也仍然可以看出城中人如何闪耀着一种对于这家人生活优美的企羡。

做母亲的还善于把白菜制各样干菜，根叶心皆可以用不同方法制作成各种不同味道。少年人则对于这一类知识，远不及其对于笔记小说知识丰富。但他一天所做的事，经营菜园的时间却比看书写字时间多。年青人，心地洁白如鸽子毛，需要工作，需要游戏，所以菜园不是使他厌倦的地方。他不能同人锱铢必较的算账，不过单是这缺点，也就使这人变成更可爱的人了。

他不因为认识了字就不作工，也不因为有了钱就增加骄傲。对于本地人凡有过从的，不拘是小贩他也能用平等相待。他应当属于知识阶级，却并不觉得在做人意义上，自己有特别尊重读书人必要。他自己对人诚实，他所要求于人的也是诚实。他把诚实这一件事看做人生美德，这种品性同趣味却全出之于母亲的陶冶。

日子到了应当使这年青人定婚的时候了，这男子尚无媳妇。本城的风气，已到了大部分男女自相悦爱才好结婚，然而来到玉家菜园的仍有不少老媒人。这些媒人完全因为一种职业的善心成天各处走动，只愿意事情成就，自己从中得一点点钱财谢礼。因太想成全他人，说谎自然也就成为才艺之一种。眼见用了各样谎话都等于白费以后，这些媒人才死了心，不再上玉家菜园。

然而因为媒人的撺掇，以及另一因缘，认识过玉家青年人，愿意作玉家媳妇私心窃许的，本城女人却很多很多。

二十二岁的生日，作母亲的为儿子备了一桌特别酒席，到晚来两人对坐饮酒。窗外就是菜园，时正十二月，大雪刚过，园中一白无际。已经摘下还未落窖的白菜，全成堆的在园中，白雪盖满，正像大坟。还有尚未摘取的菜，如小雪人，成队成排站立雪中。母子二人喝了一些酒，谈论到今年大雪同菜蔬，萝卜白菜皆须大雪始能将味道转浓。把窗推开了。

窗开以后园中一切皆可望到。

天色将暮，园中静静的。雪已不落了，也没有风。上半日在菜畦觅食的黑老鸹，不知到什么地方去了。母亲说：

“今年这雪真好！”

“今年刚十二月初，这雪不知还有多少次落呢。”

“这样雪落下人不冷，到这里算是希奇事。北京这样一点点雪可就太平常了。”

“北平听说完全不同了。”

“这地方近十年也变得好厉害！”

这样说话的母亲，想起二十年来在本地方住下的经过人事变迁，她于是喝了一口酒。

“你今天满二十二岁，太爷过世十八年，民国反正十五年，不单是天下变得不同，就是我们家中，也变得真可怕。我今年五十，人也老了。总算把你教养成人，玉家不至于绝了香火。你爹若在世，就太好了。”

在儿子印象中只记得父亲是一个手持“京八寸”①人物。那时吸纸烟真有格，到如今，连做工的人也买美丽牌，不用火镰同烟杆了。这一段长长的日子中，母亲的辛苦从家中任何一事皆可知其一二。如今儿子也教养成人了，二十二岁，命好应有了孙子。听说“母亲也老了”这类话的少琛，不知如何，忽想起一件心事来了。他蓄了许久的意思今天才有机会说出。他说他想过北京。

北京方面他有一个舅父，宣统未出宫以前，还在宫中做小管事，如今听说在旃芦章胡同开铺子，卖冰，卖西洋点心，生意不恶。

听说儿子要到北京去，作母亲的似乎稍稍吃了一惊。这惊讶是儿子料得到的，正因为不愿意使母亲惊讶，所以直到最近才说出来。然而她也挂念着那胞兄的。

“你去看看你三舅，还是做别的事？”

“我想读点书。”

“我们这人家还读什么书？世界天天变，我真怕。”

“那我们俩去！”

---

①“京八寸”指流行于北京的一种长约八寸的旱烟袋管。

“这里放得下吗？”

“我去三个月又回来，也说不定。”

“要去，三年五年也去了。我不妨碍你。你希望走走就走走，只是书，不读，也不什么要紧。做人不一定要多少书本知识。像我们这种人，知识多，也是灾难！”

这妇人这样慨乎其言的说后，就要儿子喝一杯，问他预备过年再去还是到北京过年。

儿子说赶考试，还是年前走好，且趁路上清吉，也极难得。

虽然母亲同意远行，却认为不必那么忙，因此到后仍然决定正月十五以后再离开母亲身边。把话说过，回到今天雪上来了，母亲记起忘了的一桩事情，她要他送一坛酒给做工人，因为今天不是平常的日子。八个工人喝着酒时，都很快乐。

不久过年了。

过了年，随着不久就到了少琛动身日子了。信早已写给北京的舅父，于是坐了省河小轿，到长沙市坐车，转武汉，再换火车，到了北京。

时间过了三年。

在这三年中，玉家菜园还是玉家菜园。但渐渐的，城中便知道玉家少主人在北京大学读书，极其出名的事了。其中经过自然一言难尽，琐碎到不能记述。然而在本城，玉家白菜还是十分出色。在家中一方面稍稍不同了的，是作儿子的常常寄报纸回来，寄新书回来，作母亲的一面仍然管理菜园的事务，兼喂养一群白色母鸡。自己每天无事时，便抓玉米喂鸡，与鸡雏玩，一面读从北京所寄来的书报杂志。

地方一切新的变故甚多，随同革命，北伐……于是死到野外无人收尸因而烂去了的英雄，全成了志士先烈。……于是地方的党部工会成立了……于是“马日事变”年青人都杀死，工会解散，党部换了人……于是北京改成了北平。

地方改了北平，北方已平定，仿佛真命天子出世，天下快太平了。在北平的儿子，还是常常有信来，寄书报则稍稍少了一点。

在本城的母亲，每月寄六十块钱去，同时写信总在告给身体保重以外顺便问问有不有那种相合的女子可以订婚。母亲年纪渐老，自然对于这些事也更见其关心。三年来的母亲，还是同样的不失林下风度。因儿子的缘故，多知了许多时事，然而一切外形，属于美德的，没有一种失去。且因一种方便，两个工人得到主人的帮助，都接亲了。母亲把这类事告给儿子时，儿子来信说这样作很对。

儿子也来过信，说是母亲不妨到北平看看，把菜园交给工人，是一样的。虽说菜园的事也不一定放不下手，但不知如何，这老年人总不曾打量过北行的事。

当这母亲接到了儿子的一封信，说本学期终了可以回家来住一月时，欢喜极了。来信还只是四月，从四月起作母亲的就在家中为儿子准备一切。凡是这老年人想到可以使儿子愉快的事通通计划到了。一到了七月，就成天盼望远行人的归来。又派人往较远的 ×× 市去接他，又花了不少钱为他添办了一些东西，如迎新娘子那么期待儿子的归来。

儿子如期回来了。更出于意外叫人惊喜的，是同时还真有一个新媳妇回来。这事情直到进了家门母亲才知道，一面还在心中作小小埋怨，一面把“新客”让到自己的住房中去，作母亲的似乎人年青了十岁。

见到脸目略显憔悴的儿子，把新媳妇指点给两对工人夫妇，说“这是我们的朋友”时，母亲欢喜得话说不出。

儿子回家的消息不久就传遍了本城，美丽的媳妇不久也就为本城人全知道了。因为是从北京方面回来的，虽然绅士们的过从仍然缺少，但渐渐有绅士们的儿子到玉家菜园中的事了。还有本地教育局，在一次集会中，也把这家从北平回来的男子与媳妇请去开会了。还有那种对未来有所倾心的年青人，从别的事情上知道了玉家儿子的姓名，因为一种倾慕，特邀集了三五同好来奉访了。

从母亲方面看来，儿子的外表还完全如未出门以前，儿子已慢慢是个把生活插到社会中去的人了。许多事皆仿佛天真烂漫，凡是一切往日的好处完全还保留在身上，所有新获得的知识，却融入了生活里，找不出所谓痕迹。媳妇则除了像是过分美丽不适宜于做媳妇值得忧心以外，简直没有疵点可寻。

时间仍然是热天，在门外溪边小立，听水听蝉，或在瓜棚豆畦间谈话，看天上晚霞，五年前母子两人过的日子如今多了一人。这一家仍然仿佛与一地方人是两种世界，生活中多与本城人发生一点关系，不过是徒增注意及这一家情形的人谈论到时一点企羡而已。

因为媳妇特别爱菊花，今年回家，拟定看过菊花，方过北平，所以作母亲的特别令工人留出一块地种菊花，各处寻觅佳种，督工人整理菊秧，母子们自己也动动手。已近八月的一天，吃过了饭，母子们同在园中看菊苗，儿子穿一件短衣，把袖子卷到肘弯以上，用手代铲，两手全是泥。

母亲见一对年青人，在菊圃边料理菊花，便作着一种无害于事极其合理的祖母的幻梦。

一面同母亲说北平栽培菊花的，如何使用他种蒿草干本接枝，开花如斗的事情，一面便同蹲在面前美丽到任何时见及皆不免出惊的夫人用目光作无言的爱抚。忽然县里有人来说，有点事情，请两个年青人去谈一谈。来人连洗手的暇裕也没有留给主人，把一对年青人就“请”去了。从此一去，便不再回家了。

做母亲的当时纵稍稍吃惊，也仍然没有想到此后事情。

第二天，作母亲的已病倒在床，原来儿子同媳妇，已与三个因其他原故而得着同样灾难的青年人，陈尸到教场的一隅了。

第三天，由一些粗手脚汉子为把那五个尸身一起抬到郊外荒地，抛在业已在早一天掘就因夜雨积有泥水的大坑里，胡乱加上一点土，略不回顾的扛了绳杠到衙门去领赏，尽其慢慢腐烂去了。

做母亲的为这种意外不幸晕去数次，却并没有死去。儿子虽如此死了，办理善后，罚款，具结，她还有许多事得做。三天后大街上贴了告示，才使她同本城人同时知道儿子原来是 ×× 党。仿佛还亏得衙门中人因为想到要白菜吃，才没有把菜园充公。这样打量着而苦笑的老年人，不应当就死去，还得经营菜园才行。她于是仍然卖菜，活下来了。

秋天来时菊花开遍了一地。

主人对花无语，无可记述。

玉家菜园或者终有一天会改作玉家花园，因为园中菊花多而且好，有地方绅士和新贵强借作宴客的地方了。

骤然憔悴如七十岁的女主人，每天坐在园里空坪中喂鸡，一面回想一些无用处的旧事。

玉家菜园从此简直成了玉家花园。内战不兴，天下太平，到秋天来地方有势力的绅士在园中宴客，吃的是园中所出产的蔬菜，喝着好酒，同赏菊花。因为赏菊，大家在兴头中必赋诗，有祝主人有功国家，多福多寿，比之于古人某某典雅切题的好诗，有把本园主人写作卖菜媪对于旧事加以感叹的好诗，好诗皆题壁，或镌石，预备嵌墙中作纪念。名士伟人，相聚一堂，人人尽欢而散，扶醉归去。各人回到家中一定还有机会作与五柳先生猜拳照杯的梦。

玉家菜园改称玉家花园，是主人在儿子死去三年后的事。这妇人沉默寂寞的活了三年，到儿子生日那一天，天落大雪，想这样活下去日子已够了，春天同秋天不用再来了，把一点剩余家产全部分派给几个工人，忽然用一根丝绦套在颈子上，便缢死了。

夫妇[①]

住到 ×× 村，以为可以从清静中把神经衰弱症治好的璜，某一天，正在院子中柚树边吃晚饭。对于过于注意到自己饭食的居停主人，所办带血的炒小鸡感到束手。忽然听到有人在外面喊，“看去看去，捉到一对东西！”喊的声音非常迫促，真如出了大事，全村中人皆有非看看不可的声势。不知如何本来不甚爱看热闹的璜，也放下了饭碗，手拿着竹筷，走到门外大塘边看热闹去了。

出了门，还见到人向南跑，且匆匆传语给路人说，

“在八道坡，在八道坡，非常好看的事！要去，就走，不要停了，恐怕不久会送到团上去！”

究竟是怎么回事，他是不得分明的。唯以意猜想，则既然是人人都想一看，自然是有趣味的东西了。然而在乡下，什么事即“有趣”，想来是不容易使城中人明白的。

他以为，或者是捉到了两只活野猪，也想去看看了。

随了那一边走路一边同路上人说话的某甲，脚步匆匆过了一些平时所不经踏过的小山路走去，转弯后，见到小坳上的人群了。人群莫

① 本篇发表于1929年11月10日《小说月报》第20卷第11号。署名沈从文。

名其妙的包围成一圈，究竟这是什么事还是不能即刻明白。那某甲，仿佛极其奋勇的冲过去，把人用力推开。原来这聪明人看到璜也跟来看，以为有应当把乡下事情给城中客人看看的必需了，所以便很奋勇的排除了其余的人。乡下人也似乎觉得这应给外客看看，着忙各闪开了一些。

一切展在眼前了。

所捉到的，原来是一对人。把看活野猪心情的璜分外失望了。

但许多人正因有璜来看，更对于这事本身似乎多了一种趣味。人人皆用着仿佛“那城里人也见到了”的神气，互相作着会心的微笑。还有对他近于奇怪的洋服衬衫感到新奇的乡下妇人，作着“你城中穿这样衣服的人也有这事么”的疑问。璜虽知道这些乡下人望到他的发，望到他的皮鞋与起棱的薄绒裤，所感生兴味正不下于绳缚着那两人的事情，但仍然走近那被绳捆的人面前去了。

到了近身才使他更吓，原来所缚定的是一对年青男女。男女皆为乡下人，皆年青，女的在众人无怜悯的目光下不作一声，静静的流泪。不知是谁还把女人头上插了极可笑的一把野花，这花几乎是用藤缚到头上的神气，女人头略动时那花冠即在空中摇摆，如在另一时看来，当有非常优美的好印象。

望到这情形，不必说话事情也分明了，假若他们犯了罪，他们的罪一定也是属于年青人才有的罪过。

某甲是聪明人，见到璜是“客”，却来为璜解释这事。事情是这样：有人过南山，在南山坳里，大草积旁发现了这一对。这年青人不避人的大白天做着使谁看来也生气的事情，所以发现这事的人，就聚了附近的汉子们把人捉来了。

捉来了，怎么处置？捉的人可不负责了。

既然已经捉来，大概回头总得把乡长麻烦麻烦，在红布案桌前，戴了墨镜坐堂审案，这事人人都这样猜想。为什么非一定捉来不可，被捉的与捉人的两方面皆似乎不甚清楚。然而属于流汗喘气事自己无分，却把人捉到这里来示众的汉子们，这时对女人是俨然有一种满足，超乎流汗喘气以上的。妇女们走到这一对身边来时，各用手指刮脸，表示这是可羞的事，这些人，不消说是不觉得天气好就适宜于同男子作某种事情为应当了。老年人则看了只摇头，大概他们都把自己年青时代性情忘掉，有了儿女，风俗有提倡的必需了。

微微的晚风刮到璜的脸上，听到山上有人吹笛，抬头望天，天上有桃红的霞，他心中就正想到，风光若是诗，必定不能缺少一个女人。

他想试问问被绳缚定如有所思垂了头那男子是什么地方来的人，总不是造孽。

男子先低头已见到璜的黑色皮鞋了。鞋不是他所习见的东西，虽不忘眼前处境，也仍然肆意欣赏了那黑色方头的皮鞋一番，且出奇那小管的裤子了。这时听人问他，问的话不像审判官，语气十分温和，就抬头来望璜。人虽不认识，但这人已经看出璜是同情自己的人了，把头略摇，表示这事的冤抑。且仿佛很可怜的微笑着。

“你不是这地方人么？”

这样问，另外就有人代为答应，说“绝对不是”。这说话的人自然是不至于错误的，因为他认识的人比本地所住人还多。尤其是女人，打扮的样子并不与本村年青女人相同。他又是知道全村女子姓名相貌的。但在璜没有来到以前，已经过许多人询问，皆没有得到回答。究竟是什么地方人，那好事的人也说不出。

璜又看看女人。女人年青不到二十岁，一身极干净的月蓝麻布衣裳，脸上微红，身体硕长，风姿不恶。身体的确有略与普通乡下女人两样处，这时虽然在流泪，似乎全是为了惶恐，不是为羞耻。

璜疑心或者这是两个年青人背了家人的私奔事也不一定，就觉得这两个年青人很可怜。他想如何可以设法让两人离开这一群疯子才行。然而做居停主人的朋友进了城，此间团总当事人又不知是谁。并且在一群民众前面，或者真会作出比这时情形更愚蠢的事也不可知。这时这些人就并不觉得这管闲事的不合理。正这样想时，就听到有人提议了。

有个满脸疙瘩再加上一个大酒糟鼻子的汉子，像才喝了酒，把酒葫芦放下来到这里看热闹的样子，从人丛中挤进来，用大而有毛的手摸了女人的脸一下，在那里自言自语，主张把男女衣服剥下，一面拿荆条打，打够了再送到乡长处去。他还以为这样处置是顶聪明合理的处置。这人不惜大声的嚷着，拥护这希奇主张，若非另一个人扯了这汉子的裤头，指点他有“城里人”在此，说不定把话一说完，不必别人同意就会动手做他所想做的事。

另外有较之男子汉另有切齿意义，仿佛因为女人竟这样随便同男子在山上好风光下睡觉，极其不甘心的妇女，虽不同意脱去衣裤却赞成“挞”。都说应结结实实的挞一顿，让他们明白胡来乱为的教训。

小孩子听到这话，莫名其妙的欢喜，即刻便竞往各处寻找荆条去了。他们是另一时常常为家中父亲用打牛的条子把背抽得次数太多，所以对于打贼打野狗野猫一类事，分外感到趣味。

璜看到这情形太不行了，正无办法。恰在此时跑来一个在行伍中出身军人模样的人物。这人一来群众就起了骚动，大家争告给这人事件的经过，且各把意见提出。大众喊这人作“练长”，璜知道这必定是本村有实力的人物了，且不作声，听他如何处置。

行伍中人摹仿在城中所见到的营官阅兵神气，双眉皱着，不言不语，忧郁而庄严的望到众人，随后又看看周围，璜也被他看到了，似乎因为有“城中人”在，这汉子更非把身分拿出不可了，于时小孩子与妇人皆围近到他身边成一圈，以为一个出奇的方法，一定可以从这位重要人物方面口中说出。这汉子，就出乎众人意料以外的喝一声“站开！”

因这一喝各人皆踉踉跄跄退远了。众人都想笑又不敢笑。

这汉子，就用手中从路旁扯得的一根狗尾草，拂那被委屈的男子的脸，用税关中人盘诘行人的口吻问道：

“从哪里来的？”

被问的男子，略略沉默了一会，又望望那练长的脸，望到这汉子耳朵边有一粒痣。他说：

“我是窑上的人。”

好像有了这一句口供已就够了的练长，又用同样的语气问女人，他问她姓。

“你姓什么？”

那女子不答，抬头望望审问她的人的脸，又望望璜。害羞似的把头下垂，看自己的脚。脚上的鞋绣得有双凤，是只有乡中富人才会穿的好鞋。这时有在夸奖女人的脚的，一个无赖男子的口吻。那练长用同样微带轻薄的口吻问：

“你从哪里来的？不说我派人送你到县里去。”

乡下人照例怕见官，因为官这东西在乡下人看来，总是可怕的一种东西。有时非见官不可，要官断案，也就正有靠这凶恶威风把仇人压下的意思。所以单是怕走错路，说进城，许多人就毛骨悚然了。

然而女人被绑到树下，与男子捆在一处，好像没有法，也不怕官了，她仍然不说话。

于是有人多嘴了，说“挞”，还是老办法，因为这些乡下人平时爱说谎，在任何时见官皆非大板子皮鞭竹条不能把真话说出，所以他们之中记得“挞”是顶方便的办法，乘混乱中就说出了。

又有人说找磨石来，预备沉潭。这自然是一种恐吓。

又有人说喂尿给男子吃，喂女子吃牛粪。这是笑谑。

……

完全是这类近于孩子气的话。

大家各自提出种种虐待的办法，听着这些话的男女皆不作声，不作声则仿佛什么也不怕。这使练长愤然了，声音严厉了许多，仍然用那先前别人所说过的恐吓话复述给两人听，又像在说“这完全是众人意见，既然有了违反众人的事，众人的裁判是正当的，城里做官的也无从反对。”

女人摇着头，轻轻的轻轻的说，

“我是从窑上来的人，过黄坡看亲戚。”

听到女人这样说话的那男子，也怯怯的说话了，说：

“同路到黄坡。”

那问官就说，

“同逃？”

女人对于逃字觉得用得大非事实，就轻轻的说：

“不是，是同路。”

在“同路”不“同逃”的解释上众人推想，因为路上相遇才相好的，大家笑。

捉奸的乡下人，这时才从团上赶来，正找不到练长，回来见到练长了，欢喜得如见大王报功。他用他那略略显得狡猾的眼睛，望练长睐着，笑眯眯的说怎样怎样见到这一对无耻的青年在太阳下所做的事。事情并不真正希奇，希奇处自然是“青天白日”，因为青天白日在本村人除了做工都应当打盹，别的似乎都不甚合理，何况所做的事更不是在外面做的事。

听完这话，练长自然觉得这是应当供众人用石头打死的事了，他有了把握。在处置这一对男女以前,他还想要多知道一点这人的身家，因为凡是属于男女的事，在方便中皆可以照习惯法律，罚这人一百串钱，或把家中一只牛牵到局里充公，他从中也多少叨一点光。有了这种思想的他，就仍然在那里讯取口供，不惮厌烦，而且神气也温和多了。

在无可奈何中，男子一切皆不能隐瞒了。

这人居然到后把男子的家中的情形完全知道了，财产也知道了，地位也知道了，家中人也知道了，便很得意的笑着。谁知那被捆捉的男子,到后还说了下面的话。他说他就是女子的亲夫。因为新婚不久，同返黄坡女家去看岳丈，走到这里，看看天气太好，两人皆太觉得这时节需要一种东西了，于是坐到那新稻草积旁看风景，看山上的花。那时风吹来都有香气，雀儿叫得人心腻，于是记起一些年青人应做的事，于是到后就被捉了。

到男子说完这话，众人也仿佛从这男女情形中看出不是临时匹配的了。然而同时从这事上失了一种浪漫趣味的众人，就更觉得这事非处罚不行了。对于罚款无分的，他们就仍然主张打了再讲。练长显然也因为男子说出是真夫妇，成为更彻底了的。

正因为是真实的夫妇，在青天白日下也不避人的这样做了一些事情，反而更引起一种只有单身男子才有的愤恨骚动，他们一面想望一个女人无法得到，一面却眼看到这人的事情，无论如何将不答应的，也是自然的事了。

从头至尾知道了这事的璜，先是也出于意外的一惊，这时同练长说话了，他要这练长把两人放下才是。练长望到璜的脸，大约在估计璜“是不是洋人的翻译。”看了一会，璜皮裤带边一个特别证被这人见到了，这人不愿意表示自己是纯粹乡下人，就笑着，想伸手给握。

手没有握成，他就在腿上搓自己那只手，起了小小反感，说：

“先生，不能放。”

“为什么？”

“我们要罚他，他欺侮了我们这一乡。”

“做错了事，赔赔礼，让人家赶路好了。”

那糟鼻子在众人中说，“那不行，这是我们的事。”虽无言语但见到了璜在为罪人说话的男女，听到糟鼻子的话，就哄然和着。但当璜回过头去找寻这反对的敌人时，糟鼻子心有所内恧赶忙把头缩下，蹲到人背后抽烟去了。

糟鼻子一失败，于是就有人附和了璜，代罪人为向练长说好话的人来了，这中也有女人，就是非常害怕“城里人”那类平时极爱说闲话的中年妇人,可以谥之为长舌妇而无愧的。其中还有知道璜是谁的，就扯了练长黑香云纱的衣角,轻轻的告练长这是谁。听到了话的练长，知道敲诈不成，但为维持自己在众人面前的身分，虽知道面前站得是“老爷”，也仍然装着办公事人神气，说：

“璜先生您对。不过我们乡下的事我不能作主，还有团总。”

“我去见你们团总，好不好？”

“那好吧，我们就去。我是没有什么的，只莫让本乡人说话就好了。”

练长狡猾处，璜早就看透了。说是要见团总，把事情推到团总身上去，他就跟了这人走。于是众人闪开了，预备让路。

他们同时把男女一对也带去了。一群人跟在后面看，一直把他们送到团总院子前，许多人还不曾散去。

天色渐渐的夜了。

从团总处交涉得到了好的结果，狡猾的练长在璜面前无所施其伎俩，两个年青的夫妇绳子在团总的院中解脱了。那练长，作成卖人情的样子，向那年青妇人说：

“你谢谢这先生，全是他替你们说话。”

女人正在解除头上乡下人恶作剧为缠上的一束花，听过这话后，就连花为璜作揖。这花束她并不弃去。那男子见了，也照样作揖，但却并不向练长有所照应。练长早已借故走去，这事情就这样以喜剧的形式收场了。

璜伴送这两个年青乡下人出去，默无言语，从一些还不散去守在院外的愚蠢好事乡下人前过身，因为是有了璜的原故，这些人才不敢跟随。他伴送他们到了上山路，站到那里不走了，才想到说话，问他们肚中饿了没有。两人中男子说到黄坡赶得及夜饭。他又告璜这里去黄坡只六里路，并不远，虽天夜了，靠星光也可以走得到他的岳家。说到星光时三人同时望天，天上有星子数粒，远山一抹紫，黄昏正开始占领地面的一切，夜景美极了。这样的天气，似乎就真适宜于年青男女们当天作可笑的事。

璜说：“你们去好了，他们不会与你为难了。”

那乡下男子说：“先生住在这里，过几天我来看你。”

女人说：“天保佑你这好先生。”

那一对年青夫妇就走了。

独立在山脚小桥边的璜，因微风送来花香，他忽觉得这件事可留一种纪念，想到还拿在女人手中的一束花了，遥遥的说：

“慢点走，慢点走，把你们那一束花丢到地下，给了我。”

那女人笑着把花留在路旁，还在那里等候了璜一会，见璜不上来，那男子就自己往回路走，把花送来了。

人的影子失落到小竹丛后了。得了一把半枯的不知名的花的璜，坐在石桥边，嗅着这曾经在年青妇人头上留过的很希奇过去的花束，不可理解的心也为一种暧昧欲望轻轻摇动着。

他记起这一天来的一切事，觉得自己的世界真窄。倘若自己有这样的一个太太，他这时也将有一些看不见的危险伏在身边了，因此开始觉得住在这里是厌烦的地方了，地方风景虽美，乡下人与城市中人一样无味，他预备明后天进城。

十八年七月十四作

二十二年十一月改

大小阮①

学校打更人刘老四，在校后小更棚里喝完了四两烧酒，凭他的老经验，知道已十二点，就拿了木梆子沿校墙托托托敲去。一面走一面想起给他酒喝几个小哥儿的事情，十分好笑。十年前每晚上有一个年青小哥儿从裱画铺小寡妇热被里逃出，跑回学校来，爬过学校围墙时，这好人还高高的提起那个灯笼照着，免得爬墙那一个跌落到墙内泥沟里去。他原欢喜喝一杯酒，这种同情和善意就可得到不少酒喝。世界成天变，袁世凯，张勋，吴佩孚，张作霖，轮流占据北京城，想坐金銮宝殿总坐不稳。学校呢，人事上也大不相同，除了老校长其余都变而又变。那爬墙头小哥儿且居然从外国回来作训育主任了。世界虽然老在变，有一件事可不曾变，就是少数学生爬墙的行为还好好保存下来。不过这件事到用着巡夜的帮助时，从前用的是灯笼，如今用的是手电灯罢了。他心想，一个人有一个人的衣禄，说不准簿籍上自己名分下还有五十坛烧酒待注销，喝够了才会倒下完事。

打更的走到围墙边时，正以为今晚上未必有人爬墙，抬头一瞧，墙头上可恰好正骑了两个黑影子。他故意大声的询问：

---

① 本篇发表于 1937 年 6 月 1 日《文学杂志》第 1 卷第 2 期。署名沈从文。

“谁人？”

黑影之一说：“老刘，是我。你真是。”从声音上他听得出是张小胖。

“张少爷，你真吓了我一跳。我以为是两个贼，原来是——”

其中之另一个又说：“你以为是贼，这学校会有贼？不是贼，是两瓶酒，你可不用吓了。把你那电筒照照我。不许告给谁。我们回来取点东西，等会儿还得出去，你在这儿等着我们！”声音也怪熟，是小阮。两个年青小哥儿跳下了墙，便直向宿舍奔去。

打更的望着这两个年青小哥儿黑影子只是笑，当真蹲在那儿等候他们。

他算定这等候对他有好处。他无从拒绝这种好处！

小阮与张小胖分手后，小阮走进第八宿舍，宿舍中还有个同学点上洋烛看小说。便走到一个正睡着做梦，梦中吃鸽子蛋的学生床边，咬耳朵叫醒了那学生。两人原来是叔侄，睡觉的一个是小叔叔，大家叫他大阮。

“七叔，帮我个忙，把你那一百块钱借给我。我得高飞远走——我出了事情，不走不成！”

“为什么？你又在学校里胡闹了？”

“不是在学校里打架，我闯了祸，你明天会知道的。赶快把那一百块钱借给我吧，我有用处！”

“不成，我钱有别的用处！我得还大衣账，还矮脚虎二十元，用处多咧。”

“你好歹借我八十，过不久会还你，家里下月款来算你的。我急要钱，有钱才好走路！有八十我过广东，考黄埔军官学校去。不然也得过上海，再看机会。我不走不成！”

“你拿三十够了吧。我义兴和欠款不还，消费社总得结结账！”

“那就借六十给我。我不能留在学校，即刻就得走路！”

大阮被逼不过，一面又十分需要睡眠，勉勉强强从床里边摸出了那个钱皮夹，数了十张五元头的钞票给小阮。小阮得过钱后，从洋服裤袋里掏出了一件小小黑色东西，塞到大阮枕头下去，轻轻的说：

“七叔，这个是十五号房张小胖的，你明天给我还他吧。我走了。你箱子里我存的那个小文件，一早赶快烧了它，给人搜出可不是玩的。”因为那个看小说的同学已见着了他，小阮又走到那小说迷床边去说，“兄弟，对不起，惊吵你。再见！”

近视眼忙说：“再见再见。”

小阮走出宿舍后，大阮觉得枕下硬硬的梗住头颈，摸出来一看，才明白原来是支小手枪。猜出小阮一定在一点钟前就用这手枪闯祸，说不定已打死了人，明早晨学校就要搜查宿舍。并且小阮寄存那个文件，先告他只是一些私信，临走时却要他赶紧烧掉，自然也是一种危险。但把两件事多想想，就使大阮安心了。枪是张小胖所有物，学校中大家都知道，张小胖是当地督办的儿子，出乱子决不会成问题。文件一烧了事，烧不及也不会牵涉到自己头上来。当真使大阮睡不着觉的还是被小阮借去了那五十块钱。小阮平时就很会玩花样，要钱用时向家里催款，想得出许多方法。这次用钱未必不是故作张皇把钱骗去作别的用途。尤其糟的是手边钱小阮取了五十，日前作好的预算完全被打破了。

至于小阮呢，出了宿舍越过操场到院墙边时，见打更的还在那墙边候着，摸出一张钞票，塞在打更的手心里：“老刘，拿这个喝酒吧。不许说我回来过，说了张少爷会一枪铳了你。”

“张少爷不出去吗？”

“不出去了。”

“您不回来吗？”

“我怎么不回来？我过几年会回来的！”

小阮爬墙出去后，打更的用手电灯光看看手中的钞票，才知道原来是五块钱，真是一个大利市。他明白他得对这事好好保守沉默。因为这个数目差不多是三十斤烧酒的价钱。把钞票收藏到裤腰小口袋里去，自言自语的说：

“一个人当真有一个人的衣禄，勉强不来。”

他觉得好笑。此后当真闭口不谈这件事情。

早上六点钟，一阵铃声把所有学生从迷糊睡梦里揪回现实人间。

事务员跟着摇铃的校役后面，到每个宿舍前边都停一停，告给学生早上八点周会，到时老校长有话说，全体学生都得上风雨操场去听训。老校长训话不是常有的事，于是各宿舍骤然显得忙乱起来。都猜想学校发生了事情，可不知发生什么事情。大阮一骨碌爬起来，就拿了小阮昨夜给他那个东西走到宿舍十五号去，见张小胖还躺在床上被窝里。送给他那东西时，张小胖问也不问，好像早知道是小阮交还的，很随意的把它塞到枕头下，翻过身去又睡着了。大阮赶忙又回去烧那文件。事作完拿了毛巾脸盆到盥洗室洗脸，见同学都谈着开会事情。一个和张小胖同房和大阮同组的瘦个儿二年级学生，把大阮拉到廊下去，咬耳朵告大阮，昨晚上张小胖出外边去，不知为什么事，闹了大乱子，手臂全被打青了，半夜里才回转宿舍。听说要到南方去，不想读书了。

大阮才明白还枪给张小胖时张小胖不追问的理由。大阮心中着急，跑到门房去，找早报看，想从报上得到一点消息，时间太早，报还不来。七点半早报来了，在社会新闻版上还是不能发现什么有关的消息。一个七十岁的老头子穷病自杀了，一个童养媳被婆婆用沸水烫死了，一个人醉倒了，大骂奸臣误国，这类消息显然不是小阮应当负责的。

周会举行时，老校长演说却是学生应当敬爱师长一类平平常常的话。周会中没有张小胖，也不见小阮。散会后训育主任找大阮到办公楼去，先问大阮，知不知道小阮出了事。大阮说不知道。训育主任才告给大阮，小阮为一个女人脱离了他们一个秘密组织，开枪打伤了市立中学一个历史教员。那教员因别有苦衷，不敢声张，但却被邻居告到区里，有办案的人到那人家问话，盘诘被伤理由，说不定要来学校找人。若小阮已走了，看看他宿舍里有什么应当烧的，快烧掉。原来这主任就是个 ××，当时的 ×× 原是半公开的，在告大阮以前，先就把自己应烧的东西处理过了。至于那位绰号张小胖的大少爷呢，躺在床上养伤，谁也不会动他，因为区里办事的吃的正是他爸爸的饭，训育主任早就知道的。

大阮回转宿舍，给他那住合肥城里的堂兄（小阮的父亲）写信——

> 大哥，你小三哥昨天在这里闹了乱子，差点儿出了人命案件，从学校逃走了。临走时要钱用，逼我借钱。我为他代向同学借了五十元（这是别人急着付医院的款项，绝不能延误不还），连同我先前一时借他的共约百元。我那个不算数，转借别人的务请早为寄来，以清弟之手续。同学中注重信用，若不偿还，弟实对不起人也。
>
> 小三哥此次远扬，据他说有一百元就可以往广东，钱不多到上海时住下看机会。他往广东意思在投考黄埔军官学校，据说此校将来大有出息，不亚于保定军官团。弟思我家胡鲁四爷，现在北京陆军大学读书，是家中已有一军事人材，不必多求。且广东与北京政府对立，将来不免一场大战，叔侄对垒，不问谁胜谁败，吾宗都有损失，大不合算。故借款数目，只能供给其到沪费用，想吾兄亦必以弟此举为然也。学校对彼事极包涵，唯彼万不宜冒

险回校。弟意若尽彼往日本读书，将来前途必大有希望。彼事事富于革命精神，如孙中山先生。孙先生往昔亦曾亡命日本，历史教员在班上曾详言其事。唯小三哥性太猛，气太盛。不无可虑，要之是吾宗一人材也。

大阮把信写成后看看，觉得写得不错。又在“款系别人所有”话旁加了几个小圈，就加封寄发了。他的主要目的是把那五十块钱索还，结果自然并不失望。至于小阮的命运，倒当真与他这次借款的数目大有关系。如果当时小阮的钱够往广东，到后来革命军北伐，这个人也许死了，便成为革命烈士，也许活着，会成为军中少壮派要人，此后的种种都得全盘重造了。

大阮小阮两人在辈分上是叔侄，在年龄上像弟兄，在生活上是朋友，在思想上又似乎是仇敌。但若仅仅就性情言来呢，倒是差不多，都相当聪明，会用钱。对家中长辈差不多一致反对，对附于旧家庭的制度的责任和义务差不多一致逃避，对新事物差不多同样一致倾心，对善卖弄的年青女人差不多一致容易上当。在学校里读书呢，异途同归，由于某种性情的相同，差不多都给人得到一个荒唐胡闹的印象，所不同处只是荒唐胡闹各有方式罢了。

两人民国十二年夏季考入这个私立高级中学。

有机会入这中学读书的，多半是官家子弟和比较有钱的商人地主子侄，因此这学校除了正当体育团体演说团体文学艺术团体以外，还有两个极可笑的组织，一个叫君子会，一个叫棒棒团。君子会注重的是穿衣戴帽，养成小绅士资格。虽学校规矩限制学生在校出外都得穿着制服，在凡事一律情形上，这些纨袴子弟大有英雄无用武之叹，然而在鞋袜方面（甚至于袜带），依然还可别出心裁。此外手表，自来水笔，平时洗脸用的胰子，毛巾，信封信签，无一不别致讲究。其中居多是白面书生，文雅，懦弱，聪明，虚浮，功课不十分好，但杂书却读得很多，学问不求深入，然而常识倒异常丰富。至于棒棒团，军人子弟居多，顾名思义，即可知其平常行径。寻衅打架是他们主要工作。这些学生不特在本校打架，且常常出校代表本校打架。这两个组织里的学生增加了学校不少麻烦，但同时也增加了学校一点名誉。因为它的存在，代表一种社会，一种阶级，就是我们平时使用它时意义暧昧，又厌恶又不能不尊重的所谓上等社会，统治阶级。学校主持者得人，加之学校走运，不知如何一来又意外得了一个下野军阀一笔捐款，数目将近五十万块钱，当局用这笔钱来补充了几座堂堂皇皇的建筑物，添购了些图书仪器，学校办下去，自然就越来越像个学校。因此在社会上的地位，比旁的学校都好。纳费多，每年来应考的学生，常常超过固定额数十来倍。

大小阮原是旧家子弟，喜事好弄是旧家子弟共通的特性。既考入了这个中学校，入学不久，两人就分别参加了两个组织。叔侄二人从所参加的组织，说明两人过去的环境，当前的兴味，以及未来的命运。

五四运动来了，疯狂了全国年青人。年青人的幻想，脱离一切名分或事实上制度习惯的幻想，被杂志书报加以扩大。要求自由解放成为大小都会里年青人的唯一口号和目的。× 中学位置在长江中部一个省分里，教书的照例是北京师大、北大出身的优秀分子，老校长又是个民国初元的老民党，所以学校里的空气自然是很良好的。各事都进步改良了，只差一着，老校长始终坚持，不肯让步，且由于他与学校的关系，人望，以及性情上那点固执，不许男女同学。以为学校是为男子办的，女子要读书，另有女学校可进。这种主张同时得到有势力的当局支持，所以学生想反对无从反对。五四运动过了几年，风气也略转了一点，这学校因为不开放女禁，且更为多数人拥护了。关于这一点看来似乎无多大关系的事情，无形中倒造就了一些年青人此后的命运。因为年青人在身心刚发育到对女人特别感觉行动惊奇和肉体诱惑时，在学校无机会实证这种需要。欲望被压抑扭曲，神经质的青年群中，就很出了几个作家，多血质的青年群中，就很出了几个革命者。这种作家和革命者尚未露头角时，大多数是在学校那两个特别组织里活动的。

小阮自从离开他的学校，当真就跑到上海，恰如当时许多青年一样，改了一个名字，住在一个小弄堂的亭子间里，一再写挂号信给乡下收租过日子的老父亲，催款接济。且以为自己作的是人类最神圣最光荣事业的起始，钱不能按时照数寄来，父亲不认识他的伟大，便在信上说出一些老人看来认为荒唐糊涂的话语。父亲断定儿子是个过激派，所指望的款当然不会寄来了。然而此外亲戚和朋友，多少尚有点办法。亲戚方面走了绝路，朋友（同样在大都市里混的朋友）却在一种共同机会上，得到共同维持的利益。换句话说就是有“同志”互助。物质上虽十分艰窘，精神上倒很壮旺。没有钱，就用空气和幻想支持生活，且好像居然可以如此继续支持下去。到后来自然又承受机会所给他的那一分，或成龙，或成蛇，或左，或右，或关入牢狱，或回家为祖宗接亲养儿子，在乡下做小绅士。

世界恰如老更夫说的在“变”，小阮不知如何一来，得到一个朋友的帮助，居然到了日本，且考进一个专门学校念书了。学的是一般人要学的，政治。家中一方面虽断绝了联系，照规矩在国内外大学读书时，都可以得到本族公款的补助。小阮用证件证实了他的地位，取得那种权利一年。可是本人在日本不到半年，北伐军队已克服了武汉。这消息对他不是个坏消息。既然工作过来的人，回国当然有出路，他回了国。搭江轮上行到汉口，找那母校训育主任，因为训育主任那时已是党内要人。出路不久就得到了——汉口市特别党部党委。在职务上他当然作的有声有色，开会发言时态度加倍的热诚，使同志感觉到他富于战斗性。他嘲笑保守，轻视妥协，用往日在学校在上海两地方生活的方式，从一个新环境里发展下去。计划打倒这个，清除那个。一面还写信给那个考入北京大学一年级学生大阮，表示他在新事业上的成功和自信。写信给家乡族中公积金保管人，主张保管人应当有年青人参加,改善补助金的办法。写信给家中父亲,要他寄钱,简简单单，要他赶快寄钱。清党事变发生时，他差一点点给同伴送掉性命。很幸运他逃出了那个人血搅成的政治漩涡，下行到九江，随同一部分实力派过南昌，参加南昌的暴动。失败后又过广州，作了些无可稽考的工作。不久广州事变，他又露了面。广州大暴动与第 × 方面军不合作又失败了，工运老总（也就是那个训育主任）坐了机器脚车到总工会去开会，在总工会门前被人用机关枪打掉了。到会三百五十个干部，除少数因事不克参加的分子侥幸逃脱外，将近三百二十个青年，全被拘留在一个戏院里，听候发落。当时市区正发生剧烈混战，一时难决定胜负。各处有巷战，各处有房子被焚烧。年青人的屠杀更在一种疯狂和报复行为中大规模举行。拘押在戏院里的小阮胸有成竹，打算又打算：老总已倒下完了，这混战继续下去，即或一两天 ×× 方面会转败为胜，可望夺回市中心区，在转移之间，被扣住的一群，还是不免同归于尽。与其坐以待毙，倒还是找机会冒险跑路，这么办总还可望死里逃生。

其时戏院门前已用铁丝网围上，并且各处都安放着机关枪，但近于奇迹似的，小阮和另外两个同伴，居然在晚上从窗口翻到另外一个人家屋瓦上，从一个屋上打盹的哨兵身后脱出了那个戏院，逃到附近一个熟人家里。第二天一早，那三百个同伴，被十二辆大汽车押送到珠江河堤边去，编成三队，用机关枪扫射了。二十一天后某个晚上九点钟左右，北京大学东斋大阮的宿舍里，却来了一个不速之客，客人就是小阮。

其时大阮一面在北大外国文学系读书，一面已作了一家晚报评戏讲风月的额外编辑。因他的地位，在当地若干浮华年青学生，逛客，和戏子娼妓心目中，已成为一个小名人。所住的宿舍里墙壁上和桌子上全是名伶名花明星相片，另外还挂了某名伶一副对联。同房住的是个山东籍历史系的三年级学生，这学生平时除读书外毫无他务，一自本学期和大阮同住后，竟变成一个不折不扣的“戏迷”了。

大阮见小阮忽然出现在他面前，出乎意外，大大吃了一惊。他还以为小阮不是在南方过日子，就是在南方死掉了。

“呀，小三哥，原来是你！你居然还好好的活在这个人间！”

小阮望着衣履整洁的大阮，只是笑。时间隔开了两个人，不知如何，心里总有点轻视这位小叔。以为祖宗虽给了他一分产业，可是并不曾给他一个好好的脑子。所有小聪明除了适于浪费祖宗留下来那点遗产别无用处。成天收拾得标标致致的，同妇人一样，全身还永远带着一点香气。这一切努力，却为的是供某种自作多情的浮华淫荡女人取乐，媚悦这种女人！生存另一目的就是吃喝，活下来是醉生梦死。世界上这种人有一个不多，无一个也不少。

大阮只注意小阮脸上的气色，接着又说：

“你不是从广东来的吗？你们那里好热闹呀！”

小阮依然笑着，轻轻的说，

“真是像你说的好热闹。”

小阮见那山东大个子把头发梳得油光光的，正在洗脸，脸洗过后还小心小心把一种香料涂抹到脸上去，心里觉得异常嫌恶。就向大阮示意，看有什么方便地方可以同他单独谈谈。

大阮明白这意思，问那同房：

“密司忒侯，你听戏去？”

那不愿自弃的山东学生，一面整理头发一面装模作态微带鼻音说：

“玉霜这次戏可不能不听听。”说了才回过头来，好像初初见到房中来客，“这位客人请教是……”

大阮正想介绍小阮给同房，小阮却抢口答说：“敝姓刘，草字深甫，做小生意。”说后便不再理会那山东学生，掉头向壁间看书架上书籍去了。大阮知道小阮的脾气，明白他不乐意和生人谈话，怕同房难为情，所以转而向山东学生闲聊，讨论一些戏文上的空泛问题。那一位倒还知趣，把头脸收拾停当，出门去了。刚走过后，小阮就说：“这家伙真是个怪物。”

大阮说：“小三爷，你脾气真还是老样子，一点不改。你什么时候姓刘了？做什么生意？来，坐下来，我们谈谈你的经验！说老实话一听到‘清’我以为你早蹩到武汉，被人缚好抛到大江里喂鱼吃了。后来从大姑信上知道你已过广东，恰好广东又来一个地覆天翻，你纵有飞天本领也难逃那个劫数。可是你倒神通广大，居然跑到北京来了。我羡慕你几年来的硬干精神。”

小阮一面燃起一支纸烟狂吸，一面对大阮望着。似真似讽的说，“七叔，你这几年可活得很有意思。你越发漂亮了。你样子正在走运。”

大阮只明白话中意思一半，又好像有意只听取那话中一半，混和了谦虚与诚实说：“我们可说是混日子，凡事离不了一个混字。进这学校就重在可以混毕业，在新闻界服务为的是混生活，在戏子里混，在酒肉里混，在女人中混。走的是什么运，还得问王半仙排八字算算命。可是我是个受科学洗礼的人，不相信瞎子知道我的事情。”他见小阮衣着显得有点狼狈，就问小阮到了北京多久，住在什么地方，并问他吃没吃过晚饭。且从别一件事说起，转入家境大不如前一类情形上去，用意虽不在堵塞这位贤侄向他借钱的口，下意识却暗示到小阮，要开口也有个限度。但他的估计可错了。

小阮说：“我想在北京住下来，不知这地方怎么样。”

“前一阵可不成，公寓查得紧，住公寓大不方便。现在无事了。你想住东城西城？”

“你有什么熟地方可以搬去住我就去住。不用见熟人。说不定不久还得走路，我想到东北去！”

大阮想了一会儿，以为晚上看房子不方便且待明天再说。问明白小阮住在前门外客店里，就同小阮回到客店，两人谈了一整夜的话，互相知道了几年来两人生活上的种种变化。大阮知道这位侄大人身边还富裕，就放心了许多。至于小阮的出生入死，种种冒险经过，他却并不如何引起兴趣。他说他不懂什么叫“革命”，因为他的心近来已全部用在艺术方面去了。他已成为一个艺术批评家，鉴赏家，将来若出洋就预备往英国去学艺术批评。他熟识了许多有希望的艺员，除了鼓励他们，纠正他们，常常得写文章外，此外还给上海杂志写点小品文，且预备办个刊物。说到这些话时，神气间的成功与自信，恰恰如小阮前一时写信给大阮情景一样。从这种谈话中，把两人的思想隔阂反而除去了，小阮因此显得活泼了一点，话多了一点。到后来甚至于男女事情也谈过了。由客气转而为抬杠，把往年同在学校读书时的友谊完全恢复了。

第二天两人在北大附近一个私人寄宿舍里，用大阮名义看好了一间房子，又大又清静。把行李取来，添置了一些应用东西，小阮就住下了。在那新住处两叔侄又畅畅快快谈了一整天，到分手时，大阮对小阮的印象是神秘。且认为其所以作成这种神秘，还依然是荒唐。今昔不同处，不过是行为理想的方式不同而已。既有了这种印象，使他对小阮的前途，就不能不抱了几分悲观，以为小阮成龙成蛇不可知，总而言之是一位危险人物，但两人既生活在一个地方，小阮囊中似乎还充裕，与大阮共同吃喝看戏，用钱总不大在意，大阮因之对小阮荒唐，渐渐的也能原谅而且习惯了。

两人同在一处每天语言奋斗的结果，似乎稍稍引起了大阮一点政治趣味，不是向左也不是向右，只是向他自己。

住了一个月，小阮忽然说要走了，想到唐山去。大阮看情形就知道小阮去唐山的意思。半玩笑半认真说出他的意见：“小三哥，你不要去好。那地方不是个地方，与你不合宜。”

小阮说：“你以为我住在这里，每天和你成天看戏说白话，就合宜吗？”

“我不以为什么是合宜。你想到唐山去玩，那里除了钻进煤洞里短期活埋无可玩。你想作点什么事，那里没有什么事可作。”

“你怎么知道没有什么可作的？一个要作事的人，关在黑牢里也还有事作！如果你到那儿去！一定无事可作。你最相宜的地方就是你现在的地方，因为有一切你所熟习的。花五十元买一瓶香水送给小玫瑰，又给女戏子写文章捧场收回十块钱。离开了这个大城，你当然无事可作了。”

“可是如今是什么世界，我问你。君子不立乎岩墙之下，你到唐山去，不是跳火坑吗？”

“先生，要世界好一点，就得有人跳火坑。”

“世界如果照你所说的已经坏透了，一切高尚动机或理想都不再存在，一切人都是狗矢，是虫豸，人心在腐烂，你跳下火坑也依然不会好！你想想，这几年你跳了多少次火坑，是不是把世界变好一点？另外有多少人腐烂在泥土里，对于这个世界又有多少好处？！”

“对多数当然有好处。至于对你个人，不特好像没有好处，并且实在无意义。可是革命成功后，你就会知道对你是什么意义了。第一件事是没收你名下那三千亩土地，不让你再拿佃户的血汗来在都市上胡花，第二件事是要你们这种人去抬轿子，去抹地板，改造你，完全改造你，到那时节看看你还合宜不合宜。这一天就要来的，一定会来的！”

“自然会来，那还用得着你去干吗？”

“七叔，你简直不可救药。你等着吧。”

“小三哥，不是说笑话，不可救药的我，看你还是去唐山不得，那地方不大稳当。××是对你们所谓高尚理想完全不能了解，对你们这种人不大客气，碰到了他们手上就难幸免。你一去那里，我断定你会糟。在这地方出事我还多少有点办法，到唐山可不成。你纵有三头六臂，依然毫无用处。”

话谈得同另一时两人谈话情形差不多，僵无可僵，自然不能不结束了。

小阮说：“好，谢谢你的忠告，我们不用谈这个。”

小阮似乎自己已变更了态度，特意邀大阮去市场喝酒。大阮担心是计策，以为小阮知道他家中新近寄来了五百块钱，喝了酒还是跟他借钱，便推说已有约会不能去。小阮只好一人去。到了晚上，大阮正在华乐戏院包厢里听戏，小阮却找来了，送给大阮一个信件，要大阮看。原来是香港汇给小阮的两千块钱通知。

小阮说：“我还是即刻要走路。这款项不便放在身上，你取出来，留在你手边，到我要用时再写信告你。我若死了，这钱望你寄把在上海的八弟。”说完这话，不待大阮开口，拍拍大阮肩膊就走了。

大阮以为小阮真中了毒，想作英雄伟人的毒。

半月后，平津报纸载出消息，唐山矿工四千人要求增加工资大罢工。接着是六个主持人被捕，且随即被枪决了，罢工事自然就完全失败，告一结束。在枪决六个人中，大阮以为小阮必在场无疑。正想写信把小阮事告知那堂兄，却接堂兄来信，说有人在广州亲眼见小阮业已在事变中牺牲。既有了这种消息，大阮落得省事，就不再把小阮逃过北京等等情形告给堂兄。

对于小阮的失败，大阮的感想是“早已料定”。小阮有热情而无常识，富于热情，所以凡事有勇气去做，但缺少常识，做的事当然终归失败。事不过三次，在武汉侥幸逃脱，在广州又侥幸逃脱，到了第三次可就终难免命运注定那一幕悲剧。虽然也觉得很悲伤，但事前似乎很对他尽了忠告，无如不肯接受这种忠告，所以只有付之一叹。费踌躇的倒是小阮名分下这一笔钱，到底是留在手边好，还是寄过上海好？末了他却考虑到堂兄那一方面，以为若把钱寄过上海，告明白这钱来源，小阮八弟必把小阮最近在北方的事告给他父亲，两次凶耗除了增加老人的哀痛别无意义。若不即寄去，且等等一年半载，事情或者反而较好。至于他决定了这个办法，是不是还有另外一个理由，那可不用提了。

过了一年，小阮尚无消息。在所有亲人中都以为小阮早死了。大阮依然保留那笔钱在手边。因为这笔钱保留在大阮手中，倒另外完成了一件大事，出版了一个小刊物。

大阮的性情，习惯，以至于趣味，到决定要成家时，似乎不可免会从女伶和娼妓中挑选一个对手。但他并不完全是个傻子，他明白还有更重要的东西，想起了此后的家业。几年荒唐稍稍增加了他一点世故，他已慢慢的有种觉醒，不肯作“报应”了。更有影响的或者还是他已在学校里被称为“作家”，新的环境有迫他放弃用《疑雨集》体写艳情诗，转而来用新名词写新诗的趋势。恰好这一年学校有意多收了三十个女学生，大阮写诗的灵感自然而然多起来。结果他成了诗人，并且成了学校中一个最会装饰的女学生的情人。到女的一方面知道大阮是合肥大地主的独生子，大阮也问明白了女的父亲是南京新政府一个三等要人，订婚事很容易就决定了。

订过婚，大阮生活全变了。虽不做官，已有了些官样子。虽不是国民党员，但对党同情可越来越多了。

大阮毕了业，凭地主，作家，小要人的乘龙佳婿三种资格，受欢迎回到母校去作训育主任。到学校见一切都好像变了样子，老校长仿佛更老了一点，讲堂家具仿佛更旧了一点，教书的同事大多数是昔时的老同学。大家谈起几年来的人事变迁，都不免感慨系之。训育主任早死了，张小胖到 × 国做 × × 去了，一个音乐教员作和尚去了，这个那个都不同了。世界还在变！

大阮心想，一定还有什么不变的东西。恰恰如早已死去那个前训育主任，他记起了那打更的刘老四。到校舍背那排小房子去找寻这个人，原来当真还是老办法，正在墙边砌砖头，预备焖狗肉下酒！老更夫见大阮时，竟毫不表示惊讶，只淡淡漠漠似的说：

“大先生，你又回来了吗？你教书还是做主任？”

大阮说：“老刘，这里什么都变了，只有你还不变。”

打更的却笑着说：“先生，都得变，都得变。世界不同，狗肉也不容易烂了，不是它不烂，是我牙齿坏了。”

大阮觉得打更的倒有点近于许多旧读书人找寻的“道”，新读书人常说的“哲学味”。

民国二十 × 年十一月二十七，在天津第二监狱里有个运动军队判了八年徒刑的匪犯，编号四十八，因为要求改善监狱待遇，和另外一个姓潘的作家绝食死了。这匪犯被捕是在数年前唐山矿工大罢工一个月以后的事，用的是刘深甫姓名。将近年底时大阮接到一个无名氏写寄北京大学辗转送来的一封信，告给大阮这个消息。内容简单而古怪，姓刘的临死前说大阮是他的亲戚，要这个人转告大阮一声，此外无话。写信的人署名四十九，显然是小阮在狱中最接近的难友。得到这古怪信件后，大阮想去想来总想不出姓刘的究竟是谁，怎么会是他的亲戚。两天以后无意中记起小阮到北京找他时对那山东同学说的几句话，才了悟刘深甫就是小阮，原来小阮的真正死耗还是一月以前的事。他相信这一次小阮可真完事了，再不会有什么消息了。这种信对大阮的意义，不是告给他小阮的死耗，却近于把一个人行将忘却的责任重复提起。他的难受是本题以外的。大阮想作点什么事纪念一下这个小侄，想去想来不知作什么好。到后想起那个打更人，叫来问明白了他的酒量后，答应每月供给这打更的十斤烧酒，一年为度，才像完了一种心愿。

大阮从此不再在亲友面前说小阮的糊涂，却用行为证明了自己的思想信仰是另外一路。他还相信他其所以各事遂意，就为的是他对人生对社会有他的正确信仰。他信仰的是什么，没有人询问他，他自己也不大追究个明白。

他很幸福，这就够了。这古怪时代，许多人为找寻幸福，都在沉默里倒下，完事了，另外一些活着的人，却照例以为活得很幸福，生儿育女，百事遂心，还是社会中坚，社会少不了他们。尤其是像大阮这种人。

二十四年四月十四日

小砦[①]

引子

天上正落小雨，河面一片烟雾。河下一切，都笼罩在这种灰色雨雾里，漾漾胧胧。

远远的可听到河下游三里那个滩水吼着。且间或还可听到上游石峡谷里弄船人拍桨击水呼口号声音，住在河街上的人，从这种呼号里可知道有一只商船快拢码头。这码头名 × 村，属 ×× 府管辖，位置在酉水流域中部。下行二百余里到达沅陵，就是酉水与沅水汇流的大口岸。上行二百里到达茶峒，地在川湘边上，接壤酉阳，茶峒和酉阳，应当就是读书人所谓“探二酉之秘笈”的地方。

中国读书人对酉水这个名称，照例会发生一种心向往之情绪，因为二酉洞穴探奇访胜可作多数读书人好奇心的尾闾。但事实上这种大小洞穴，在边地上虽随处可以发现，除了一些当地乡下人，按时携带

---

① 本篇发表于 1937 年 7 月 5 日，19 日，26 日，8 月 2 日，9 日《国闻周报》第 14 卷第 26 期，第 28~31 期。署名沈从文。篇末“（未完）”为发表时原有。据《国闻周报》编入。

粮食家具冒险走进洞穴深处去煎熬洞硝，此外就很少有人过问。正因为大多数洞穴内部奇与险平分，内中且少不了野兽长虫，即便是乡下人，也因为险而裹足，产生若干传说和忌讳，把它看成一个神或魔鬼寄身的窟宅。只有濒河一带石壁上的大小洞穴，却稍微不同一点，虽无秘笈可寻，还有人烟。住在那些天然洞穴里的，多是一些似乎为天所弃却不欲完全自弃的平民。有些是单身汉子，俨然过的是半原始生活，除随身有一点生活所恃的简单工具，此外别无所有。有些却有妻儿子女和家畜。住在这种洞穴的人，从石壁罅缝间爬上爬下，上可在悬崖间以及翻过石梁往大岭上去采药猎兽，下就近到河边，可用各种方法钓鱼捕鱼。（孩子们不小心也会从崖上跌到水中去喂鱼。）把草药采来晒干后，带到远隔六十里路的县城中去，卖给当地官药铺，得钱换油盐和杂粮回家。兽皮多卖给当地收山货的坐庄人。进一次县城来回奔走一百二十里路，有时还得不到一块钱，在他们看来，倒正如其余许多人事一样，十分平常。下河捕鱼钓鱼，就把活鱼卖给来往船只上的客商。或晾在崖石上晒干，用细篾贯串起来，另一时向税关上的办事人去换一点点盐。（这种干鱼，办事人照例会把它托人捎回家乡，孝敬亲长，或献给局长的。）地方气候极好，风景美丽悦目。一条河流清明透澈，沿河两岸是绵延不绝高矗而秀拔的山峰。善鸣的鸟类极多，河边黛色庞大石头上，晴朗朗的冬天里，还有野莺和画眉鸟，以及红头白翅鸟，从山中竹篁里飞出来，群集在石头上晒太阳，悠然自得啭唱着它们悦耳的曲子。直到有船近身时，方从从容容欢噪着一齐向竹林飞去。码头是个丁字街，沿河一带房屋，并不很多，多数是船上人住的，另外一条竖街，凭水倚山，接瓦连椽堆叠而上，黑瓦白粉墙，不拘晴雨，光景都俨然如画。离码头一里路河上游那一带石壁，五彩斑驳，在月下与日光下，无时不像两列具有魔性的屏障，在一只魔手作弄中，时时变换色彩。并且住家在那石壁上洞穴石罅间的，还养鸡，养狗，在人语中夹杂鸡犬的鸣吠，听来真可说有仙家风味。可是事实上这地方人却异常可怜。住洞穴的大多数人生活都极穷苦，极平凡，甚至于还极愚蠢，无望无助活下去。住码头街上的，除了几个庄头号上的江西籍坐庄人，和税关上的办事员司，其余多是作小生意人。这些人卖饮食供人吃喝，卖鸦片烟，麻醉人灵魂也毁坏人身体。卖下体，解除船上人疲乏，同时传播文明人所流行的淋病和梅毒。食物中害天花死去的小猪肉，发臭了的牛内脏，还算是大荤。鸦片烟多标明云土川土，其实还只是本地货，加上一半用南瓜肉皮等物熬炼而成的料子。至于身体买卖的交易，妇女们四十岁以上，还有机会参加这种生活竞争。女孩子一到十三四岁,就常常被当地的红人，花二十三十，叫去开苞，用意不在满足一种兽性，得到一点残忍的乐趣，多数却是借它来冲一冲晦气，或以为如此一来就可以把身体上某种肮脏病治愈。比较起来住在洞穴里的人生活简单些，稳定些，不大受外来影响。住码头上的人生活却宽广得多，同时也堕落得多。

这地方商业和人民体力与道德，都似乎在崩溃，向不可救药的一方滑去。关于这个问题，应当由谁来负责？是必然的还是人为的？若说是人为的，是人民本身还是统治人民的地方长官？很少人考虑过。至于他们自己呢，只觉得世界在变，不断的变。变来变去究竟成个什么样子，不易明白。但知道越下去买东西越贵，混日子越艰难。这变动有些人不承认是《烧饼歌》里所早已注定的，想把它推在人事上去,所以就说一切都是“革命”闹成的。话有道理,自从辛亥革命以来，这小地方因为是一条河流中部的码头，并且是一条驿道所经过的站口，前后已被焚烧过三次。因大军过道，和兵败后土匪的来去，把地方上一点精华，吮剥得干干净净，所有当地壮丁，老实的大多数已被军队强迫去充夫役，活跳的也多被土匪裹去作喽啰。剩下一点老弱渣滓，自然和其他地方差不多，活在这个小小区域里，拖下去，挨下去等待灭亡和腐烂。上年纪的一面诅咒革命，以为一切不幸都应当由革命来负责，同时一面却也幻想着，六十年一大变，二十年一小变，世界或许过不久又会居然变好起来。所谓变好，当然是照过去样子一一恢复转来：京师朝廷里有个皇帝，有个军机大臣，省里有个督抚，县里有个太爷。（太爷所作的事是坐在公堂上审案，派粮房催租，或坐轿下乡给乡绅点主。）皇帝管大官，大官管小官，小官管百姓，百姓耕田织布作生意，好好过日子。此外庙里还有几多神，官管不了的事情统归神管。还有佛菩萨，笑眯眯的坐在莲花宝座上，听人许愿，默认。念阿弥陀佛吃长斋的人，都可以在死后升往西天，那里有五色莲花等待这些信士去坐。人人胸腔子里都有个良心，借贷的平时必出利息，到还账时不赖债。心肠坏的人容天不容，作好事必有好报应。偷人鸡吃生烂嘴疮，不孝父母糟蹋米粮会被雷公打死。至于年纪较轻的，明白那个“过去”只是一个故事，一段老话，世界一去再也不回头了，就老老实实从当前世界学习竞争生存的方法。生活中无诅咒，无幻想，只每日各在分上做人。学习忍受强暴，欺凌懦弱，与同辈相互嫉视，争夺，在弄钱事情上又虚伪诡诈，毫无羞耻。过日子且产生一个邻于哲人与糊涂虫之间的生死观：活着，就那么活。活不下去，要死了，尽它死，倒下去，躺在土里，让它臭，腐烂，生蛆，化水，于是完事。一切事在这里过细一看，令人不免觉得惊奇惶恐，因为都好像被革命变局扭曲了，弄歪了，全不成形，返回过去已无望，便是重造未来也无望。地方属于自然一部分，虽好像并未完全毁去，占据这地方的人，却已无可救药。然而不然。

生命是无处不存在的东西。一片化石有一片化石的意义，我们从它上面可以看出那个久经寒暑交替日月升降的草木，当时是个什么样子。这里多的却是活人，生命虽和别地方不同一点，还是生命。凡是生命就有它在那小地方的特殊状态，又与别一地方生命还如何有个共同状态。并且凡是生命照例在任何情形中有它美好的一面。丑恶，下流，堕落，说到头来还是活鲜鲜的“人生”。（一片脏水塘生长着绿霉，蒸发着臭气，泛着无数泡沫，依然是生命。）人就是打从这儿来的。这里所有的情形，是不是在这个国家另外一片土地上同样已经存在或将要产生的？另外地上所有的，在这一个小小区域里是不是也可能发生？想想看就会明白。日光之下无新事，我们先得承认这一点。

就譬如说这倒霉的雨，给人的意义，照例是因人而不同的，在这地方也就显然因之有了人事的忧乐。税关办事人假公济私，用公家款项囤买的十石粮食，为这场雨看涨已无希望。山货庄管事为东家收买的二十五张牛皮，这场雨一落，每张牛皮收湿气加重三斤，至少也可以增加七十五斤的分量。住在洞穴里的山民，落了雨可就不便采药，只好闷坐在洞口边，如一只黄羊一样对雨呆看。住在码头上横街的小娼妇，可给雨帮忙把个盐巴客留住了，老娘为了媚这个“财神”，满街去买老母鸡款待盐巴客，鸡价由客人出，还可从中落个三两百钱放进荷包里去作零用。

第一章

税关上办事人同山货庄管事，在当地原代表一个阶级，所谓上等阶级。与一般人不特地位不同，就是生活方式也大不相同。表现这不同处是弄钱方便，用钱洒脱，钱在手中流转的数目既较多，知识或经验也因之就在当地俨然丰富得多而又高人一等。

这些人相互之间日常必有“应酬”，换言之，就是每天不是这些大老板到局上吃喝，就是大老板接局长和驻防当地的省军副营长、连长到庄号上去吃喝。吃喝并不算是主要的事情，吃喝以前坐在桌边的玩牌，吃喝以后躺在床上去烧烟，好像都少不了。直到半夜，才点灯笼送客。军官照例有一个勤务兵，手持长约两尺的大手电筒，乱摇着那个代表近代文明的东西走去。局长却点了一盏美孚牌桅灯，一个人提着摇摇晃晃回他的税局。“应酬”既已成为当地几个有身分的人成天发生的事情，所以输赢二十三十，作局长的就从不放在心上。倒是一种凑巧的好牌，冒险的怪牌，不管是他人手上的还是自己的，却很容易把它记着，加以种种研究。说真话，这局长不特对于牌道大有研究，便是对于其他好些事情，也似乎都富于研究性，懂得很多。尤其是本行上的作伪舞弊，挪此填彼，大有本领。这小局卡本来只是复查所性质，办事员正当月薪不过二十五元，连津贴办公费也不过五十元上下，若不是夺弄多方，单凭这笔收入，那能长久“应酬”下去？

这局长在这个小地方，既是个无形领袖，为人又长袖善舞，职位且增加他经营生活的便利，若非事出意外，看情形将来就还会起发的。今年才三十一岁，真是前程远大！

其时约上午九点钟样子，照当地规矩普通人都已吃过了早饭，上工作事了。这当地大人物却刚刚起床不久，赤着脚，趿着一双扣花拖鞋，穿一身细白布短裤褂，用老虎牌白搪瓷漱口罐漱口，用明星牌牙刷擦牙，牙粉却是美女老牌。一面站在局所里屋廊下漱口刷牙，一面却对帘口的细雨想起许多心事。这雨落下去，小虽小，到辰州就会成为“半江水”，泊在辰州以上百十里河面的木簰，自然都得趁水大放流，前前后后百十个木簰集中在乌宿木关前时，会忙坏了办事人，也乐坏了办事人。但这些事对彼不相干。那些税关人员因涨水而来的一个好处，他无福分享受。他担心却是和当地一个字号上人，共同作的一笔生意。万千浮在大河中的木头，其中有三根半沉在水中的木头，中心镂空装了两挑川货，冒险偷关，若过了关，他便稳稳当当赚了六百个袁头，若过不了关，那他就赌输将近一千块钱了。他想起李吉瑞唱的《独木关》。漱过口后他用力唰达唰达把那支牙刷在搪瓷罐中搅着，且把水用力倒到天井中去。问小公丁：

“黑子，我白木耳蒸好了吗？”

黑子其时正在房门边一张条凳上拭擦局长的烟具。盘子，灯，小罐儿，烟扦儿，一块豆腐干式的打火石，一块圆打火石，此外还有那把小茶壶，还有两支有价值的烟枪（枪上有包银装璜的老象牙嘴），一一的拭擦着。

那小子刚害过水臌，病愈后不久，眼皮肿肿的，头像一个三角形，颈膊细细的。老是张着个嘴，好像下唇长了一点，吊不上去；又好像从小就没有得到一次充足的睡眠，随时随地都想打盹，即或在作事情，也一面打盹。但事实上他却一面擦烟具一面因雨想起那个业已改嫁给船夫的母亲，坐了那条三舱桐油船，装满了桐油向下游漂去的情形。也许船正下滩，一条船在白浪里钻出钻进，舱板上全是水，三五个水手弯着腰用力荡桨，那船夫口含旱烟管，两只多毛露筋的大手，把着白檀木舵把，大声吼着，和水流争斗。母亲呢，蹲在舱里缸罐边淘米烧水。……因此局长叫他时他不作声。

于是局长生了气，用着特有的辞令骂那小子：

“黑子，黑子，你耳朵被 × 弄聋了吗？我说话你怎么老不留心。你想看水鸭子打架去了，是不是？你做事摩摩挲挲真像个妇人。小米大事情半天也做不好，比绣花还慢，末了还得把我的宝贝打碎。”

黑子被骂后，着忙去整理烟具，忙中有错，差点儿把那小盒里烟膏泼翻。局长一眼瞥见了。

“祖宗，杂种，你怎不小心一点？你泼了我那个，你赔得起？把你熬成膏子也无用处。熬成膏子不到四两油，最多值一毛钱。你真是个吃冤枉饭的东西……”。

黑子知道局长的脾气，骂虽骂，什么希奇古怪的话都说得出口，为人心倒很好，待下属并不刻薄。骂人似乎只是一种口技的训练，一种知识的排泄，有利于己而无害于人。有时且因为听到他那种巧妙的骂人语言，引起笑乐，觉得局长为人大有意思。唯其如此，局长的话给黑子听来倒常常是另外一种意义了。

被骂的黑子把下唇吊着，聆受局长的训诲，话越骂越远，倒亏听到厨房有猫儿叫了一声，才想起蒸在锅中的白木耳。赶忙把那全副烟具端进房中去，取白木耳给局长补神。事实上到得白木耳入口时，局长已将近把那碗白木耳的力量，全支付在骂那小子话语上了。

河街某处有鸭子大声呷呷的叫着，局长想起自己的鸭子，知道黑子又忘了喂那个白蛀木虫粉给斗鸭时，又是一番排调，把小子比作种种吃饭不工作的鸟兽虫鱼，结果却要他过上街一个专门贩卖鸭子的人家去，看那老板是不是来了好货。自己动手喂鸭子。

黑子戴了一个斗笠，张着嘴，缩着个肩膊，向外面跑。局长还把话向黑子抛去。

"早回来点，不要又在三合义看下棋。人家下棋你看，狗在街上联亲你也看，你什么戏都看，什么都有分，只差不看你妈和划船的唱戏，因为那个你无分。"

黑子默默的出了局门，却自言自语说：

"什么都看，你全知道。你趴在楼板上，看三合义闺女洗澡，你自己好像不知道，别人倒知道！"

黑子年纪只十二岁，样子像个半白痴，心里却什么事都明白，什么事都懂。

××地方人家，也正如其余小地方差不多，每家必蓄养几只鸡鸭，当作生产之一部门，又当作娱乐之一种。养鸡的母鸡用处多是生蛋孵小鸡，或炖汤吃。（白毛乌骨的且为当地阔老当补品）。公鸡用作司晨，辟邪，啄蜈蚣虫蚁。临到年底，主人就把它捉来，不客气的用刀割断了它的喉管，拔下那个金色眩目的颈毛或背部羽毛，一撮撮蘸上热鸡血贴到门楣上，灶坎上，床梁上和船头上和一切大件农具上，用意也是辟邪。且把它整个身子白煮了，献给家神祖先。有时当地人上山采药打猎，入洞熬硝，也带那么一只活雄鸡，据说迷了路大有用处。至于用它来战斗，因习惯不同，倒只是当地小孩子玩的事情了。近大河边人家因地利宜于蓄鸭，当地人因之也把鸭子的斗性，加以训练，变成一个有韧性的战士，用来赌博。一只上好的绿头花颈脖的雄鸭，价值也就很高。平时被人关在笼子里，喂养各种古怪食品，在水边打架时，船上人和住家人便各自认定其中一只，放下赌注，猜测胜负，赌赛输赢。只有母鸭才十分自由，大清早各放出来，到大河里聚齐，在平潭中去找虾米和浮食吃，到天晚才各自还家。落了雨，不再下大河，就三三五五在横街头泥水里摇着短短的尾巴，盘散来去，有所寻觅，仿佛异常快乐。街中两家豆腐作坊前，照例都积下一片脏水，泛着白沫，水中还有不少红丝虫蠕动着，被这群母鸭发现时，便如发现了一个宝库，争着把一个淡红色的扁嘴壳插进脏水中去唼喋。至于这时节那些公鸡母鸡呢，却多躲藏在家中桌椅下和当地小摊子下横木上，缩敛着身子，看街头鸭子群游戏。间或把头偏着望望天，轻轻的咕喽一声，好像说，“这是天气，到明天会放晴的。”因为天一放晴，鸭子就得下河，一条街便依然为鸡所专有了。

黑子到了养鸭子的老东西处，望了一下鸭子，随便说了几句闲话，就走过上街头去看染坊，看碾工踹石碌碾布，一个工人在半空中左右宕着，布在滚子下光滑滑的，觉得大有意思。同时还有河下横街两个脏小孩子，也在那门前泥水中站定，看那个玩意儿，黑子原本同他们都极熟习，就说笑话，叫其中之一诨名作“鼻涕虫”，胡扯乱说，以为鼻涕虫若碾在石滚子下，必不免如申公豹被孙悟空一金箍棒打成稀糊子烂，成一片水不复人形。

鼻涕虫明白黑子根本来源，虾米螃蟹同样是水里长的，分不出谁高谁低，就说：

“黑子，我不经压你经压，你试试去看，压不出水一定压出油，压出三两油点灯，照你娘上清秋路！”

黑子说：“你娘嫁给卖油的，你的油早被榨完了，所以瘦得像个地底鬼。你是个实心油瓶。”

鼻涕虫被人提到心窝子里事情，轮眨着他那双凸出大眼睛，狠狠的望着黑子说，“你娘嫁撑船的，檀木舵把子和竹篙子都剩到你娘的 × 心子上。你就是被那撑船的剩出来的。你娘才真正经压！”

黑子因为新近作了公务员，吃公家饭，虽在税局里时时刻刻被打被骂，可是比起同街小子，总觉得身分已高了一着，可以凭身分唬人。平时到小摊子买桃李水果，讲价钱时就总有点不讲道理，倚势强人。价钱说好了，还挑三拣四，拈斤播两。向乡下妇人买辣子豆荚，交易办好，临走时，还会伸手到篮子里去多抓一把，使得妇人发急扯着他的衣袖不放，就说：“我又不是抢人欠债，你一个妇人女子，清天白日抓我是什么意思！”故意引起旁人的笑乐。在官家方面有势力的人，买东西照例发官价，欢喜送多少把多少，但这是过去的事，革命后就不成了。虽说如今作局长的好处还多，随时可收受一点小生意人当令的蔬果孝敬，采药打猎人遇到大头的何首乌，大蛇皮，也必先把它拿来献给局长。局中公丁在执行公务时，尚有好些小便宜可占，但到底今不如古，好处也不过是连抢带骗，多抓一把辣椒之类罢了。但在另外一件事情上，譬如同道闹嘴舌，无形中自然大家都得让一手，年纪长一点的因之也有被黑子骂倒过的。于是这公务人也就骄傲了一些，大意了一些。现在不意钢对钢碰了头。鼻涕虫身世被黑子掘出后，气愤不过，也就不顾一切，照样还口。

黑子不把鼻涕虫看在眼里，就走近他身边去，打了鼻涕虫一拳。那小子跄踉了一下，回过头来说：

“黑子，君子动口不动手，你怎么打人？”

黑子以为鼻涕虫怕他，不理会这句话，赶过去又是一拳。且打且说：“我打扁你这个狗杂种，你怎么样？”

鼻涕虫一面用手保护头部，一面用脚去踢黑子。

另一个小子原同鼻涕虫一伙，见两人打起来了，就一面劝架，一面嘶着个嗓子说：“不许打架，不许打架，君子动口不动手，有话好说！”因为两只手抱着了黑子膀子，黑子便被鼻涕虫迎面猛的打了三拳。接着几人就滚丸子似的在泥水中滚起来了。

街户中人听着有人打架，即刻都活跃起来了，大家都从烟盘边或牌桌边离开，集中到街前来看热闹。本来是两人相打，已变成三人互殴，黑子双拳难敌四手，虽压住了鼻涕虫，同时却也为人压住。三人全身都是脏泥。看热闹的都说好打好打，认不清谁是谁非，正因为照习惯一到了这种情形，也就再无所谓是非。

正当一个小子从污泥中摸着一个拳头大鹅卵石，捏在手中向黑子额角上砸去时，一个老妇人锐声大喊了一声：“狗 × 的小杂种，你干什么！”一手捞着了那小子细瘦的膀子，救了黑子。可是救了黑子却逃了母鸡，原来这时节另一胁下夹着那只老母鸡，却逃脱了，在泥水中乱扑，把泥水扇得四溅。大家都笑嚷着。

“好热闹，好热闹！”

几个劣小子的架被其余人劝开了，老妇人赶忙去泥水中捕捉她的老母鸡。把鸡擒着后大声骂着：“你这扁毛畜生，以为会飞到天上去！”

有人插嘴问：“老娘，多少钱，这只肥鸡？”

老娘看了那人一眼，把一张瘦瘪瘪的嘴扁着，作成发笑的样子，一面用手抹鸡尾上泥水，一面说：“这年头，什么东西都贵得要人命。杨氏养鸡好像养儿女，三斤半毛重，要我七角钱，真是吃高丽参。”

料不到这个杨氏正在人丛中观战，就接口说：“老娘，你说什么高丽参洋参？你有钱，我有货，作生意两相情愿，我难道抢你不成？儿花花女花花嘴角不干不净，你是什么意思……”

老娘过意不去，不好回嘴。可是当众露脸，面子上大不光彩，正值那母鸡挣扎，就重重的打了那母鸡一巴掌，指冬瓜骂葫芦道：“你这扁毛畜生，也来趁火打劫！”且望着帮同打架的那小子说，“还不回家我打断你的狗腿！别人打架管你什么事，打出人命案你来背！”一面骂那小子，一面推搡着那小子，就走开了。

杨氏说：“扁毛畜生谁不是养它吃它？哪像你，养儿养女让人去玩，大白天也只要人有钱就关上房门，不知羞耻，不是前三辈子造孽？”

老娘虽明知道杨氏还在骂她，却当作不听见，顾自走了。那杨氏也知道老娘已认屈，恶狗不赶上墙人，经过大家一劝，就不再说什么。

三个打架小子走了一个，另两个其时已被拉开，虽还相互悻悻的望着，已无意再打。旁边一个解围的中年男子，刚过足烟瘾，精神充足，因此调弄那小公务人黑子说：“黑子，你局长看你这样会打架，赶明天一定把喂鸭子的桂圆枸杞汤给你喝，补得你白白胖胖，好在你身上下注！你下次上场，我当裤子也一定在你名下赌三角钱！”说得大家都笑起来。

另一个退伍兵就说，“若不亏老婊子大吼一声，你黑子不带花见红，你才真是黑子。”

黑子说：“她那侄子打破我的头，我要揎掉他的家神牌子。”

退伍兵说：“她有什么家神牌子？她家里有的是肉盾牌，你这样小孩子去，老婊子放一泡热尿，也会冲你到洞庭湖！”

黑子悻悻的望着那退伍兵士，退伍兵士为人风趣而随和，就说：“黑子，你难道要同我打一架吗？我打不过你，我怕你——我领过教！”

烟客就说，“黑子，算了吧，快回局里去换衣，你局长知道你打架，又会赏你吃‘笋子炒肉’，打得你像猪叫。”

“局长没有烟吃，发了烟瘾，才同你一样像猪哼！”

黑子说完，拔脚就走。到下坎时一个跄踉差点儿滑倒，引得人人大笑。

黑子走后，退伍兵士因为是鼻涕虫的表叔，所以嘲笑他说：“鼻涕虫，你打架本领真好，全身滑滑的，我也不是你的对手，何况小黑子。以后你上圈和他打架时，我一定赌你五百。”

鼻涕虫说：“小黑子狗仗人势，以为在局里当差，就可欺凌人，我才不怕他！”

“这年头谁不是狗仗人势？你明天长大了当兵去，三枪两炮打出个天下，作了营长连长，局长那件紫羔袍子，就会给你留下，不用派人送上保靖营部了。大鱼吃小鱼，小鱼吃虾米，你得立志！”

鼻涕虫不知“立志”为何物，只知道做了营长就可以胡来乱为，作许多无法无天的事情。局长怕他县长也怕他。要钱用时把商会总办和乡下团总提到营里来就有钱用。要钱作什么用？买三炮台纸烟，把纸烟嵌在长长的象牙骨烟管里去，一口一口吸。审案时一面吸烟，一面叫人打板子。生气时就说：“你个狗 × 的，我枪毙了你！”于是当真就派卫队绑了这人到河边石滩上去一枪打了。营长的用处，在鼻涕虫看来，如此而已。退伍兵士年纪大一点，见识多一点，对营长看法自然稍稍不同。不过事实上一个营长，在当地的威风，却只能从这些事上可以看出，别的是不需要的。

鼻涕虫说：“我一定要立志做营长。”

老娘好事，信口开河说了本街杨氏两句坏话，谁知反受杨氏屈辱一番，心中大不舒畅，郁郁积积回到河街家里，拉开腰门，把那只老母鸡尽力向屋中地下一掼，拍着手说，“人背时，偏偏遇到你这畜生！”老母鸡喔的喊了声，好像说：“这管我什么事？你这个人，把我出气！”

小娼妇桂枝，正在里房花板床上给盐客烧烟，一面唱《十想郎》《四季思想》等等小曲子逗盐客。听鸡叫声，知道老娘回来了，就高声和她干娘说话：

“娘，娘，鸡买来了吗？肥不肥？”

老娘余气未尽，进屋里到水缸边去用水瓢舀水洗手，一面自言自语：“怎不肥？一块钱吃大户，还不肥得像个大蜘蛛？”话本来还是指卖鸡高抬价钱的杨氏。桂枝听到上句听不到下句，就：“怎么一块钱？娘。”她意思是鸡为什么这样贵，话里有相信不过的神气。

老娘买鸡花七角，本想回来报八角，扣一角钱放进自己贴身荷包里。现在被杨氏一气，桂枝问及，就顺口念经：“怎么不是一块钱？你不信你去问。为这只扁毛畜生，像找寻亲舅舅，我哪里不找到。杨氏把这只鸡当成八宝精，要我一块钱，少一个不成交易。我落一个钱拿去含牙齿。”

桂枝见老娘生了气，知道老娘的脾气，最怕人疑心她落钱，忙赔笑脸把话说开了，出得房来两只手擒着了那肥母鸡，带进房中去给盐客过目。口中却说：“好肥鸡，好肥鸡。”

盐客只是笑，不开口。两人的对白听得清清楚楚。

盐客年纪约摸三十四五，穿一身青布短褂，头上包着一条绉绸首巾，颈脖下扯有三条红记号，一双眼睛亮光光的，脸上吊着高高的两个颧骨，手膀上还戴了一支风藤包银的手镯，一望而知是会在生意买卖上捞钱，也会在妇女身上花钱的在行汉子。从 × 村过身，来到这小娼妇家和桂枝认相识还是第一回。只住过一夜，就咬颈脖赌了一片长长的咒，以为此后一定忘不了，丢不下。事实上倒亏雨落得凑巧，把他多留了一天。这盐客也就借口水大抛了锚，住下来，和桂枝烧烟谈天。早上说好要住下时，老娘就说：“姐夫，人不留客天留客，人留不住天帮忙把你留住了，我要杀只鸡招待你，炖了鸡给你下酒，我陪你喝三杯，老命不要也陪你喝。”

盐客因为老婊子称他作姐夫，笑嘻嘻的说：“老娘，你用不着杀鸡宰鹅把我当希客待，留着你那老命吧。我们一回生，二回熟。我不久还得来。我一个人吃得多少？不用杀鸡。”

老娘也笑着，“烧酒水酒一例摆到神面前，好歹也是尽尽我一番心！姐夫累了，要补一补。”

盐客拗不过这点好意，所以自己破钞，从麂皮抱兜里掏出一块洋钱，塞到老娘手心里，说是鸡价。老娘虽一面还借故推辞，故意大声大气和桂枝说：“瞧，这算什么！哪有这个道理，哪有这个道理，要姐夫花钱？”

盐客到后装作生气神气说：“老娘，得了，你请客我请客不是一样吗？我这人心直，你太婆婆妈妈，我不高兴的。”

好像万不得已，到后才终于把它收下拿走了。

老娘虽吃的是这么一碗肮脏饭，年纪已过四十五岁，还同一个弄船的老水手交好，在大街上追着那水手要关门钱。前不久且把一点积蓄买过一对猪脚，送给个下行年青水手，为的是水手答应过她一件事。对于人和人做的丑事虽毫不知羞耻，可是在许多人和人的通常关系上，却依然同平常人一样，也还要脸面，有是非爱恶，换言之就是道德意识不完全泯灭。言语和行为要他人承认，要他人赞美。生活上必需从另一人方面取得信任或友谊，似乎才能够无疚于心的活下去。人好利而自私，习惯上礼法仍得遵守，照当地人说法，是心还不完全变黑。

桂枝年纪还只十八岁，已吃了将近三年码头饭。同其他吃这碗饭的人一样，原本住在离此地十多里地一个小乡里，头发黄黄的，身子干干的，终日上山打猪草，挖葛根，干一顿稀一顿拖下来。天花，麻疹，霍乱，疟疾，各种厉害的传染病，轮流临到头上，木皮香灰乱服一通，侥幸都逃过了。长大到十三岁时，就被个送公事的团丁，用两个桃子诱到废碉堡里玷污了。自然是先笑后眺，莫名其妙。可是得了点人气后，身心方面自然就变了一点，长高了些，苗条了些，也俨然机伶了些。到十五岁家里估计应当送出门了，把她嫁给一个孤身小农户，收回财礼二十吊，数目填写在婚书上，照习惯就等于卖绝。桂枝哭啼啼离开了自己那个家，到了另外一个人家里，生活除了在承宗接祖事情上有点变化，其余一切还是同往常一样。终日上山劳作，到头还不容易得到一饱。挨饿挨冷受自然的虐待，挨打挨骂受人事的折磨。孕了一个女儿，不足月就小产掉了。到十六岁时，小农户忍受不了，觉得不想办法实在活不下去。正值省里招兵，委员到了县里，且有公事行到乡长处，乐意去的壮丁不少。那农户就把桂枝送到 × 村一个远亲家里来寄住，自己当兵去了。丈夫一走，寄住在远亲家吃白食当然不成，总得想办法弄吃的。虽说不唇红齿白，身材俏俊，到底年纪轻，当令当时，俗话说十七八岁的姑娘，再丑到底是一朵花。就是喇叭花，也总不至于搁着无人注意。老娘其时正逃走了一个养女，要人补缺，找帮手不着，就认桂枝作干女儿，两人合作，来立门户。气运好，一上手就碰着一个庄号上的小东家，包了三个月，有吃有穿，且因此学了好些场面规矩。小老板一走，桂枝在当地土货中便成红人了。但塞翁失马，祸福同至，人一红，不久就被当地驻军一个下级军官霸占了。这军官赠给她一身脏病，军队移防命令一到，于是开拔了。一来一往三年的经验，教育了这个小娼妇，也成全了这个小娼妇。在当前，河街上吃四方饭的娘儿们中，桂枝已是一个老牌子，沿河弄船的青年水手，无人不知。尤其是东食西宿的办法，生活收入大半靠过路客商，恩情却结在当地一个傻小子身上，添了人一些笑话，也得到人一点称赞。

本地吃码头饭的女子，多数是有生意时应接生意，无生意时照例有个当地光棍，或退伍什长，或税关上司事一类人，由熟客成为独占者，终日在身边烧烟谈天。这种塌茸男子当初一时也许花了些钱到女人身上，后来倒多数是一钱不出，有的人且吃女的，用女的，不以为耻。平时住在女的家里犹如自己家里，客来时才走开。这种人大多是被烟毒熏得走了型，毫无骨气，但为人多懦而狡，有的且会周张，遇孱头客人生事闹乱子，就挺身出面来说理，见客人可以用语言唬诈时，必施小做作，借此弄点钱。有时花了眼睛，认错了人，讹人反被人拿住了把柄，就支支吾吾逃开，来不及时又即刻向人卑屈下流的求饶。挨打时或沉默的忍受，或故意呻吟，好像即刻就要重伤死去的样子，过后却从无向人复仇的心思。为人俨然深得道家“柔则久存”的妙旨，对人对己都向抵抗极小的一方面滑去。碰硬钉子吃了亏，就以为世界变了，儿子常常打老子，毫无道理，也是道理。但这种鼻涕似的人生观，却无碍于他的存在。他还是吃，喝，睡，兴致好时还会唱唱。自以为当前的不如意正如往年的薛仁贵、秦琼，一朝时来运来，会成为名闻千古的英雄。唱《武家坡》，唱《卖马》，唱到后来说不定当真伤起心来了，必嘶着个嗓子向身边人嚷着说：“这日子逼死了英雄好汉，拖队伍去，拖队伍去！”其中自然也就有当真忍受不了，下山落草。跑了几趟生意，或就方便作坐地探子，事机不密，被驻军捉去，经不住三五百板子，把经过一五一十供出，牵到场坪上去示众。临刑时已昏头昏脑，眼里模模糊糊见着看热闹的妇女，强充好汉，勉强叫着：“同我相好的都来送终，儿女都来送终！”占点口上便宜，使得妇女们又羞又气，连声大骂：“刀砍的，这辈子刀砍你，二辈子刀还是砍你！”到后便当真跪在河边，咔嚓挨那一刀，流一摊血，拖到万人坑里用土掩了完事。

桂枝别有眼睛，选靠背不和人相同，不找在行人却找憨子。憨子住在河边石壁洞穴里，身个子高高的，人闷闷的，两个膀子全是黑肉，每天到山上去挖掘香附子和其他草药，自食其力，无求于人。间或兴子来时，就跟本地弄船的当二把纤，随船下辰州桃源县。照水上规矩下行弄船只能吃白饭，不取工钱。憨小子搭船下行时，在船头当桨手，一钱不名，依然快快乐乐，一面呼号一面用力荡桨，毫不含糊。船回头时，便把工钱预先支下，在下江买了礼物，戴合记的香粉，大生号的花洋布，带回来送给桂枝。因为做人厚道，不及别的人敲头掉尾，所以大家争着叫他憨子，憨子便成为这青年人的诨名。憨子不离家，也不常到河街成天黏在小娼妇身边，不过上山得到了点新鲜山果时，才带到河街来给桂枝，此外就是桂枝要老娘去叫来的。人来时常常一句话不说，见柴砍柴，见草挽草，不必嘱咐也会动手帮忙。无事可作就坐在灶边条凳上，吸他那枝老不离身的罗汉竹旱烟管，一面吸烟一面听老娘谈本街事情。本来说好留在河街过夜，到了半夜，不凑巧若有粮子上副爷来搭铺过夜，憨子得退避，就一声不响，点燃一段废缆子，独自摇着那个火炬回转洞穴去，从不抱怨。时间一多，倒把老娘过意不去，因此特别对他亲切。桂枝也认定憨子为人心子实，有包涵，可以信托，紧贴着心。

盐客昨晚上在此留宿，事先就是预先已约好了憨子，到时又把憨子那么打发回去的。

老娘烧了锅水，把鸡宰后，舀开水烫过鸡身，坐在腰门边，用小镊子摘鸡毛。正打量着把鸡身上某部分留下。又想起河中涨水，三门滩打了船，河中一定有人发财。又想起憨子，知道天落雨，憨子不上山，必坐在洞中望雨，打草鞋搓草绳子消磨长日。老娘自言自语说，“憨人有憨福”，不由得咕咕笑将起来。

桂枝正走出房门，见老娘只是咕咕笑。就问：“娘你笑什么？”

老娘说：“我笑憨子，昨天他说要到下江去奔前程，发了洋财好回来养我的老。他倒人好心好，只是我命未必好。等到他发洋财回来时，我大腿骨会可做棒槌打鼓了。”说了自己更觉得好笑，就大笑起来。

桂枝不作声，帮同老娘拔鸡毛。好像想起心事，吁了一口气。

老娘不大注意，依然接口说下去：“人都有一个命，生下来就在判官簿籍上注定了，洗不去，擦不脱。像我们吃这碗饭的人，也是命里排定的，你说不吃了，干别的去，不是做梦吗？”

桂枝说，“娘，你不干，有什么不成？活厌了，你要死，抓把烟灰，一碗水吞下肚里去，不是两脚一伸完事？你要死，判官会说不许你死？”

“你真说得好容易。你哪知道罪受不够的人，寻短见死了，到地狱里去还是要受罪。”

“我不相信。”

“你哪能相信？你们年轻人什么都不相信，也就是什么都不明白。‘清明要晴，谷雨要雨’，我说你就不信。‘雷公不打吃饭人’，我说你又不信……”

老娘恰同中国一般老辈人相似，记忆中充满了格言和警句，一部分生活也就受这种字句所薰陶所支配。桂枝呢，年纪轻，神在自己行动里，不在格言警句上。

桂枝说：“那么，你为什么不相信鲤鱼打个翻身变成龙？”

老娘笑着说：“你说憨子会发洋财，中状元，作总司令，是不是？鲤鱼翻身变成龙，天下龙王只有四位，鲤鱼万万千，河中涨了水，一网下来就可以捉二十条鱼！万丈高楼从地起，总得有块地！”

憨子住的是洞窟，真不算地。但人好心地好，老娘得承认。老娘其实同桂枝一样，盼望憨子发迹，只是话说起来时，就不免如此悲观罢了。桂枝呢，对生活实际上似乎并无什么希望，尤其是对于憨子。

她只要活下去，怎么样子活下去就更有意思一点，她不明白。市面好，不闹兵荒匪荒，开心取乐的大爷手松性子好，来时有说有笑，不出乱子，就什么都觉得很好很好了。至于憨子将来，男子汉要看世界，各处跑，当然走路。发财不发财，还不是“命”？不过背时走运虽说是命，也要尽自己的力，尽自己的心。凡事胆子大，不怕难，做人正派，天纵无眼睛人总还有眼睛。憨子做人好，至少在她看来，是难得的。只要憨子养得起她，她就跟了他。要跑到远处去，她愿意跟去。

有只商船拢了码头，河下忽然人声嘈杂起来，桂枝到后楼去看热闹，船上许多水手正在抽桨放到篷上去，且一面向沿河吊脚楼窗口上熟人打招呼。老娘其时也来到窗边，看他们起货上岸。后舱口忽然钻出一个黑脸大肩膊青年水手，老娘一眼瞥见到了，就大声喊叫：“秋生，秋生，你回来了！我以为你上四川当兵打共产党去了！”

那水手说：“干娘，我回来了，红炮子钻心不是玩的。光棍打穷人，硬碰硬，谁愿意去？”

桂枝说：“你前次不是说三年五载才回来吗？”

那青年水手快快乐乐的说：“我想起娇娇，到龚滩就开了小差。”

桂枝说：“什么娇娇肉肉，你想起你干妈。”

这水手不再说什么，扛了红粉条一捆，攀船舷上了岸。桂枝忙去灶边烧火，预备倒水为这水手洗脚。

盐客听桂枝说话，问：“是谁？”

老娘答话说：“是秋生。”

秋生又是谁？没有再说及。因为老娘想到的是把鸡颈鸡头给秋生，所以又说：“姐夫，这鸡好肥！”

（未完）

乡城[1]

× × 服务团一行八十多人，到了 × × 县，其时正在上午九点钟左右。这些年青男男女女，很热情很兴奋的下乡宣传。在城门边贴了些红绿标语，且把县衙门附近大戏台也打扫收拾起来，准备演戏。街头演讲分三组举行，借了茶馆的板凳站在上面演说。慰问组出城向附近村子找保甲问话。代出征家属写家信的，就到处去打听出征家属，在茶馆前当众写信。小县城统共不过四百户人家，于是忽然显得活泼起来。大家都不知不觉忙乱而兴奋，尤其是县公署上下执事人员，要办招待，准备整十桌酒席，百十人茶水，不是儿戏。地方小，又不是赶街子日期，本城向例卖小菜有供求相应情形，来人太多了，从哪里来这么多东东西西吃喝？县长为人忠厚而热忱，觉得来者是客，得尽宾主之谊，不能不想办法。因此发动县公署一切力量，向附近乡下打主意，照市价匀买菜蔬鸡鸭。自己就在会客室中接待“团长”，谈点地方建设教育情形，抗战征兵故事。一面谈一面心中不免稍稍着急，因为听说这些学生当天下午就得回城，恐怕十二点办不好中饭，妨碍

① 本篇发表于 1940 年 6 月 24 日香港《大公报 · 文艺》第 867 期。署名刘季。据《大公报 · 文艺》编入。

“宣传”。而且来了那么多人，十桌饭菜，费用也不是儿戏。

建设局长穿了件灰布大衫，带了个保安队兵走到离城一里远近康街子首富王家去，找王老太太商量买几只鸡。王老太太正坐在院廊下簸荞麦，从荞麦中剔除小小石子，身旁三只肥大母鸡，只想乘隙扑拢来啄荞麦。王老太太一面抵抗一面想心事。侧屋有两个漆匠，正在给王老太太新合的百年寿材上漆，工作得比一般工作更从容不迫。人还活着，事情有什么可忙的？蹲在门限上吸一回烟，看一看这值八百块中央票子金丝楠木的寿材款式，两个工人笑了。即物起兴，谈起当前事情。

“老师傅，洋人死了听说用玻璃棺材，你到过城里，城里有不有？”

“城里洋人寿年长，老而不死。城里寿木一个样。四合头好的值两千块！”

“这个也长价了？”

“怎不长价？这年头不用说人活不了，死也死不了！像（他把嘴向正屋长廊下努努）老娘子有福气，怕不要五千块钱才能够打发上山！”

“有钱总好办。你我可死不得。伸了脚，真不好办。”

“有什么不好办？你我死了一铺席子卷上山，两锄头土一浇，埋了，腐了，烂了，蛆虫蚂蚁吮个饱。省得活到世界上吃贵米粮！”

“老婆孩子呢？”

“嫁人去！”

院中黑狗汪汪叫将起来，建设局长进了屋，手扬起高高的叱“死狗，死狗”。

王老太太赶忙放下簸箕，耳朵边两个一寸长的翠玉耳环只是晃荡，走下阶砌去招呼客人。“局长，局长。”局长眼睛却正盯着那几只抢啄荞麦的肥母鸡。

王老太太赶忙又去撵鸡："你个死扁毛畜生，一有空，你就抢。胀饱了你，杀你清炖红焖吃。"虽那么说得凶狠，语气中却充满了爱抚。因为三只鸡都正在下蛋，每天生三个大鸡蛋，照市价值三毛钱。老太太家当虽有三十万，但一屋子屯的煤油，三个仓房屯的青盐，几箱子田地和房屋纸契，对于她似乎都不大相干。这些家业尽管越累越多，都并不能改造她的人生观或生活方式。尤其是不能改变那个老财主的人生观和对待她的生活方式。老财主带了个姨太太住在同村另外一所大房子里过日子，要老太太当家，一切权利都是抽象的，只有义务具体。照习惯她生活中只有"忙"，按节令忙来忙去，按早晚忙来忙去。忙到老，精力不济事，便死了。死后儿女便给她换上老衣，把她抬进那口搁在侧屋髹漆新合成的楠木寿材里去，照规矩念十天半月经，做做法事，请县长点主，石匠打碑记下生卒年月，一切就完事了。人还不完事，对她生存有点意义，就是猪生小猪鸡下卵。卧房中黑黑的，放下十来个大小不一的坛瓮，贮装干粮干菜干果。另外靠近床边，一个大扁箩，里面有些糠皮，贮装鸡蛋。她把每个鸡蛋都上一个记号，一共已有了四十二个。她正预备到下月孵鸡雏，还不决定孵三窠孵两窠，很费踌躕。局长一来，问题简单明朗化了。

王老太太恐怕有别的事，问局长要不要找老官官来。局长把头拨浪鼓一般摇着。

"老太太，今天怎不进城去看热闹。省里来了上百学生，男的女的一起来，要宣传唱文明戏，捉汉奸。"

老太太有点糊涂了："我们这地方哪有汉奸捉？"

"演戏！戏上有卖国奸臣毛延寿。汪精卫就是个毛延寿，是个汉奸！"

"谁把汪精卫捉住了来？"

"假的，老太太，假的！看看去就会明白。还有女学生唱歌，穿一色同样衣服，排队唱抗战歌，‘轰炸机，轰炸机’，声音很好听，你去听听看。县长说大家都要去。”

“有飞机吗？真是我们炮队打下来的吗？”

很显然，老太太和建设局长说去说来，总不大接头。局长触景生情，因此转口说：

“老太太，你这几只鸡真肥，怕有四五斤一只吧。”

“扁毛畜生讨厌！……你又来抢我，黄鼠狼咬你不要叫人救驾。”老太太已回到廊下，把簸箕高高举起，预备放到过堂门高案桌上去。但鸡是个会飞的东西，放得再高也不济事。还未把荞麦放上去，有一只鸡已经跳上案桌了。局长眼看到这种情形，正好进言，就说：

“老太太，我无事不登三宝殿。今天省里学生来得太多，县长办招待，临时要预备十桌饭菜。这海碗大城里，怎么预备？要我来买几只鸡，你这鸡卖把我可好？”

老太太还不及听明白问题，局长就拍着腰边皮板带，表示一切现买现卖，“老太太，我们照市价买，过一过秤，决不亏你。县长人公道，你明白的。”

老太太把话听明白后吃了一大惊，摇着两只手，好像抵拒一件压力很重的东西，“不成，不成。局长，我鸡不卖，鸡正生蛋，我要孵小鸡，不能杀它。”

“你不是讨厌它？要黄鼠狼子吃了它？公家事，县长办招待，不能说不卖！大家凑合凑合，来的是客人，远远的走来，好意思让人家挨饿。”

“你到街上去买刘保长鸡，他家鸡多。我这鸡不能卖。”

“刘保长家还待说？他为人慷慨大方，急公好义，听说县长请客，一定捐五只鸡，我们就要去捉的。你鸡肥，我们出钱买，有斤算斤，有两算两。”

保安队兵同漆匠过不久都加入了这种语言战争。末了自然是“公事”战胜了“私欲”，把鸡捉去了两只，留下那只毛色顶好看的笋壳色母鸡陪老太太。局长临走时，放了八元钱到条凳上，恐风吹去，用个小石子压住。向漆匠吩咐说：

“你们在这里做什么工？学生来宣传，你赶快去听！”

漆匠咕噜咕噜笑着，对老太太望着，“老太放不放我们去看戏？局长说……”

王老太太怪不高兴，气冲冲的说：“局长要你们看戏，你们今天不算工你就看去。我一天还死不了，不忙进棺材。你们就去，啃鸡骨头去！”

漆匠搭搭讪讪走过寿材边去，心中还是笑着。局长带着两只鸡走了。可是不到一会儿，县里又有人来传话，要人去听宣传，把漆匠叫走了。老太太捏了几张钞票走向卧房，把票子放到枕头下。翻开箩子数了一会鸡卵，心中很懊恼。出卧房时无心再在簸箕边做事，眼看那只鸡啄荞麦也不过问。踱到侧屋去看自己百年寿材，又拿起漆匠用的排笔来刷了两下，见一个苍蝇正粘在漆上，口中轻轻的说着：“你该死！”她好像听到鸡叫，心想一定是局长在刘保长家捉鸡。记起局长说的刘保长“慷慨大方，急公好义”，心中不大服气，正拟走出到村子头去看看，是不是当真捐五只鸡，老财主回家来了。

老财主走后，把那八块钱也带走了。老的说，鸡吃的是王家谷子长大的，卖鸡得了钱，不能算私房留下。同老太太争吵了两句。老太太争论不过，还是只好让他把钱拿走。老太太非常怄气，饭也不吃。可是事不相干，媳妇们和小孙子谁也不曾注意到这件事。因为吃过饭，大家都进城看“宣传”，赶热闹去了。

下午三点左右，宣传队就骑了县署代雇的几十匹马，离开了小县城，一行人浩浩荡荡向东站走去了。县长在城门边送走宣传队后，到街上去看看，茶馆老板拿了三个信送给县长看，说是宣传队今天替出征家属写给前线家里人的，一共三封。既不知道收信人军队番号，也不知驻防地点，不好付邮，请县长作主。县长看看那个信，写的是：

> 我忠勇的健儿，时代轮子转动了，帝国主义末日已到，历史的决定因素不可逃避。在前方，你们流血苦战，在后方，宣传人员流汗工作，全民一致争取最后的胜利已经来到……

县长看看不大懂，看不下去，把眉头皱皱，心想，这是城里学生作的白话文，乡下人不会懂的，乡下人也用不着。为什么不说说庄稼雨水大黄牛同小猪情形？把信袖了就向衙署走去。衙署前贴了许多标语，写的是美术字，歪歪斜斜，不大认识。县长轻轻的叹了一口气，自言自语的说：“美术字，怎么回事？怎么不写何子贞柳公权？”其时几个保安队兵士正抬了从民家借来的桌椅板凳，从衙署出来，就告诉他们不许弄错，要一一归还。

同样时间康街村子里小学生看热闹回来，大家学会了一个抗敌歌，有个师范生带领孩子们高高兴兴的大声唱着新学会的歌曲，村前村后游行。油漆匠正回到王老太太侧屋来收拾家伙。王老太站在大院中，一见两个油漆匠，就说：“姓曾的，你回来了！今天可不算账，你要钱，到县长那里告我去。”听到歌声，想起建设局长说的话，接着又说：“轰炸机，轰炸机，油炸八块鸡，你们吃了我的鸡做了些什么事！水桶大炸弹从半天上掉下来，你们抱了炸弹向河里跳？”两个油漆匠咕咕笑着，不知说什么好。

老太太又说：“你们看戏了，是不是？我说真话，今天可不算工钱。”

“不要紧，老太太。你百万家当，好意思不把钱？老先生说明天请我们喝酒，答应一个人喝半斤。”

提起老官官，老太气得开口不来。拾石子追逐那只笋壳色母鸡打着，“你个扁毛畜生，你明天发瘟死了好，活下来做什么？”

第二天城里上了报，说起这次下乡宣传，把做戏、演讲、慰劳、访问并代出征军人家属写信，各种事情都用宣传口吻很热闹的叙述到了，却不曾提及把个小县长忙得什么样子，花了多少钱。王老太太失鸡事小，自然更不会提起。

大家都说“下乡宣传”，这件事自然很好。可是宣传并不止是靠“热情”，需要知识似乎比热情多一些。想教育乡下人，得先跟乡下人学学，多明白一点乡下是什么，与城里有多少不同地方。我眼看到一个私人服务团下乡，就中还有一个小亲戚，很热心的随同这个组织下乡，担任写信工作，写了上面那类信。并且向我说，那次下乡很有“趣味”。我还看到县长，看到那老太太。心中实在很觉得悲哀。我们一切行为若背后推动的是热忱，希望的是效果。乡村有些什么，需要什么，的确应当多知道些，值得多知道些。这里所写虽只是西南省分一小县中情形，说不定还可作许多下乡的朋友参考！

刘季附记

看虹录[1]

一个人二十四点钟内生命的一种形式

第一节

晚上十一点钟。

半点钟前我从另外一个地方归来，在离家不多远处，经过一个老式牌楼，见月光清莹，十分感动，因此在牌楼下站了那么一忽儿。那里大白天是个热闹菜市，夜中显得空阔而静寂。空阔似乎扩张了我的感情，寂静却把压缩在一堆时间中那个无形无质的“感情”变成为一种有分量的东西。忽闻嗅到梅花清香，引我向“空虚”凝眸。慢慢的走向那个“空虚”，于是我便进到了一个小小的庭院，一间素朴的房子中，傍近一个火炉旁。在那个素朴小小房子中，正散溢梅花芳馥。像是一个年夜，远近有各种火炮声在寒气中爆响。在绝对单独中，我开始阅读一本奇书。我谨谨慎慎翻开那本书的第一页，有个题词，写

① 本篇发表于 1943 年 7 月 15 日《新文学》第 1 卷第 1 期。署名上官碧。据《新文学》文本编入。

得明明白白：

神在我们生命里

第二节

炉火始炽，房中温暖如春天，使人想脱去一件较厚衣服，换上另外一件较薄的。橘红色灯罩下的灯光，把小房中的墙壁、地毯和一些触目可见的事事物物，全镀上一种与世隔绝的颜色，酿满一种与世隔绝的空气。

近窗边朱红漆条桌上，一个秋叶形建瓷碟子里，放了个小小的黄色柠檬，因此空气中还有些柠檬辛香。

窗帘已下垂，浅棕色的窗帘上绘有粉彩花马，仿佛奔跃于房中人眼下。客人来到这个地方，已完全陷入于一种离奇的孤寂境界。不过只那么一会儿，这境界即从客人心上消失了。原来主人不知何时轻轻悄悄走入房中，火炉对面大镜中，现出一个人影子。白脸长眉，微笑中带来了些春天的嘘息。发鬓边蓬蓬松松，几朵小蓝花聚成一小簇，贴在有式样的白耳后，俨若向人招手，“瞧，这个地位多得体，多美妙！”

手指长而柔，插入发际时，那张微笑的脸便略微倾侧，起始破坏了客人印象另一个寂静。

“真对不起，害你等得多闷损！”

“不。我一点不。房中很暖和，很静，对于我，真正是一种享受！”

微笑的脸消失了。火炉边椅子已经轻轻的移动，在银红缎子坐垫上睡着的一只白鼻白爪小黑猫儿，不能再享受炉边的温暖，跳下了地，伸个懒腰，表示被驱逐的不合理，难同意，慢慢的走开了。

案桌上小方钟达达响着，短针尖在八字上。晚上八点钟。

客人继续游目四瞩，重新看到窗帘上那个装饰用的一群小花马，用各种姿势驰骋。

“你这房里真暖和，简直是一个小温室。”

“你觉得热吗？衣穿得太厚。我打开一会儿窗子。”

客人本意只是赞美房中温暖舒适，并未嫌太热，这时节见推开窗子，不好意思作声。

窗外正飘降轻雪。窗开后，一片寒气和沙沙声从窗口涌入。窗子重新关上了。

“我也觉得热起来了。换件衣服去。”

主人离开房中一会儿。

重新看那个窗帘上的花马。仿佛这些东西在奔跃，因为重新在单独中。梅花很香。

主人换了件绿罗夹衫，显得瘦了点。

“穿得太薄了，不怕冷吗？招凉可麻烦。药总是苦的，纵加上些糖，甜得不自然。”

“不冷的！这衣够厚了。还是七年前缝好，秋天从箱底里翻出，以为穿不得，想送给人。想想看，送谁？自己试穿穿看吧，末后还是送给了自己。”侧面向炉取暖，一双小小手伸出作向火姿势，风度异常优美。还来不及称赞，手已缩回翻翻衣角，“这个夹衣，还是我自己缝的！我欢喜这种软条子罗，重重的，有个分量。”

“是的，这个对于你特别相宜。材料分量重，和身体活泼轻盈对比，恰到好处。”要说的完全都溶解在一个微笑里了。主人明白，只报以微笑。

衣角向上翻转时，纤弱的双腿，被鼠灰色薄薄丝袜子裹着，如一棵美丽的小白杨树，如一对光光的球杖，——不，恰如一双理想的腿。这是一条路，由此导人想象走近天堂。天堂中景象素朴而离奇，一片青草，芊绵绿芜，寂静无声。

什么话也不说，于是用目光轻轻抚着那个微凸的踝骨，敛小的足胫，半圆的膝盖，……一切都生长得恰到好处，看来令人异常舒服，而又稍稍纷乱。

仿佛已感觉到这种目光和遐想行旅的轻微亵渎，因此一面便把衣角放下，紧紧的裹着膝部，轻的吁了一口气。“你瞧我袜子好不好？颜色不大好，材料好。”瘦的手在衣下摸着那袜子，似乎还接着说，“材料好，裹在脚上，脚也好看多了，是不是？”

“天气一热，你们就省事多了。”意思倒是“热天你不穿袜子，更好看。”

衣角复扬起一些，“天热真省事。”意思却在回答，“大家都说我脚好看，那里有什么好看。”

“天热小姐们鞋子也简单。”（脚踵脚趾通好看。）

“年年换样子，费钱！”（你欢喜吗？）

“任何国家一年把钱用到顶愚蠢各种事情上去，总是万万千千的花。年青女孩子一年换两种皮鞋样子，费得了多少事！”（只要好看，怕什么费钱？一个皮鞋工厂的技师，对于人类幸福的贡献，并不比一个××厂的技师不如！”）

“这个问题太深了，不是我能说话的。我倒像个野孩子，一到海边，就只想脚踢沙子玩。”（我不怕人看，不怕人吻，可是得看地方来。）

“今年新式浴衣肯定又和去年不同。”（你裸体比别的女人更好看。）

这种无声音的言语，彼此之间都似乎能够从所说及的话领会得出，意思毫无错误。到这时节，主人笑笑，沉默了。一个聪明的女人的羞怯，照例是贞节与情欲的混合。微笑与沉默，便包含了奖励和趋避的两种成分。

主人轻轻的将脚尖举举，（你有多少傻想头，我全知道！可是傻得并不十分讨人厌。）

脚又稍稍向里移，如已被吻过后有所逃避。（够了，为什么老是这么傻。）

"你想不出你走路时美到什么程度。不拘在什么地方，都代表快乐和健康。"可是客人开口说的却是"你喜欢爬山，还是在海滩边散步？"

"我当然欢喜海，它可以解放我，也可以满足你。"主人说的只是"海边好玩得多。潮水退后沙上湿湿的，冷冷的，光着脚走去，无拘无束，极有意思。"

"我喜欢在沙子里发现那些美丽的蚌壳，美丽真是一种古怪东西。"（因为美，令人崇拜，见之低头。发现美接近美不仅仅使人愉快，并且使人严肃，因为俨然与神对面！）

"对于你，这世界有多少古怪东西！"（你说笑话，你崇拜，低头，不过是想起罢了。你并不当真会为我低头的。你就是个古怪东西，想想许多不端重的事，却从不做过一件失礼貌的事，很会保护你自己。）

"是的，我看到的都是别人疏忽了的，知道的好像都不是'真'的，居多且不同别人一样的。这可说是一种'悲剧'。"（譬如说，你需要我那么有礼貌的接待你吗？就我知道的说来，你是奖励我做一点别的事情的。）

"近来写了多少诗？"（语气中稍微有点嘲讽，你成天写诗，热情消失在文字里去了，所以活下来就完全同一个正经绅士一样的过日子。）

"我在写小说。情感荒唐而夸饰，文字艳佚而不庄。写一个荒唐而又浪漫的故事，独自在大雪中猎鹿，简直是奇迹，居然就捉住了一只鹿。正好像一篇童话，因为只有小孩子相信这是可能的一件真实事情，且将超越真实和虚饰这类名词，去欣赏故事中所提及的一切，分享那个故事中人物的悲欢心境。”（你看它就会明白。你生命并不缺少童话一般荒唐美丽的爱好，以及去接受生活中这种变故的准备。你无妨看看，不过也得小心！”）

主人好像完全理解客人那个意思，因此带着微笑说：“你故事写成了，是不是？让我看看好。让我从你故事上测验一下我的童心。我自己还不知道是否尚有童心！”

客人说：“是的，我也想用你对于这个作品的态度和感想，测验一下我对于人性的理解能力。平时我对于这种能力总觉得怀疑，可是许多人却称赞我这一点，我还缺少自信。”

主人因此低下头（一朵百合花的低垂），来阅读那个“荒唐”故事。在起始阅读前，似乎还担心客人的沉闷，所以间不久又抬起头瞥客人一眼。眼中有春天的风和夏天的云，也好受，也好看。客人于是说：“不要看我，看那个故事吧。不许无理由生气着恼。”

“我看你写的故事，要慢慢的看。”

“是的，这是一个故事，要慢慢的看，才看得懂。”

“你意思是说，因为故事写得太深——还是我为人太笨？”

“都不是。我意思是文字写得太晦，和一般习惯不大相合。你知道，大凡一种和习惯不大相合的思想行为，有时还被人看成十分危险，会出乱子的！”

“好，我试一试看，能不能从这个作品发现一点什么。”

于是主人静静的把那个故事看下去。客人也静静的看下去——看那个窗帘上的花马。马似乎奔跃于广漠无际一片青芜中消失了。

客人觉得需要那么一种对话，来填补时间上的空虚。

……太美丽了。一个长得美丽的人，照例不大想得到由于这点美观，引起人多少惆怅，也给人多少快乐！

……真的吗。你在说笑话罢了。你那么呆呆的看着我脚，是什么意思？你表面老实，心中放肆。我知道你另外一时，曾经用目光吻过我的一身，但是你说的却是“马画得很有趣味，好像要各处跑去。”跑去的是你的心！如今又正在作这种行旅的温习。说起这事时我为你有点羞惭，然而我并不怕什么。我早知道你不会做出什么真正吓人的行为。你能够做的就只是这种漫游，仿佛第一个旅行家进到了另外一个种族宗教大庙里，无目的的游览，因此而彼，带着一点惶恐敬佩之忱，因为你同时还有犯罪不净感在心上占绝大势力。

……是的，你猜想的毫无错误。我要吻你的脚趾和脚掌，膝和腿，以及你那个说来害羞的地方。我要停顿在你一身这里或那里。你应当懂得我的期望，如何诚实，如何不自私。

……我什么都懂，只不懂你为什么只那么想，不那么作。

房中只两人，院外寂静，唯闻微雪飘窗。间或有松树上积雪下堕，声音也很轻。客人仿佛听到彼此的话语，其实听到的只是自已的心跳。

炉火已渐炽。

主人一面阅读故事，一面把脚尖微触地板，好像在指示客人：“请从这里开始。我不怕你。你不管如何胡闹也不怕你。我知道你要做些什么事，有多少傻处，慌慌张张处。”

主人发柔而黑，颈白如削玉刻脂，眉眼妩媚迎人，颊边带有一小小圆涡，胸部微凸，衣也许稍微厚了一点。

目光吻着发间，发光如髹，柔如丝绸。吻着白额，秀眼微闭。吻着颊，一种不知名的芳香中人欲醉。吻着颈部，似乎吸取了一个小小红印。吻着胸脯，左边右边，衣的确稍厚了一点。因此说道：

“××，你那么近着炉子，不热吗？”

“我不怕热，我怕怜！”说着头也不抬，咕咕的笑起来。“我是个猫儿，一只好看不喜动的暹罗猫，一到火炉边就不大想走动。平日一个人常整天坐在这里，什么也不想，也不做。”说时又咕咕的笑着。

“文章看到什么地方？”

“我看到那只鹿站在那个风雪所不及的孤独高岩上，眼睛光光的望着另一方，自以为十分安全，想不到那个打猎的人，已经慢慢地向它走去。那猎人满以为伸一手就可捉住它那只瘦瘦的后脚，他还闭了一只眼睛去欣赏那鹿脚上的茸毛，正像十分从容。你描写得简直可笑，想象不真。美丽，可不真实。”

“请你看下去！看完后再批评。”

看下去，笑容逐渐收敛了。他知道她已看到另一个篇章。描写那母鹿身体另外一部分时，那温柔兽物如何近于一个人。那母鹿因新的爱情从目光中流出的温柔，更写得如何生动而富有人性。

她把那几页文章搁到膝盖上，轻轻吁了一口气。好像脚上的一只袜子已被客人用文字解去，白足如霜。好像听到客人低声的说，“你不以为亵渎，我喜欢看它，你不生气，我还将用嘴唇去吻它。我还要沿那个白杨路行去，到我应当到的地方歇憩。我要到那个有荫蔽处，转弯抹角处，小小井泉边，茂草芊绵，适宜白羊放牧处。总之，我将一切照那个猎人行径作去，虽然有点傻，有点痴，我还是要作去。”

她感觉地位不大妥当，赶忙把脚并拢一点，衣角拉下一点。不敢再把那个故事看下去，因此装着怕冷，伸手向火。但在非意识情形中，却拉开了火炉门，投了三块煤，用那个白铜火钳搅了一下炉中炽燃的炭火。“火是应当充分燃烧的！我就喜欢热。”

“看完了？”

摇摇头。头随即低下了，相互之间都觉得有点生疏而新的情感，起始混入生命中，使得人有些微恐怖。

第二回摇摇头时，用意已与第一回完全不同。不再把“否认”和“承认”相混，却表示唯恐窗外有人。事实上窗外别无所有，唯轻雪降落而已。

客人走近窗边，把窗帘拉开一小角，拂去了窗上的蒙雾，向外张望，但见一片皓白，单纯素净。窗帘垂下时，“一片白，把一切都遮盖了，消失了。象征……上帝！”

房中炉火旁其时也就同样有一片白，单纯而素净，象征道德的极致。

“说你的故事好。且说说你真的怎么捉那只鹿吧。”

“好，我们好好烤火，来说那个故事……我当时傍近了它，天知道我的心是个什么情形。我手指抚摸到它那脚上光滑的皮毛，我想，我是用手捉住了一只活生生的鹿，还是用生命中最纤细的神经捉住了一个美的印象？亟想知道，可决不许我知道。我想起古人形容女人手美如蒌荑，如春葱，如玉笋，形容寒俭或富贵，总之可笑。不见过鹿莹莹如湿的眼光中所表示的母性温柔的人，一定希奇我为什么吻那个生物眼睛那么久，更觉得荒唐，自然是我用嘴去轻轻的接触那个美丽生物的四肢，且顺着背脊一直吻到它那微瘦而圆的尾边。我在那个地方发现一些微妙之漩涡，仿佛诗人说的藏吻的窝巢。它的颊上，脸颊上，都被覆上纤细的毫毛。它的颈那么有式样，它的腰那么小，都是我从前梦想不到的。尤其梦想不到，是它哺小鹿的那一对奶子，那么柔软，那么美。那鹿在我身边竟丝毫无逃脱意思，它不惊，不惧。似乎完全知道我对于它的善意，一句话不必说就知道。倒是我反而有点惶恐不安，有点不知如何是好。我望着它的眼睛：我们怎么办？我要从它温柔目光中取得回答，好像听到它说：“这一切由你。”“不，不，一点不是。它一定想逃脱，远远的走去，因为自由，这是它应有的一点自由。”

“是的，它想逃走，可是并不走去。因为一离开那个洞穴，全是一片雪，天气真冷。而且……逃脱与危险感觉大有关系，目前有什么危险可言？……”

“你怎么知道它不想逃脱，如果这只鹿是聪明的，它一定要走去。”

“是的，它那么想过了。其所以那么想，就为的是它自以为这才像聪明，才像一只聪明的鹿应有的打算。可是我若像它那么作，那我就是傻子了，我觉得我说的话它不大懂，就用手和嘴唇去作补充解释，抚慰它，安静它。凡是我能做到的我都去做。到后，我摸摸它的心，就知道我们已熟悉了，这自然是一种奇迹，因为我起始听到它轻轻的叹息——一只鹿，为了理解爱而叹息，你不相信吗？”

“不会有的事！”

“是的，要照你那么说话，决不会有。因为那是一只鹿！至于一个人呢，比如说——唉，上帝，不说好了。我话已经说得太多了！”

相互沉默了一会儿。

“不热吗？我知道你衣还穿得太多。”客人问时随即为作了些事。也想起了些事，什么都近于抽象。

不是诗人说的就是疯子说的。

“诗和火同样使生命会燃烧起来的。燃烧后，便将只剩下一个蓝焰的影子，一堆灰。”

二十分钟后客人低声的询问：“觉得冷吗？披上你那个……”并从一堆丝质物中，把那个细鼠灰披肩放到肩上去，“窗帘上那个图案古怪，我总觉得它在动。”事实上，他已觉得窗帘上花马完全沉静了。

主人一面搅动炉火，一面轻轻的说，“我想起那只鹿，先前一时怎么不逃走？真是命运。”说的话有点近于解嘲，因为事情已经成为过去了。

沉默继续占领这个有橘红色灯光和熊熊炉火的房间。

第二天，主人独自坐在那个火炉边读一个信。

××：我好像还是在做梦，身心都虚飘飘的。还依然吻到你的眼睛和你的心。在那个梦境里，你是一切，而我却有了你，展露在我面前的，不是一个单纯的肉体，竟是一片光辉，一把花，一朵云。一切文字在此都失去了他的性能，因为诗歌本来只能作为次一等生命青春的装饰。白色本身即是一种最高的道德，你已经超乎这个道德名词以上。

所罗门王雅歌说：“我的妹子，我的鸽子，你脐圆如杯，永远不缺少调和的酒。”我第一次沾唇，并不担心醉倒。

葡萄园的果子成熟时，饱满而壮实，正象征生命待赠与，待扩张。不采摘它也会慢慢枯萎。

我欢喜精美的瓷器，温润而莹洁。我昨天所见到的，实强过我二十年来所见名瓷万千。

我喜欢看那幅元人素景，小阜平冈间有秀草丛生，作三角形，整齐而细柔，萦迴迂徐，如云如丝，为我一生所仅见风景幽秀地方。我乐意终此一生，在这个处所隐居。

我仿佛还见过一个雕刻，材料非铜非玉，但觉珍贵华丽，希有少见。那雕刻品腿瘦而长，小腹微凸，随即下敛，一把极合理想之线，从两股接榫处展开，直到脚踝。式样完整处，如一古代希腊精美艺术的仿制品。艺术品应有雕刻家的生命与尊贵情感，在我面前那一个仿制物，倚据可看到神的意志与庄严的情感。

这艺术品的形色神奇处，也令人不敢相信。某一部分微带一片青渍，某一部分有两粒小小黑痣，某一部分并有若干美妙之漩涡，仿佛可从这些地方见出上帝手艺之巧。这些漩涡隐现于手足关节间，和脸颊颈肩与腰以下，真如诗人所谓“藏热吻的小杯”。在这些地方，不特使人只想用嘴唇轻轻的去接触，还幻想把自己整个生命都收藏到里边去。

百合花颈弱而秀，你的颈肩和它十分相似。长颈托着那个美丽头颅微向后仰。灯光照到那个白白的额部时，正如一朵百合花欲开未开。我手指发抖，不敢攀折，为的是我从这个花中见到了神。微笑时你是开放的白合花，有生命在活跃流动。你沉默，在沉默中更见出高贵。你长眉微蹙，无所自主时，在轻颦薄媚中所增加的鲜艳，恰恰如浅碧色百合花带上一个小小黄蕊，一片小墨斑。……这一切又只像是一个抽象。

第三节

这个记录看到后来，我眼睛眩瞀了。这本书成为一片蓝色火焰，在空虚中消失了。我不知什么时候离开了那个“房间”，重新站到这个老式牌楼下。保留在我生命中，似乎就只是那么一片蓝焰。保留到另外一个什么地方，应当是小小的一撮灰。一朵枯干的梅花，在想象的时间下失去了色和香的生命残余。我只记得那本书上第一句话：神在我们生命里。

我已经回到了住处。

晚上十一点半，菜油灯一片黄光铺在黑色台面上，散在小小的房间中。试游目四瞩，这里那里只是书，两千年前人写的，一万里外人写的，自己写的，不相识同时人写的。一个灰色小耗子在书堆旁灯光所不及处走来走去。那分从容处，正表示它也是个生物，可是和这些生命堆积，却全不相干。使我想起许多读书人，十年二十年在书旁走过，或坐在一个教堂边读书讲书情形。我不禁自言自语的说："唉，上帝，我活下来还应当读多少书，写多少书？"

我需要稍稍休息，不知怎么样一来就可得到休息。

我似乎很累，然而却依然活在一种有继续性的荒唐境界里。

灯头上结了一朵小花，在火焰中开放的花朵。我心想，"到火熄时，这花才会谢落，正是一种生命的象征。"我的心也似乎如焚如烧，不知道的是什么事情。

梅花香味虽已失去，尚想从这种香味所现出的境界搜寻一下，希望发现一点什么，好像这一切既然存在，我也值得好好存在。于是在一个"过去"影子里，我发现了一片黄和一点干枯焦黑的东西，它代表的是他人"生命"另一种形式，或者不过只是自己另一种"梦"的形式，都无关系。我静静的从这些干枯焦黑的残余，向虚空深处看，便见到另一个人在悦乐中疯狂中的种种行为。也依稀看到自己的影子，如何反映在他人悦乐疯狂中，和爱憎取予之际的徘徊游移中。

仿佛有一线阳光印在墙壁上。仿佛有青春的心在跳跃。仿佛一切都重新得到了位置和意义。

我推测另外必然还有一本书，记载的是在微阳凉秋间，一个女人对于自己美丽精致的肉体，乌黑柔软的毛发，薄薄嘴唇上一点红，白白丰颊间一缕香，配上手足颈肩素净与明润，还有那一种从莹然如泪的目光中流出的温柔歌呼。肢体如融时爱与怨无可奈何的对立，感到眩目的惊奇。唉，多美好神奇的生命，都消失在阳光中，遗忘在时间后！一切不见了，消失了，试去追寻时，剩余的同样是一点干枯焦黑东西，这是从自己鬓发间取下的一朵花，还是从路旁拾来的一点纸？

说不清楚。

试来追究“生命”意义时，我重新看到一堆名词，情欲和爱，怨和恨，取和予，上帝和魔鬼，人和人，凑巧和相左。过半点钟后，一切名词又都失了它的位置和意义。

到天明前五点钟左右，我已把一切“过去”和“当前”的经验与抽象，都完全打散，再无从追究分析它的存在意义了，我从不用自己对于生命所理解的方式，凝结成为语言与形象，创造一个生命和灵魂新的范本，我脑子在旋转，为保留在印象中的造形，物质和精神两方面的完整造形，重新疯狂起来。到末了，“我”便消失在“故事”里了。在桌上稿本内，已写成了五千字。我知道这小东西寄到另外一处去，别人便把它当成“小说”，从故事中推究真伪。对于我呢，生命的残余，梦的残余而已。

我面对着这个记载，热爱那个“抽象”，向虚空凝眸来耗费这个时间。一种极端困惑的固执，以及这种固执的延长，算是我体会到“生存”唯一事情，此外一切“知识”与“事实”，都无助于当前，我完全活在一种观念中，并非活在实际世界中。我似乎在用抽象虐待自己肉体和灵魂，虽痛苦同时也是享受。时间便从生命中流过去了，什么都不留下而过去了。

试轻轻拉开房门时，天已大明，一片过去熟悉的清晨阳光，随即进到了房里，斜斜的照射在旧墙上。书架前几个缅式金漆盒子，在微阳光影中，反映出一种神奇光彩。一切都似乎极新。但想起“日光之下无新事”，真是又愁又喜。我等待那个“夜”所能带来的一切。梅花的香，和在这种淡淡香气中给我的一份离奇教育。

居然又到了晚上十点钟。月光清莹，楼廊间满是月光。因此把门打开，放月光进到房中来。

似乎有个人随同月光轻轻的进到房中，站在我身后边：“为什么这样自苦？究竟算什么？”

我勉强笑，眼睛湿了，并不回过头去：“我在写青凤，《聊斋》上那个青凤，要她在我笔下复活。”

从一个轻轻的叹息声中，我才觉得已过二十四点钟，还不曾吃过一杯水。

三十年七月作

三十二年三月重写

摘星录[1]

第一

五点三十分。她下了办公室，预备回家休息。要走十分钟路，进一个城门，经过两条弯弯曲曲的小街，方能回到住处。进城以前得上一个小小山坡，到坡顶时，凭高远眺，可望见五里外几个绿色山头，南方特有的楠木林，使山头显得胖圆圆的，如一座一座大坟。近身全是一片田圃，种了各样菜蔬，其时正有个老妇人躬腰在畦町间工作。她若有所思，在城墙前山坡上站了一忽儿。天上白云和乌云相间处有空隙在慢慢扩大，天底一碧长青，异常温静。傍公路那一列热带树林，树身高而长，在微风中摇曳生姿，树叶子被雨洗过后，绿浪翻银，俨然如敷上一层绿银粉。入眼风物清佳，一切如诗如画。她有点疲倦，有点渴。心境不大好，和这种素朴自然对面，便好像心

---

① 本篇曾以《新摘星录》为篇名发表于 1942 年 11 月 22 日、29 日，12 月 6 日、13 日、20 日《当代评论》第 3 卷第 2 ~ 6 期。署名曾从文。后经作者重写，以《摘星录》为篇名发表于 1944 年 1 月 1 日《新文学》第 1 卷第 2 期。署名沈从文。据《新文学》文本编入。

中接触了什么，轻轻的叹了一口气。与她一同行走的是个双辫儿女孩，为人天真而憨，向她说：

“大姐，天气多好！时间还早，我们又不是被赶去充军，忙个什么？这时节不用回家，我们到公路近边坟堆子上坐坐去。到那里看看天上的云，等到要落雨了，再回家去不迟。风景好，应当学雅人，做做诗！”

“做诗要诗人！我们是个俗人。是无章句韵节的散文。还是回家喝点水好些，口渴得很！”

双辫儿不让她走，故意说笑话：“你这个人本身就像一首诗，不必选字押韵，也完完整整。还是同我去好！那里有几座坟，地势高高的，到坟头上坐坐，吹吹风，一定心里爽快，比喝水强多了。看风景也是一种教育！”

“像一首诗终不是诗！”她想起另外一件事，另外一种属于灵魂或情感的教育，就说：“什么人的坟？”

双辫儿说，“不知道什么人的坟。”又说，“这古怪世界，老在变，明天要变成一个什么样子，就只有天知道！这些百年前的人究竟好运气，死了有孝子贤孙，花了一大笔钱请阴阳先生看风水，找到好地方就请工匠堆凿石头做坟，还在坟前空地上种树。树长大了让我们在下面歇凉吹风。我们这辈子人，既不会孝顺老的，也不能望小的孝顺，将来死后，恐怕连一个小小土堆子都占不上！”

“你死后要土堆子有什么用？”

“当然有用处！有个土堆子做坟，地方不太偏僻，好让后来人同我们一样，坐到上面谈天说地，死了也不太寂寞！”因为话说得极可笑，双辫儿话说完后，觉得十分快乐，自己便哈哈笑将起来。她年纪还只二十一岁，环境身世都很好，从不知“寂寞”为何物。只不过欢喜读《红楼梦》，有些想象愿望，便不知不觉与书中人差不多罢了。“坟”与“生命”的意义，事实上她都不大明白，也不必需明白的。

“人人都有一座坟，都需要一座坟？”她可想得远一点，深一点，轻轻吁了一口气。她已经二十六岁。她说的意义双辫儿不会懂得，自己却明明白白。她明白自己那座坟将埋葬些什么。一种不可言说的“过去”，一点生存的疲倦，一个梦，一些些儿怨和恨，一星一米理想或幻想——但这时节实在并不是思索这些问题时节。天气异常爽朗，容易令人想起良辰美景奈何天。

她愿意即早回家，向那双辫儿同伴说，“我不要到别人坟头上去，那没有什么意思。我得回家去喝点水，口渴极了。我是只水鸭子！”

双辫儿知道她急于回去另外还有理由，住处说不定正有个大学生，呆着等待她已半点钟。那才真是成天喝水的丑小鸭！就笑着说，“你去休息休息吧。到处都有诗，我可要野一野，还得跑一跑路！”恰好远处有个人招呼，于是匆匆走去了。留下她一人站在城墙边，对天上云彩发了一会儿痴。她心中有点扰乱，与往常情形不大相同。好像有两种力量正在生命中发生争持，“过去”或“当前”，“古典”和“现代”，“自然”与“活人”，正在她情感上相互对峙。她处身其间，做人不知如何是好。

恰在此时有几个年青女子出城，样子都健康而快乐，头发松松的，脸庞红红的，从她身边走过时，其中之一看了她又看，走过身边后还一再回头来望她。她不大好意思，低下了头。只听那人向另外一个同伴说：那不是 ××，怎么会到这里来？前年看她在北平南海划船，两把桨前后推扳，神气多潇洒！”话听得十分清楚，心中实在很高兴，却皱了皱眉毛，她只轻轻的自言自语说：“什么美不美，不过是一篇散文罢了。”

路沟边有一丛小小蓝花，高原地坟头上特有的产物，在过去某一时，曾与她生命有过一种希奇的联合。她记起这种“过去”，摘了一小束花拿在手上。其时城边白杨树丛中，正有一只郭公鸟啼唤，声音低抑而闷人。雨季未来以前，城外荒地上遍地开的报春花，花朵那么蓝，那么小巧完美，孤芳自赏似的自开自落。却有个好事人，每天必带露采来，把它聚成一小簇，当成她生命的装饰。礼物分量轻意义却不轻！数数日子，不知不觉已过了三个月。如今说来，这些人事好像除了在当事者心上还保留下一种印象，便已消失净尽别无剩余了！她因此把那一束小蓝花捏得紧紧的，放在胸膛前贴着好一会。“过去的，都让它成为过去！”那么想着，且追想着先前一时说的散文和诗的意义，慢慢的进了城。

郭公鸟还在啼唤，像逗引人思索些不必要无结果的问题。她觉得这是一种有意的挑逗，偏不去想什么。俨然一切已成定局，过去如此，当前如此，未来还将如此，人应放聪明与达观一点，凡事都不值得固执。城里同样有一个小小斜坡，沿大路种了些杂树木，经过半月的长雨，枝叶如沐如洗，分外绿得动人。路旁芦谷苦蒿都已高过人头，满目是生命的长成。老冬青树正在开花，花朵细碎而白，聚成一丛丛的，香气辛而浓。她走得很慢，什么都不想，只觉得奇异，郭公鸟叫的声音，为什么与三月前一天雨后情形完全一样。过去的似乎尚未完全成为过去，这自然很好，她或许正需要从过去搜寻一点东西，一点属于纯诗的东西，方能得到生存的意义。这种愿望很明显与当前疲倦大有关系。

第二

有人说她长得很美，这是十五年前的旧事了。从十四五岁起始，她便对于这种称誉感到一点秘密的快乐。到十六岁转入一个高级中学读书，能够在大镜子前敷粉施朱时，她已觉得美丽使她幸福，也能给她小小麻烦。举凡学校有来宾或会议需要用美丽女孩作为仪式装饰时，她必在场有分。在那个情形中，她必一面有点害羞，有点不安，一面却实在乐意在公众中露面，接受多数人带点阿谀的赞颂。为人性格既温柔，眉发手足又长得很完美，结果自然便如一般有美丽自觉女孩子共通命运，于一种希奇方式中，得到很多人的关心。在学校时一个中年教员为了她，发生了问题，职务便被开除了。这是第一次使她明白人生关系的不可解。其次是在学校得到了一个带男性的女友，随后假期一来，便成为这个女友家中的客人，得到女友方面的各种殷勤，恰与从一个情人方面所能得到的爱情差不多。待到父母一死，且即长远成了女友家中的客人。二十岁时，生活中又加入另外一个男子，一个大学一年级，为人不甚聪明，性格却刚劲而自重，能爱人又不甚会爱人。过不多久，又在另外机会接受了两分关心，出自友人亲戚兄弟两人。一年后，又来了一个美国留学生，在当地著名大学教书，为人诚实而忠厚，显然是个好丈夫，只是美国式生活训练害了他，热情富余而用不得体。过不久，又来了一个朋友，年纪较大，社会上有点地位，为人机智而热诚，可是已和别人订了婚。这一来，这些各各分际的友谊，在她生活上自然就有了些变化，发生了许多问题。爱和怨，欢乐与失望，一切情形如通常社会所见，也如小说故事中所叙述，一一逐渐发生。人人既成为这个社会小小一群的主角，于是她就在一种崭新的情感下，经验了一些新鲜事情。轻微的妒嫉，有分际的关心，使人不安的传说，以及在此复杂情形中不可免的情感纠纠纷纷，滑稽或误解种种印象。三年中使她接受了一份新的人生教育，生命同时也增加了一点儿深度。来到身边的青年人，既各有所企图，人太年青，控制个人情感的能力有限，独占情绪特别强，到末后，自然就各以因缘一一离开了她。最先是那个大学生，因热情不能控制，为妒嫉中伤而走开了。其次，是两个兄弟各不相下，她想有所取舍，为人性格弱，势不可能，因此把关系一同割断。美国留学生见三五面即想结婚，结婚不成便以为整个失败，生命必然崩溃，却用一个简便的办法，与别的女子结了婚，减去了她的困难，也算是救了他自己的失恋。

年轻的男孩子既陆续各自走开了，对于她，虽减少了些麻烦，当然就积压了些情感，觉得生命空虚无聊，带点神经质女孩子必然应有的现象。但因此也增加了她点知识。“爱”，同样一个字眼儿，男女各有诠释，且感觉男子对于这个名词，都不免包含了一些可怕的自私观念。好在那个年纪较长的朋友的“友谊”，却因不自私在这时节正扩大了她生存的幻想，使她做人的自信心和自尊心有了抬头机会。且读了些书，书本与友谊同时使生命重新得到一种稳定。也明知这友谊不大平常，然而看清楚事不可能，想把问题简单化，因此她就小心又小心缩敛自己，把幻想几乎缩成为一个“零”。虽成为一个零，用客气限制欲望的范围，心中却意识到生命并不白费。她于是从这种谨慎而纯挚的友谊中，又经验了些事情。另外一种有分际的关心，人为的淡漠，以及由此而来的轻微得失忧愁。一切由具体转入象征，一份真正的教育，培养她的情感也挫折她的情感。生活虽感觉有点压抑，倒与当时环境还能相合。不过幻想同实际既有了相左处，她渐渐感到挣扎的必要，性情同习惯，却把她缚住在原有的生活上，不能挣扎。她有点无可奈何，有点不知如何是好。就便自慰自解，这是“命运”。用命运聊以自解，然而实不甘心长远在这种命运下低头。

战争改变一切，世界秩序在顽固的心与坚硬的钢铁摧毁变动中，个人当然要受它的影响。多数人因此一来，把生活完全改了，也正因此，她却解决了一个好像无可奈何的问题。战争一来，唯一的老朋友亦离开了。

她想，“这样子很好，什么都完了，生活还可以重新开始。”因此年纪长大一点，心深了点，明白对于某一事恐不能用自己性格自救，倒似乎需要一个如此自然简截的结局。可是中国地面尽管宽广，人与人在这个广大世界中碰头的机会依然极多。许多事先都料想不到，要来的还是会来。这些事凑和到她生活上时，便成为她新的命运。

战事缩短了中国人对空间的观念，万千人都冒险向内地流，转移到一个陌生地方。她同许多人一样，先是以为战事不久就会结束，认定留下不动为得计。到后来看看战事结束遥遥无期，留在原来地方毫无希望可言，便设法向内地走。老同学本来北方有个家，生活过得很平稳有秩序，当然不赞成走。后来看看维持不过了，反而随同上了路。内地各事正需要人，因此到地不久两人都在一个文化机关得到一分工作。初来时自然与许多人一样，生活过得单纯而沉闷。但不多久，情形便不同了。许多旧同学都到了这个新地方，且因为别的机会又多了些新朋友，生活便忽然显得热闹而活泼起来。生活有了新的变化，正与老同学好客本性相结合，与她理想倒不甚相合，一切“事实”都与“理想”有冲突，她有点恐惧。年龄长大了，从年龄堆积与经验堆积上，她性情似乎端重一些，生活也就需要安静一些。然而新的生活却使她身心两方面都不安静。她愿意有点时间读读书，或思索消化一下从十八岁起始七年来的种种人事，日常生活方式恰正相反。她还有点“理想”，在“爱情”或“友谊”以外有所自见自立的理想，事实日常生活倒照例只有一些“麻烦”。这麻烦虽新而实旧，与本人性情多少有点关系。为人性格软弱。无选择自主能力，凡事过于想作好人，就容易令人误会，招来麻烦。最大弱点还是作好人的愿望，又恰与那点美丽自觉需要人赞赏崇拜情绪相混合，因此在这方面特别增加了情感上的被动性。

老同学新同事中来了一些年青男女，“友谊”或“爱情”，在日常生活日常思想中都重新有了位置。一面是如此一堆事实，一面是那点微弱理想，一面是新，一面是旧，生活过得那么复杂而累人，她自然身心都感到十分疲倦。“战争”二字在她个人生命上有了新的意义，她似乎就从情分得失战争中，度过每一个日子，持久下去自然应付不了。本来已经好像很懂得“友谊”和“爱情”，这一来，倒反而糊涂了。一面得承认习惯，即与老同学相处的习惯，一面要否认当前，即毫无前途的当前。她不知道如何一来方可自救。一个女子在生理上既不能使思索向更深抽象走去，应付目前自然便是忍受，忍受，到忍受不了时便打量，“我为什么不自杀？”当然无理由实现这种蠢事。“我能忘了一切多好！”事实上这一切都忘不了。

幸好老朋友还近在身边，但也令人痛苦。由于她年龄已需要重新将“友谊”作一度诠释，从各方面加以思索，观点有了小小错误。她需要的好像已经完全得到了，事实上感觉到所得的是极不重要的一份。她明白，由于某种性情上的弱点，被朋友认识得太多，友谊中那点诗与火倒给毁去了。因此造成一种情绪状态，他不特不能帮助她，鼓励她向上做人，反而因流行的不相干传说，与别方面的忌讳，使他在精神上好像与她越离越远，谈什么都不大接头。过去一时因斗气离开了她的那个刚直自重的朋友呢，虽重新从通信上取得了一些信托，一点希望，来信总还是盼望她能重新做人，不说别的事情。意思也就正对于她能否“重新做人”还感到怀疑。疑与妒并未因相隔六年相去七千里而有所改变。这个人若肯来看看她，即可使她得到很大的帮助。但那人却因负气或别的事务在身，不能照她愿望行事。那两兄弟呢，各自已从大学毕了业，各在千里外作事。哥哥还时常来信，在信上见出十分关心，希望时间会帮他点忙，改变一些人的态度。事实上她却把希望与兴趣放在给弟弟的信上。那弟弟明白这个事情，且明白她的性情，因此来信照例保留了一点客气的距离。她需要缩短一点这种有意作成的距离，竟无法可想。另外一种机缘，却又来了一个陌生人，一个公务员，正想用求婚方式自荐。她虽需要一个家庭，但人既陌生，生活又相去那么远，这问题真不知将从何说起。另外又有一个朋友，习工科的，来到她身边，到把花同糕饼送了十来次后，人还不甚相熟，也就想用同样方式改变关系。两件事以及其他类似问题，便作成同居十年老同学一种特殊情绪，因妒生疑，总以为大家或分工或合作，都在有所计谋。以为她如不是已经与这个要好，就是准备与那个结婚，敌对对象因时而变，所以亦喜怒无常。独占情绪既受了损失，因爱成恨。举凡一个女人在相似情形中所能产生的幻想，所能作出的任性行为，无不依次陆续发生。就因这么一来，却不明白恰好反而促成身边那个造成一种离奇心理状态，使她以为一切人对她都十分苛刻。因疑生惧，也以为这个必然听朋友所说，相信事实如此，那个必将听朋友所说，以为事实又或如彼。一切过去自己的小小过失，与行为不端谨处，留下一些故事，都有被老同学在人前扩大可能。这种“可能”便搅扰得她极不安宁，竟似乎想逃避而无可逃避。这种离奇心理状态，使她十分需要一个人，而且需要在方便情形下有那么一个人，笨一点也无妨，只要可以信托，就可以抵补自己的空虚。也就因此，生活上即来了一个平常大学生。为人极端平常，衣服干干净净，脑子简简单单，然而外表好像很老实，完全可靠。正因为人无用也便无害，倒正好在她生活中产生一点新的友谊。这结果自然是更多麻烦！

先是为抵制同学加于本身的疑妒，有一个仿佛可以保护自己情绪安定的忠厚可靠朋友在身边，自然凡事都觉得很好。随后是性情上的弱点，不知不觉间已给了这个大学生不应有的过多亲近机会。在一个比较长的时期中，且看出大学生毫无特长可以自见，生活观念与所学所好都庸俗得出奇，如此混下去，与老朋友过去一时给她引起那点向上做人理想必日益离远。而且更有可怕地方，是习惯移人，许多事取舍竟不由已。老同学虽在过去一时事事控制她，却也帮助了她幻想的生长。这大学生在目前，竟从一个随事听候使唤的忠仆神气，渐渐变而为独断独行主子样子。既如许多平常大学生一般生活无目的，无理想，读书也并无何种兴趣，无事可作时，只能看看电影，要她去就不能不去。一些未来可能预感，使她有点害怕。觉得这个人将来的麻烦处，也许可能比七年前旧情人的妒嫉，老朋友的灰心，以及老同学的歇斯底里种种表现，综合起来还有势力。新的觉醒使她不免害怕担心，要摆脱这个人，由于习惯便摆不脱。尤其是老同学的疑妒，反而无形帮助了那大学生，使她不能不从大学生取得较多的信托，稳定自己的情感。

她于是在这种无可奈何情形中活下去，接受一切必然要来的节目，俨然毫无自主能力来改变这种环境。痛苦与厌倦中，需要一点新的力量鼓起她做人的精神。从朋友方面，得不到所需要时，末后反而照习惯跟了那个大学生走去，吃吃喝喝，也说说笑笑，接受一点无意义的恭维，与不甚得体的殷勤。

这自然是不成的！正因为生活中一时间虽已有些新的习惯很不大好，情感中实依然还保留了许多别的美丽印象和幻想。这印象和幻想，无不如诗的美丽与崇高，可与当前事实对比时，不免使她对当前厌恶难受。看看“过去”和“未来”，都好像将离远了，当前却留下那么一个人。在老同学发作时，骂大学生为一个庸俗无用的典型，还可以激起她反抗情绪，产生自负自尊心，对大学生反而宽容一点。但当老同学一沉默，什么都不提及，听她与大学生玩到半夜回转住处也不理会，理性在生命中有了势力，她觉得不免有点惭愧。

然而她既是一个女子，环境又限人，习惯不易变，自觉还是只能那么想想，“我死了好”，当然不会死，又想“我要走开”，一个人往哪里走？又想“我要单独，方能自救”，可是同住一个就离不开；同住既有人，每天作事且有人作伴同行，在办事处两丈见方斗室中，还有同事在一张桌子上办公，回到住处，说不定大学生已等得闷气许久了。这世界恰像是早已充满了人，只是互相妨碍，互相牵制，单独简直是不可能的梦想！单独既不可能，老同学误会又多，都委之于她的不是，只觉这也不成，那也不对，于是反抗埋怨老同学的情绪随之生长。先一刻的惭愧消失了。于是默默的上了床，默默的想，“人生不过如此”。就自然在不知觉间失去不少重新做人气概。因为当前生活固然无快乐可言，似乎也不很苦。日子过下去，她不向深处思索，虽不大见出什么长进，竟可说是很幸福的！

第三

可是世界当真还在变动中，人事也必然还有变迁。精神上唯一可以帮忙的朋友，看看近来情形不大对，许多话说来都无意义，似乎在她自己放弃向上理想以前，先对她已放弃了理想，而且由正面劝说她“应当自重”，反而恶作剧似的，要她去和大学生“好好做爱”好好使用那点剩余青春了。几个求婚者呢？相熟一个出了国，陌生一个又因事无结果无勇气来信，至于留在五千里外那个朋友，则因时间空间都相去太远。来信总不十分温柔，引不起她对未来的幸福幻想，保护她抵抗当前自弃倾向。……更重要的是那个十年相处的女同学，在一种也常见也不常见情绪中，个人受尽了折磨，也痛苦够了，她对于新的情况不能习惯。虽好像凡事极力让步，勉强适应，终于还是因为独占情绪受了太大打击，只想远远一走，方能挽救自己情感的崩溃，从新生活中得到平衡。把一切近于歇斯底里表现，一一都反映到日常生活后，于是怀了一脑子爱与恨，有一天当真就忽然走开了。

起始是她生活上起了点变化，仿佛因老同学一走，一切“过去”

讨厌事全离开了，显得轻松而自由。老同学因爱而恨产生各式各样诅咒，因诅咒在她脑子中引起的种种可怕联想，也一起远离了。老朋友为了别的原因，不常见面了。大学生初初像是生疏了许多。可是不久放了暑假，她有些空闲，大学生毕业后无事可作，自然更多空闲，由空闲与小小隔离，于是大学生更像是热烈了许多。这热烈不管用的是如何形式表现，既可增加一个女人对于美丽的自信，当然也就引起她一点反应。因此在生活上还是继续一种过去方式，恰如她自己所谓，活得像一篇“无章无韵的散文”。不过生命究竟是种古怪东西，正因为生活中的实际，平凡而闷人，倒培养了她灵魂上的幻想。生活既有了变化，空闲较多，自然多了些单独思索“生活”的机会。当她能够单独拈起“爱”字来追究追究时，不免引起“古典”和“现代”的感想，就经验上即可辨别出它的轻重得失。什么是诗与火混成一片，好好保留了古典的美丽与温雅？什么是从通俗电影场面学来的方式，做作处只使人感到虚伪，粗俗处已渐渐把人生丑化？因此一面尽管因习惯与大学生生活混得很近,一面也就想得很远很远。由于这种思索，却发现了许多东西，即平时所疏忽，然而在生命中十分庄严的东西。所思所想虽抽象而不具体，生命竟似乎当真重新得到一种稳定，恢复了已失去的做人信心，感到生活有向上需要。只因为向上，方能使那种古典的素朴友谊与有分际有节制的爱，见出新的光和热。这比起大学生那点具体而庸俗的爱时，实在重要得多了。

然而她依旧有点乱，有点动摇。她明白时间是一去不返的，凡保存在印象中的诗，使它显现并不困难。只是当前所谓具体，却正在把生命中一切属于“诗”的部分，尽其可能加以摧残毁灭。要挣扎反抗，还得依赖一种别的力量，本身似乎不大济事。当前性格同环境两样东西形成的生活式样，要打破它，只靠心中一点点理想或幻念，相形之下，实在显得过于薄弱无力了。

她愿意从老朋友或老同学方面得到一点助力，重新来回想女同学临行前给她那点诅咒。在当时，这些话语实在十分伤害她的自尊心，激起她对大学生的护短心。这时节已稍稍不同了一些。

老同学临行前说：“××，我们今天居然当真离开了，你明白我为什么走。你口上尽管说舍不得我走，其实凭良心说，你倒希望我走得越远越好。你以为一离开我就可以重新做人，幸福自由在等着你。好，我照你意思走开！从明天起你就幸福自由了！可是我到底是你一个朋友，明白你，为你性格担心。你和我离开容易，我一走了，要你同那个平凡坯子大学生离开恐不容易。这个人正因为无什么学问，可有的是时间，你一定就会吃亏到这上头。你要爱人或要人爱，也找个稍像样子的人，不是没有这种人！你目前是在堕落，我说来你不承认，因为你只觉得我是被嫉妒中伤了，此外再不会想到别的事情。我一提及就伤害了你的自尊心，到你明白真正什么叫作自尊心时，你完了。末了你还可以说，只要我们相爱，就很好！好，这么想你如果当真可以快乐一点，就这么想。我讨厌这种生活，所以要走了。”

女同学自然不会明白她并不爱大学生，其所以和大学生来往亲密，还只是激成的。老朋友呢，友谊中忌讳太多，见面也少起来，以为是对她好，其实近于对她不好。

什么是“爱”？事情想来不免重新又觉得令人迷糊。她以为能作点事，或可从工作的专注上静一静心。大学生当然不会给她这点安静。事实上她应当休息休息，把一颗心从当前人事纠纷中解放出来，方可望恢复心境的平衡与常态。但是这“解放”竟像是一种徒然希望，自己既无可为力，他人也不易帮忙。

过去一时她曾对那老朋友说：“人实在太可怕了，到我身边来的，都只想独占我的身心。都显得无比专制而自私，一到期望受了小小挫折，便充满妒和恨。实在可怕。”老朋友对于这个问题却回答得很妙：

“人并不可怕。倘若自已情绪同生活两方面都稳得住，友谊或爱情都并无什么可怕处。你最可担心的事，是你关心肉体比关心灵魂兴趣浓厚得多。梳一个头费去一点钟，不以为意，多读半点钟书，便以为太累。且永远借故把日子混下去，毫无勇气重新好好做个人，这对你前途，才真是一件可怕的事！”

可是，这是谁的过失？爱她，了解她，说到末了，不是因妒嫉就是因别的忌讳，带着不愉快痛苦失望神情，或装作谨慎自重样子远远走开，死的死去，陌生的又从无勇气无机会来关心她，同情她，只让她孤单单无望无助的，活到这个虚伪与俗气的世界中。一个女人，年纪已二十六岁，在这种情形下她除了听机会许可，怀着宽容与怜悯，来把那个大学生收容在身边，差遣使唤，做点小小事情，同时也为这人敷粉施朱，调理眉发，得到生命的意义，此外还有什么方法，可以满足一个女人那点本性？

所以提到这点时，她不愿意老朋友误解，还同老朋友说：“这不能怪我，我是个女人，你明白女人有的是天生弱点，要人爱她。哪怕是做作的热情，无价值的倾心，总不能无动于衷，总不忍过而不问！姐姐不明白，总以为我会嫁给那一个平平常常的大学生，所以就走开了。就是你，你不是有时也还不明白，不相信吗？我其实永远是真实的，无负于人的！”

老朋友说：“可是这忠实有什么用？既不能作你不自重的辩护，也不能引起你重新做人的勇气，你明白的。若忠实只在证明你做爱兴趣浓于做人兴趣，目前这生活，对你有些什么前途你想象得出！到你真真实实感到几个朋友为你不大自重，对你已当真疏远时，你应当会有点痛苦的。你若体会得出将来是什么，你尤其不能不痛苦！”

她觉得有点伤心，就斗气说：“大家都看不起我，也恨我。什么我都不需要，我希望单独。”

老朋友明白那是一句反话，所以说："是的，这么办你当然觉得好。只是得到单独也不容易！可是一个人决不能完全放下'过去'，也无法不考虑'将来'，你比别人更理会这一点。一时不自量的结果，对于一个女人，可能有些什么结果，你自己去好好想三五天，再决定你应作的事。"

于是老朋友沉默了。日月流转不息，一切过去的，自然仿佛都要成为一种"过去"，不会再来了。来到身边的果然就只是那个大学生。这件事说来却又像并非思索的结果，只是习惯的必然。

第四

转到住处后，一些回忆咬着她的心子。把那束高原蓝花插到窗前一个小小觚形瓶中去。换了点养花水，无事可作，便坐下来欣赏这一丛小花。同住的还不回来，又还不到上灯吃饭时候，黄昏前天气闷热而多云。她不知道她实在太累，身心两方面若果都能得到一个较长时期的休息，对于她必大有帮助。

过了一阵，窗口边那束蓝花，看来竟似乎已经萎悴了，她心想：

"这东西摆到这里有什么用处。"可是并不去掉它。她想到的正像是对于个人生命的感喟，与瓶花又全不相干。因此联想及老朋友十余年来给她在情感上的教育，对生命的一点意见，玩味这种抽象观念，等待黄昏。"其实生命何尝无用处，一切纯诗即由此产生，反映生命光影神奇与美丽。任何肉体生来虽不可免受自然限制，有新陈代谢，到某一时必完全失去意义，诗中生命却将百年长青！"她好像在询问自己，生命虽能产生诗，如果肉体已到毫无意义，不能引起疯狂时，诗歌纵百年长青，对于生命又有何等意义？一个人总不能用诗来活下去，尤其是一个女人，不能如此。尤其是她，她自以为不宜如此。

不过这时节她倒不讨厌诗。老朋友俨然知道她会单独，在单独就会思索，在思索中就会寂寞，特意给了她一个小小礼物，一首小诗。是上三个月前临离开她时留下的。与诗同时还保留下一个令人难忘的印象。她把诗保留到一个文件套里，在印象中，却保留了一种温暖而微带悲伤的感觉。

小瓶口剪春罗还是去年红
这黄昏显得格外静　格外静
黄昏中细数人事变迁
见青草向池塘边沿延展
我问你　这应当惆怅　还应当欢欣
小窗间有夕阳薄媚微明

青草铺敷如一片绿云
绿云相接处是天涯
诗人说芳草碧如丝人远天涯近
这比拟你觉得近情　不真
世界全变了　世界全变了　是的　一切都得变
心上虹霓雨后还依然会出现。

溶解了人格和灵魂，叫做“爱”
人格和灵魂需几回溶解
爱是一个古怪字眼儿　燃烧人的心
正因为爱　天上方悬挂千万颗星　和长庚星
你在静中眼里有微笑轻漾
你黑发同苍白的脸儿转成抽象

温暖的文字温暖了她的心，她觉得快乐也觉得惆怅。还似乎有点怜悯与爱的情绪，在心上慢慢生长。可是弄不清楚是爱自己的过去，还是怜悯朋友的当前？又似乎有一种模糊的欲念生长，然而这友谊却已超过了官能的接近，成为另外一种抽象契合了。为了对于友谊印象与意象的捕捉，写成为诗歌，这诗歌本身，其实即近于一种抽象，与当前她日常实际生活所能得到的，相隔好像太远了。她欣赏到这种友谊的细微感觉时，不免有点怨望，有点烦乱，有点不知所主。

小瓶中的剪春罗也已萎悴多日。池塘边青草这时节虽未见，却知道它照例是在繁芜中向高处延展，迷目一望绿。小窗口长庚星还未到露面时。……这一切都像完全是别人事情，与她渺不相涉。自己房中仿佛什么都没有，心上也虚廓无边，填满了黄昏前的寂静。

日头已将落尽，院子外阔大楠木树叶在微风中轻轻动摇，恰如有所招邀。她独自倚靠在窗口边，看天云流彩，细数诗中的人事，不觉自言自语起来，“多美丽的黄昏，多可怕的光景！”正因为人到这种光景中，便不免为一堆过去或梦景，身心都感到十分软弱，好像什么人都可以把她带走。只要有一个人来说，“我要你，你跟我走。”就不知不觉会随那个人走去。她要的人既不会在这时走来，便预感到并不要的那个大学生会要来。只好坐下来写点什么，像是文字可固定她的愿望。带她追想“过去”，方能转向“未来”，抵抗那个实际到不可忍受的“当前”。她取出纸笔，试来给老朋友写一个信，告他一点生活情形。

××，我办公回来，一个人坐在窗边发痴。心里不受用。重新来读读你那首小诗，实在很感动。但是你知道，也不可免有一点痛苦。这一点你似乎是有意如此，用文字虐待一个朋友的感情，尤其是当她对生活有一点儿厌倦时！天气转好了，我知道你一定还留在 ××。你留下的意思是不见我。好个聪明的老师，聪明到用隔离来教育人！我搬来已十五天，快有三个月不见你了，你应当明白这种试验对于我的意义。我当真是在受一种很可怕的教育。我实在忍受不了，但我沉默忍受下去。这是我应分得到的。可是，你公平一点说，这是我应分得到的？同住处一位《红楼梦》的崇拜者，为人很天真可爱，警报在她想象中尽响，她只担心大观园被空袭，性格爱娇处可想而知，这就是你常说希有的性格，你一定能欣赏。

从我们住处窗口望出去，穿过树林的罅隙，每天都可望到你说的那颗长庚星。我不明白你为什么心那么硬，知道我的寂寞，却不肯来看看我，也从不写个信给我。我有时总那么傻想，应当有个人，来到我这里，陪陪我，用同样心跳在窗边看看蓝空中这颗阅尽沧桑的黄昏星，也让这颗星子看看我们！哪怕一分一秒钟也成，一生都可以温习这种黄昏光景，不会感到无聊的！我实在很寂寞，心需要真正贴近一颗温柔而真挚的心。你尽管为我最近的行为生我的气，你明白，我是需要你原谅，也永远值得你原谅的！写到这里不知不觉又要向你说，我是一个女人！一个女人是照例无力抵抗别人给她关心的，糊涂处不是不明白。但并不会长远如此。情谊轻重她有个分量在心中。说这是女人的小气也成。总之她是懂好歹的，只要时间稍长一点，她情绪稳定一点。负心不是她的本性。负气也只是一时间的糊涂。你明白，我当前是在为事实与理想忍受双重磨折。理想与我日益离远，事实与我日益相近。我很讨厌当前的自己。我并不如你所想象的是一个能在一种轻浮中过日子下去的人。我盼望安静，孤独一点也无妨。我只要一个……我要的并未得到，来到我生活上，紧附在生活上的是一堆，我看得清清楚楚，实在庸俗而平凡。可是这是我的过失？别的人笑我，你不应当那么残忍待我。你明白事情，这命运是谁作主？……我要挣扎，你应当对于我像过去一样，相信我能向上。这种信托对我帮助太大了。而且也只有这种信托能唤回我做人勇气和信心。”

信写成后看看，情绪与事实似乎不大相合。正好像是一个十九世纪多情善感的女子，带点福楼拜笔下马丹波娃利风格，来写这么一封信。个人生活正在这种古典风格与现代实际两种矛盾中，灵魂需要与生活需要互相冲突。信寄给乡下老朋友只增多可怕的流言，和许多许多不必要的牵连。保留下来即多忌讳，多误会。因此写成后看看，便烧掉了。信烧过后又觉得有点惋惜，可惜自己这时节充满青春幻想的生命，竟无个安排处。

稍过一时，又觉得十九世纪的热情形式，对当前说来，已经不大时髦，然而若能留到二十世纪末叶的人看看，也未尝不可以变成一种动人的传奇！同时说不定到那时节还有少数“古典”欣赏者！对这种生命形式感到赞美与惊奇！因此重新从灰烬中去搜寻，发现一点残余。搜寻结果，只是一堆灰烬。试从记忆中去搜寻时，却得到些另外东西，同样保留了些十九世纪爱情的传奇风格。这是六年前另外一个朋友留下的。这朋友真如自己所预言，目下已经腐了，烂了，这世界上俨然只在她心中留下一些印象，一些断句，以及两人分张前两天最后一次拌嘴，别的一切全都消灭了。

她把这次最后拌嘴，用老朋友写诗的方式，当成一首小诗那么写下来：

我需要从你眼波中看到春天
看到素馨兰花朵上那点细碎白
我欢喜　我爱
我人离你远　心并不远

你说爱或不爱全是空话
该相信　也不用信不信
你瞧　天上一共是多少颗星
我们只合沉默　只合哑

谁挂上那天上的虹霓　又把它剪断
那不是我　不是我
你明白这应当是风的罪过
天空雨越落越大了　怎么办

天气冷　我心中实在热烘烘
有炉火闷在心里燃烧
把血管里的血烧个焦　好
我好像做了个梦　还在做梦

能烧掉一把火烧掉
爱和怨　妒嫉和疑心　微笑的影子　无意义的叹息
都给它烧个无踪无迹
烧完后　人就清静了　多好

你要清静我明天就走开

向顶远处走

让梦和回想也迷路

我走了　永远不再回来

这个人一走开后，当真就像是梦和回想也迷了路，永远不再回到她身边来了。可是她并不清静。试温习温习过去共同印象中的瓦沟绿苔，在雨中绿得如一片翠玉。天边一条长虹，隐了又重现。秋风在疑嫉的想象中吹起时，虹霓不见了，那一片绿苔在这种情形中已枯萎得如一片泥草，颜色黄黄的："让它燃烧，在记忆中燃烧个净尽。"她觉得有点痛苦，但也正是一种享受。她心想，"活的作孽，死的安静"。眼睛业已潮湿了。过去的一场可怕景象重复回到记忆中。

"为什么你要离开我？"

"为了嫉妒。"

"为什么要妒嫉？"

"这点情绪是男子的本性。你爱不真心，不专一，不忠实，我以我——"

"你不了解我，我永远是忠实的。我的问题也许正是为人太忠实，不大知道作伪，有些行为容易与你自私独占情绪不合。"

"是的，你真实，只要有人说你美丽可爱，你就很忠实的发生反应。一个荡妇也可以如此说，因为都是忠实的。"

"这也可说是我的一种弱点。可是……"

"这就够了！既承认是弱点，便自然有悲剧。"

她想："是的，悲剧，你忍受不了，你要走，远远的走，走到一个生疏地方，倒下去，死了，腐了，一切都完事了。让我这么活下来，怎么不是悲剧？一个女子怕孤独的天性，应当不是罪过！你们男子在社会一切事实上，都照例以为女子与男子决不能凡事并提，只是一到爱情上，就忘却我们是一个女子。忘了男女情绪上有个更大的差别。而且还忘了社会对于女子在这方面多少不公平待遇！假如是悲剧，男子也应当负一半责任，至少负一半责任！”

每个朋友从她的身边走开时，都必然留下一分小小的礼物，连同一个由于失望而灰心的痛苦印象。她愿意忘了这一切人事，反而有更多可怕的过去追踪而来。来到脑子后，便如大群蜂子，嗡嗡营营，搅成一团，不可开交。“好，要来的都来，试试看，总结算一下看。”忽然觉得有了一种兴趣，即从他人行为上反照一下自己，人生究竟是怎么一回事的兴趣。

第五

小手提箱中还留下另外几个朋友一些文件，想找寻出一份特别的信看看。却在一本小说中，得到那几张纸。她记得《茶花女》故事，人死时拍卖书籍，有一本《漫郎摄实戈》，她苦笑了一下。这时代，一切都近于实际，也近于散文，与浪漫小说或诗歌抒写的情境相去太远了。然而在一些过去遇合中，却无一不保存了一点诗与生命的火焰，也有热，有光，且不缺少美丽而离奇的形式。虽有时不免见出做作处，性格相左处，不甚诚实处，与“真”相去稍远，然而与“美”却十分接近。虽令人痛苦，同时也令人悦乐，即受虐与虐待他人的秘密悦乐。这固然需要资本，但她却早已在过去生命上支付了。

她把那些信一一看下去。第一个是那个和她拌嘴走开的大学生写的。编号三十一，日子一九三五年八月。

世界都有春天和秋天，人事也免不了，当我从你眼波中看出春天时，我感觉个人在这种春光中生息，生命充实洋溢，只想唱歌，想欢呼，俨然到处有芳茵，我就坐在这个上面，看红白繁花在微风中静静谢落。我应当感谢你，感谢那个造物的上帝，更感谢使我能傍近你的那个命运。当我从你眼睛中发现秋天时，你纵理我敷衍我，我心子还是重重的，生命显得萎悴而无力，同一片得秋独早的木叶差不多，好像只要小小的一阵风，就可以把我刮跑！刮跑了，离开了我的本根，也离开了你，到一个不可知的水沟边躺下。我死了，我心还不死。我似乎听到沟中细碎流水声音，想随它流去，可办不到。我于是慢慢的腐了，烂了，完事。但是你在另外一种情形中，一定却正用春天的温暖，燃烧一些人的心！也折磨人的心！……

简直是一种可怕的预言，她不敢看下去了。取出了另外一个稍长的，编号第七十一，三年前那个老朋友写给她的。日子为四月十九。

黄昏来时你走了，电灯不放亮，天地一片黑。我站在窗前，面对这种光景十分感动。正因为我手上仿佛也有一片黑，心上仿佛也有一片黑。这黑色同我那么相近，完全包围住我，浸透了我这时节的生命。××，你想想看，多动人的光景！

我今天真到了一个崭新境界中，是真实还是梦中，完全分不清楚，也不希望十分清楚。散步花园中景致实在稀有少见。葡萄园果实成熟了，草地上有浅红色和淡蓝色小小花朵点缀，一切那么美好那么静。你眉发手足正与景色相称，同样十分柔静。在你眼睛中我看出一种微妙之火。在你脚踵和膝部我看到荷花红与玉兰白的交溶颜色。在另外一部分我还发现了丝绸的光泽，热带果的芳香。一切都近于抽象，比音乐还抽象。我有点迷糊，只觉得生命中什么东西在静悄悄中溶解。溶解的也许只是感觉……已近黄昏，一切寂静。唉，上帝。有一个轻到不可形容的叹息，掉落到我或你喉咙中去了。

这一切似乎完全是梦，比梦还缥缈，不留迹象。

黄昏来时先是一阵黑。等不久，天上星子出现了，正如一个人湿莹莹的眼睛。从微弱星光中我重新看到春天。这些星光那么微弱，便恰像是从你眼睛中反照发生的。（然而这些星光也许要在太空中走一千年！）

有什么花果很香，在微热夜气中发散。我眼前好像有一条路那么又生疏又那么熟习，我想散散步。我沿了一行不知名果树走去，连过两个小小山头，向坦坦平原走去。经过一道斜岭，几个干涸的水池，我慢慢的走着，道旁一草一木都加以留心——一切我都认识得清清楚楚。路旁有百合花白中带青，在微风中轻轻摇动，十分轻盈，十分静。山谷边一片高原蓝花，颜色那么蓝，竟俨然这小小草卉是有意摹仿天空颜色作成的。触目那么美，人类语言文字到此情形中显得贫弱而无力，失去了它应有的意义。我摘了一朵带露百合花，正不知用何种方式称颂这自然之神奇，方为得体，忽然感到一种恐惧，恰与故事中修道士对于肉体幻影诱惑感到恐惧相似，便觉醒了。我事实上生活在完全孤独中，你已离开我很久了。事实上你也许就从不曾傍近过我。

当我感觉到这也算得是一种生命经验时，我眼睛已湿，当我觉得这不过是一种抽象时，我如同听到自己的呜咽时，当我明白这不过是一个梦时，我低了头。这也就叫做“人生”！

我心里想，灵魂同肉体一样，都必然会在时间下失去光泽与弹性，唯一不老长青，实在只有“记忆”。有些人生活中无春天也无记忆，便只好记下个人的梦。雅歌或楚辞，不过是一种痛苦的梦的形式而已。“一切美好诗歌当然都是梦的一种形式而已。”

一切美好诗歌当然都是梦的一种形式，但梦由人作，也就正是生命形式。这是个数年前一种抒情的记载，古典的抒情实不大切合于现代需要。她把信看完后，勉强笑笑，意思想用这种不关心的笑把心上的痛苦挪开。可是办不到。在笑中，眼泪便已挂到脸上了。一千个日子，人事变了多少！当前黄昏如何不同。

她还想用“过去”来虐待自己，取了一个纸张顶多的信翻看。编号四十九,五年前三月十六的日子。那个大学二年级学生，因为发现她和那两兄弟中一个小的情感时写的。

露水湿了青草，一片春。我看见一对斑鸠从屋脊上飞过去，落到竹园里去了。听它的叫声，才明白我鞋子裤管已完全湿透，衣袖上的黄泥也快干了。我原来已到田野中走了大半夜，现在天亮又回到住处了。我不用说它，你应当明白我为什么这样折磨自己。

我到这地方来，就正是希望单独寂寞把身心同现实社会一切隔绝起来。我将用反省教育我自己。这教育自然是无终结的。现在已五个月了，还不见出什么大进步。我意思是说，自从你所作的一件可怕事情，给我明白后，我在各方面找寻一种可以重新使生命得到稳定的碇石，竟得不到。可是我相信会有进步，因为时间可以治疗或改正一切。对人狂热，既然真，就无不善。使用谨慎而得体，本可以作为一个人生命的华鬘，正因为它必同时反映他人青春的美丽。这点狂热的印象，若好好保留下来，还可以在另外一时温暖人半冷的心，恢复青春的光影，唤回童年的痴梦！

可是我这几年来的狂热，用到些什么地方，产生了什么结果？我问你。正因为这事太痛苦我，所以想对自己沉静，从沉静中正可看守自己心上这一炉火，如何在血中燃烧，让他慢慢的燃烧，到死为止！人虽不当真死去，燃烧结果，心上种种到末了只剩余一堆灰烬，这是可以想象得出的！

我有许多天都整夜不曾合眼，思索人我之间情分的得失，或近于受人虐待，或近于虐待他人。总像是这世界上既有男女，不是这个心被人践踏蹂躏，当作果核，便是那个心被人抛来掷去，当作棋子。我想从虚空中证出实在，似乎经验了一种十分可怕的经验，终于把生命稳住了。我把为你自杀当成一件愚蠢而又懦怯的行为，战胜了自己，嫉与恨全在脑子中消失，要好好活下来了。

我目下也可以说一切已很好了。谢谢你来信给我关心和同情。至于流露在字里行间的意思，我很懂得。你的歉仄与忏悔都近于多余，实在不必要。你更不用在这方面对我作客气的敷衍，因为我们关系已超过了需用虚伪来维持友谊或爱情。你是诚实的，我很相信。由于你过分诚实，便不可免发生悲剧，我也相信。总之，一切我现在都完全相信，但同样也相信我对于两人事情的预感，还是要离开你！

来信说，你还希望听听我说的梦。我现在当真就还在作梦。在这暗暗灯光下，用你所熟习的这支笔捕捉梦境。我照你所说，将依然让这些字一个一个吻着你美丽的眼睛。你欢喜这件事，把这信留下，你厌烦了这件事，尤其是那个税专学生到每天有机会傍近你身边，来用各种你所爱听的谄媚话赞美你过后，再将那张善于说谎的嘴唇吻你美丽的眼睛时，这个信你最好是烧了它好。我并不希望它在你生活上占一个位置。我不必需，我这种耗废生活的方式，这应当算是最后一次了。

世界为什么那么安静？好像都已死去了，不死的只有我这一颗心。我这颗心很显然为你而跳已多日，你却并不如何珍重它，倒乐意（不管有心还是无意）践踏它后再抛弃它。是的，说到抛弃时你会否认，你从不曾抛弃过谁。不，我不必要再同你说，这些话，说来实无意义。

我好像在一个海边，正是梦寐求之的那个海边，住在一个绝对孤僻的小村落一间小房中，只要我愿意，我可以从小窗口望到海上。海上正如一片宝石蓝，一点白帆和天末一线紫烟。房中异常素朴，别无装饰。我似乎坐在窗口边，听海波轻轻的啮咬岸边岩壁和沙滩。这个小房应当是你熟习的地方，因为恰好是你和我数年梦想到的海边！可是目下情形实在大不相同，与你所想象的大不相同。

“什么人刚刚从小房中走出，留下一点不可形容的脂粉余香？究竟是什么人？”没有回答。“也许不止一个人。”我自己作答了。

这一定不会是一个皮肤晒得黑黑的女人。我摹想有那么一个女人，先前一刻即在这个小房中，留下了许久，与另外一个男子作了些很动人的事情。我望着嵌在衣柜门那一个狭长镜子，镜子中似乎还保留一个秀发如云长颈弱肩的柔美影子，手足精美而稚弱，在被爱中有微笑和轻颦。还看到一堆米黄色丝质物衣裳在她脚边，床前有一束小小红花，已将枯萎，象征先一刻一个人灵魂在狂热中融解的情形，我明白那香味了，那正是这个具有精美而稚弱手足的女子，肉体散放出的香味。我心中混乱起来了，忽然间便引起一种可怕的骚扰。小房中呆不住了，只好向屋外走去。

走出那个小房子后，经过一堆大小不一的黛色石头，还看见岩石上有些小小蚌壳粘附在上面发白。又经过一片豆田，枝叶间缀满了白花紫花。到海滩边我坐了下来。慢慢的就夜了。夜潮正在静中上涨，海面渐渐消失于一片紫雾中。这紫雾占领了海面同地面，什么也看不见。我感到绝对孤独，生命俨然在向深海下沉，可是并不如何恐怖。心想你若在我身边，这世界只剩下我和你，多好的事！过不久，星子在天中出现了，细细碎碎，借微弱星光，看得出那小房子轮廓。沙子中还保留一点白日的余热，我把手掌贴到上面许久。海水与我的心都在轻轻的跳跃，我需要爱情，来到这个海滩上就正为的是爱。我预感到这沙滩上应当有那么一个人，就是在小房中留下一些肉体余香，在镜子中依稀还保留一个秀发如云小腰白齿微笑影子的人。她必然正躺在这个沙地上某一处休息，她应当有所等待！我于是信步走去，沙滩狭而长，我预备走一整夜。天空中星光晦弱下去了。我心中却有一颗大星子照耀。是的，当真有一颗星子的光耀，为的是五个月前在这海边我曾经有过你。可是你同星子一样，离我已很远很远了！

我问你，一个人能不能用这种梦活下去，却让另一个人在另外一个地方同你去证实那种梦境？忘掉我这个人，也忘掉我这最后一个荒唐梦，因为你需要的原不是这些。我几年来实在当真如同与上帝争斗，总想把你改造过来，以为纵生活在一种不可堪的庸俗社会里，精神必尚有力向上轻举，使“生命”成为一章诗歌。可是到末了我已完全失败。上帝关心你的肉体，制作时见出精心着意，却把创造你灵魂的工作，交给了社会习惯。你如同许多女子一样，极端近于一个生物。从小说诗歌上认识了“爱”字，都颂扬赞美这个字眼儿。可是对于这个字的解释便简单得可怕。都以为“你爱我，好，你就爱吧。我年纪小，一切不负责！（连好好认识一下这个字的责任也不负！）到后来再说”。感觉这个字的意义，都是依傍了肉体，用胃和肢体来证实，与神经几乎全无关系。神经既不需要一种熔金铄石的热情，生命便无深度可言。也不要美，不要音乐和诗歌——要的只是照社会习惯所安排的一个人，一种婚姻，以及一分无可无不可的生活！生存无理想，生活无幻想，为的是好精力集中生儿育女！虽有一点幻想或理想，来到都市中，使用在头发型式和衣服长短的关心上，也就差不多了。这就是我所谓女子更生物的一面。人类生活上真正有了势力，能装点少数人生活，却将破坏大多数人习惯！你属于肉体的美丽，自然更证明你是个女人，适宜于凡事“照常”。我想同上帝争斗，在你生命中输入诗或音乐的激情，使你得到一种力量，战胜一个女子通常的弱点，因之生命有向上机会。我的结果只作成一件事，我已失败。你的需要十分正常，在爱情上永远是被动，企图用最少力量，得到一个家庭，再储蓄了最多力量，准备抚育孩子。柔弱的性情即见出宜于为母的标志。一个女子在生物学观点上，卖弄风情正是婚前的本性，必到为母后方能情感集中。所以卖弄风情也并非罪恶。从行为上说来，你是一株真正的“寄生草”，无论在情感上还是生活上，都永远不用希望向上自振。星空虽十分壮丽，不是女性生物所宜住。你虽然觉得一切超越世俗的抽象观念美丽与崇高，其实你适宜于生活在一种卑陋实际中，任何高尚理想都不能在你生命中如男子一般植根发芽，繁荣生长。我已承认这种失败，所以只有永远同你离开。你还年青，适宜于去同一些男子用一种最合社会习惯的方式去耗费它，前途不会很难堪。尤其是我离开了你决不会很难堪。凡吝啬一文钱的人，也许可以保留到明天作别的使用；凡吝啬生命给予的，这流动不居一去不返生命，你留不住，像待遇我那么方式更留不住。真想留住青春，只有好好使用这点青春。爱惜生命不是拒绝爱，是与一个人贴骨贴心的爱，到将来寂寞时再温习过去，忍受应有的寂寞！

不，这些事是不用我说的！你明白的已经够多了。你按照一个生物学上的女性说来，就不会“寂寞”。诗人都想象女子到三十岁后，肉体受自然限制，柔美与温雅动人处再不能吸引男子关心时，必然十分寂寞。这可说完全出于男子荒唐的想象！上帝到那时已为你安排一群孩子，足够你幸福满意活下去。文学作品中的闺怨诗，大都是男子手笔，少数女子作品意识范围也只表示“不能为母”的愿望。我虽知你轻浮而走，再也不会妒嫉你的轻浮了。正因为这几个月的单独，读过了几本大书，使我明白轻浮来源是每个女子的本性。不过我稍稍为你担心，忧虑你这点性情必然使生活烦累而疲倦。尤其是在那么性情中又还加上一点理想。性格既使你乐意授受多方面轻浮的爱情，理想又使你不肯马马虎虎与一个人结婚，因此一来必然在生活中有不少纠纠纷纷。好在你常常喜说“一切有命”，我也就用不着在此事上饶舌了。我应当祝你幸运。

信看完后，留下一些过去印象把她心变软了。她自言自语说：“是的，因为我的为人，一切朋友都差不多用同一理由，很残忍的离开了我。我不会寂寞，因为我是一个女人，当然不懂得什么叫做寂寞！可是你们男子懂得什么？自以为那么深刻认识女人，知道女人都有一种属于生物的弱点。从类型看个体，发掘女人灵魂如此多，为什么却还要凡事责备女人，用这信来虐待我！明知女人都有天生的弱点，又明白环境限人，社会待女人特别不公平，为自卫计，女人都习惯于把说谎掩饰一部分过失，为什么总还诅咒女人虚伪？既明白女人都相当胆小怕事，可无一不需要个忠诚的爱人和安定的家庭，为什么有求于女人时，稍稍失望，就失去了做人自信心，远远的一走了之？不能完全，便想一死，这是上帝的意思，还是人类的不良的习惯？在女人，爱情固不能把灵魂淘深；在男子，究竟为什么，许许多多灵魂淘深以后，反而把心腔子变得如此狭小？一个人懂别人那么多，为什么懂自己反而那么少？对生命如此明白，对女子为什么反而还是不能相谅？是的，不管是懂不懂寂寞，轻浮是天生还是人为？要爱情还是要婚姻，我自己的事当然自己可以处理。不管将来是幸福还是不幸，我要活下去，我就照我方式活下去。社会不要我，我也就不用管社会。"

想来越走越与本题离远，她觉得这不成。她有点伤心起来。似乎还预备同这个朋友拌嘴。但如果这时节任何一个朋友到她身边，她一定什么话都不说。她实在需要他们爱她，也需要他更多一点认识她。信中不温柔处，她实在受不了。尤其是她需要那个为忌讳与误会沉默不声离开了她的老朋友，她以为最能理解她，原谅她，真正还会挽救她，唯有这个对她不太苛刻的老朋友。

第六

本来意思正想用"过去"来抵制"目前"，谁知一堆"过去"事情丛集到脑中后，反而更像是不易处理。她实在不知道应当怎么办，她把几封信重新一一折好，依然夹到那本《爱眉小札》中去。随意看了几页书，又好像从书中居然看出一线做人希望。作者是一个善于从一堆抽象发疯的诗人，死去快近十年了。时间腐烂了这个人壮美的身体，且把他留在情人友好记忆中的美丽印象也给弄模糊了。这本书所表现的狂热，以及在略有装点做作中的爱娇、寂寞与欢乐的形式，目下二十岁左右的青年人已看不大懂。她看过后却似乎明白了些他人不明白的事情。

她想，我要振作，一定要振作，正准备把一本看过大半的小说翻开，院中有个胡卢声音。那个日常贴在身边的大学生，换了一套新洋服，头上光油油的，脸刚刮过，站在门边谄谄的笑着。她也笑着。两人情绪自然完全不同，这一来，面前的人把她带回到二十世纪世界中了。好像耳朵中有个声音“典型的俗物”，她觉得这是一种妒嫉的回声。因为说这话的不是一个是一群人。她镇静了一下，双眉微皱问大学生：

“衣服是刚做的？”

那二十世纪的典型，把两只只知玩扑克牌的手插在裤袋里，作成美国电影中有情郎神气，口中胡胡卢卢的说：

“我衣服好看吗？香港新样子。你前天那件衣才真好看！我请你去看电影，看七点那场，《魂归离恨天》。”

“你家里来了钱，是不是？”心里却想，“看电影是你唯一的教育。”

憨笑着不作声，似乎口上说的心中想的他全明白。因为他刚好从一个同乡处借了五十块钱，并不说明，只作出“大爷有钱”样子。过一会用手拍拍裤腰边又说：“我有钱呐！我要买楼上票。换你那件顶好看的衣服去。我们俩都穿新衣。”话说得实在无多趣味。可是又随随便便的说，“他们都说你美！长得真美！”

她高兴听人家对她的称赞，却作成不在意相信不过且略带抵抗神气，随随便便的问大学生：“他们是谁？是你那些朋友吧？”

大学生不曾注意这种询问，因为视线已转移到桌上一小朵白兰花上去了。把花拈到手中一会儿，闻嗅了一下，就预备放进洋服小口袋中去。

她看到大学生这种行动，记起前不久看《日出》中的胡四抹粉洒香水情形，心中不大愉快，把花夺到手中，“你不要拿这个，我要戴它。”

“那不成。我欢喜的。把我好了。”

“我不欢喜。一个男人怎样用这种花？又不是唱戏的。”

“什么，什么，我不演戏！我偏要它！”大学生作成撒娇的样子，说话时含糊中还带点腻。她觉得很不高兴，可是大学生却不明白。到后来，还是把花抢去了，偏着半扁葫芦头，谄而娇的笑着，好像一秒钟以前和日本人打了一次胜仗，争夺了一个堡垒，又光荣又勇敢。声音在喉与鼻间抑出，“宝贝，和我看电影去，我要你去，换了那件顶好看的衣服去！”

她不快乐的摇摇头，“我今天不想去。你就只会要我作这些事情，别的什么都不成。我们坐下来谈谈不好吗？为什么只想出去玩？”

“我爱你……”他不再说下去，因为已感到今天空气稍微和往常不同。想缓和缓和自己，于是口中学电影上爱情主角，哼了一支失恋的短歌，声音同说话一样，含含糊糊，反使她觉得好笑。在笑里她语气温和了好些。

“××，你要看你自己去看，我今天不高兴同你出去。我还不曾要魂归离恨天。”

大学生作成小家子女人被妒嫉中伤情形，咬一咬嘴唇，“约了别人？”

她随口答应说：“是的，别人约了我。我要一个人留在这里等他。你走了吧。”

大学生受了伤似的，颈脖本来长长的，于是缩得短了一半，腮帮子胀得通红，很生气的说：“那我就走了。”随即又稍转口气说：“为什么不高兴？”又转激昂的说：“你变了心。好，好，好。”

她只是不作声。

大学生带着讽刺口吻又悻悻的说：“你不去，好。”

她于是认真生气说：“××，你走好，离开这个房子越快越好，我以后不要你到我这里来。我实在够厌烦你了！”

可是大学生明白她的弱点，暴雨不终日，飘风不终朝，都只是一会儿。他依然谄媚的微笑着，叫着他特意为她取的一个洋文名字，向她说：“×××，我到那里等你，我买两张票子，在楼上第×排，今天是世界上有名的悲剧。”

“我不会来的。”

“你一定会来。”

“我绝对不来。”

“那我也不敢怨你！。”

大学生走去后，她好像身心轻松了许多，且对自己今天的行为态度有点诧异，为什么居然能把这个人遣开。

二十世纪现实，离开了这个小房间后，过了一会，窗上的夕阳黄光重新把她带回到另外一种生活抽象里去。事情显然，“十九世纪今天胜利了。”她想了想不觉笑将起来。记起老朋友说的“眼睛中有久远春天，笑中有永远春天”，便自言自语：“唉，上帝，你让我在一天中看到天堂，也贴近地面，难道这就叫做人生？”停了一会儿，静寂中却仿佛有个含含糊糊的声音回答：“我买了票子等你。你来了，我很快乐。你不来，我就要生气，失望，喝酒，失眠，神经失常。你怕不怕？”

“你可有神经？你也会害精神病？”

“我走了，让你那个女同学回到身边来，你怕不怕？”

这自然毫无什么可怕，可怕的是那一会儿时间。时间过去了，她总得想！她想到大学生，那点装模作样神气，和委屈小心处二而一，全为的是爱她。她的情绪不同了。忘了那点做作可笑处，也忘了“诗”与“火”，忘了“现代”与“古典”在生命中的两不相容，觉得刚才不应当使大学生扫兴。赶忙把镜子移到桌子边，开了灯，开了粉盒，对镜台匀抹脂粉，两点钟后两人已并排坐在电影院里柔软椅子上，享受那种现代生活，觉得是一对现代化人了。不然，魂归离恨天不过是一个故事，和自己渺不相涉了。到散场时，两人都好像从电影上得到了一点教育。两人在附近咖啡馆子吃了一点东西，又一同在大街上年青男女队伍中慢慢散步。大学生只就他脑子所能想到的默默的想，“我要走运，发了十万块钱财多好。”她呢，心中实在受了点刺激，不大愉快。两人本来并排走着，不知不觉同他离开了些，忽然开口问大学生。

“你毕了业怎么办？”

“我正在找事做。这世间有工作方有饭吃。”

“是的，有工作方有饭吃。可是你做什么事？是不是托你干爹找事？”

大学生有点发急，话说得越加含糊：

“××，这简直是老同学口气，取笑我。谁是我的干爹？我不做人干儿子干舅子！我托同乡周先生帮我忙，找个事做。得不到工作，我就再读两年书。我要研究学问。”

她心想：“你能读什么书？研究什么学问？”记起老同学的诅咒，因此口中却说：“你要斗点气，努努力才好。一个男子总得有点男子气，不能混混混！在学校混毕业，到社会又混职业，不长进被人笑话。”

“我一定要——有人帮我说话！”

“为什么要人帮忙，不自己努力？你这是在做人，做一个男子！做男子是不要人帮忙，凭能力找饭吃的。”

“运气不好，所以——”

“什么叫运气？我觉得你做人观念实在不高明。”

因为语气中对大学生有一点轻视意思，一点不愉快意思，大学生感到不平，把嘴兜着不再作声。话不曾说出口。意思以为世界不公平事情很多，大家都不规矩，顶坏的人顶有办法。我姓蒋的纵努力，读死书到读书死，有什么用？我也要做人，也要做爱！我现在是在做爱，爱情一有了着落，我就可以起始做人了。但怎么样做人，做什么样的人，在他脑子里却并无什么概念。恰如同许多事情一样，想了一下，无结果，也就罢了。

大学生对于生活作“最近代”的想象计算时，她也想着，一种古典的情绪在脑子里生长中。她想：“我为什么居然会同这么个人混下去？读书毫无成就，头脑糊糊涂涂，就只是老实。这老实另一面也就正是无用。这算是什么生活？”于是她向大学生说：“我头有点痛，我要坐车回去。”

上车后回头还看到这个穿新衣便觉快乐的大学生，把手放在嘴边抹抹，仿照电影上爱人，抛了一个吻给她。她习惯的笑了一笑。回到住处时，头当真有了一点儿痛。“诗”与“火”离开生活都很远很远了，从回想中也找不回来。重新看看那几封信想给五千里外十年老友各写一个信，到下笔时竟不知写什么好。心里实在乱糟糟的，末了却写下那么几个字在日记本上：

> 一个人有一个人的命运，这所谓命运，又正是过去一时的习惯，加上自己性格上的弱点而形成的。

当她搜寻什么是自己的弱点时，似乎第一次方真正发现自己原来是一个“女人”。这就很够了。老朋友说过的，一个女人受自然安排，在生理组织上，是不宜于向生命深处思索，不然，会沉陷到思索泥淖里的。

她觉得身心都很疲累了，得休息休息。明天还是今天的继续，一切都将继续存在下去，并且必然还附带那个长长的“过去”。一串回忆，也正是一串累赘，虽能装饰青春，却丝毫无助于生活的调处。她心想，“我为什么不自杀？是强项还是懦弱？”她不明白自己为什么会有这种想法。虽想起这事却并不可怕，因为同时还想起大学生爱她的种种神气，便自言自语，“一切人不原谅我也好”，那意思就是我有了解。不必要更多人了解。单独了解有什么用？一切关心都成麻烦，增加纷乱。真的了解应当是一点信托，忠诚无二，与无求报偿的作奴当差，完全没有自己……不过她这时实在已经累了，需要的还是安静。可是安静同寂寞恰正是邻居，她明白的。她什么都似乎很明白，只不知道自己有什么方法可以将生活重造。

她实在想要哭一哭，但是把个美丽的头俯伏在雪白枕上去，过不多久，却已睡着了。

廿九年七月十八写
卅一年十月末改写
三十二年五月重写

青色魇[1]

青

半夜猛雨，小庭院变成一片水池。孩子们身心两方面的活泼生机，于是有了新的使用处。为储蓄这些雨水，用作他们横海扬帆美梦的根据地，大忙特忙起来了。小鹤嘴锄在草地上纵横开了几道沟，把积水引导到大水沟后，又设法在低处用砖泥砌成一道堤坝。于是半沟黄浊油泥水中浮泛了各式各样玩意儿：木条子，沙丁鱼空罐头，牙膏盒、硬纸板，凡在水面漂动的，统统就名叫做“船”，并赋以船的抽象价值和意义。船在水手搅动脏水激起的漩涡里陆续翻沉后，压舱的一切也全落了水。照孩子们说的，即“宝物全沉入海底”。这一来，顽童们可慌了。因为除掉他们自己日常用的小玩具外，还有我书桌上一个黄杨木刻的摆夷[2]小马，作镇纸用的澳洲大宝贝，刻有蹲狮的镀金古铜印，自然也全部沉入海底。照传说，落到海底的东西即无着落，

① 本篇发表于 1946 年 11 月 24 日天津《益世报·文学周刊》。署名沈从文。据《益世报·文学周刊》编入。

② 摆夷，清代至民国时对傣族的通称。

几只小手于是更兴奋的在脏水中搅动起来。过一会儿，当然即得回了一切，重新分配，各自保有原来的一份。然而同时却有一匹手指大的翠绿色小青蛙，不便处置。这原是一种新的发现。若系平时，未必受重视，如今恰好和打捞宝物同时出水，为争夺保有这小生物，几只手又有了新的搅水机会。再过不久，我的面前就有了一双大眼睛，黑绒绒的长睫毛下酿了一汪热泪，来申诉委屈了。抓起两只小手看看，还水淋淋的。一只手中是那个刚从大海中救回四寸高的小木马，一只手就捏住那匹刚从大海中发现的小青蛙。摊开小手掌时，小生物停在掌中心，恰如一只绿玉琢成的眼睛。

“根本是我发现的，大哥不承认。……于是我们就战争了。他故意浇水到我眼睛里，还说我不讲道理。我呢，只浇一点儿水到他身上，并不多。”

我心想，“一到战争总是有理由的，这世界！”不由得不笑了。我说，“嗨嗨，小虎虎，战争不是好事情。不要为点点事情就战争！不许他浇脏水到眼睛中去，好看的眼睛自然要好好保护它才对。可是你也不必哭，女孩子的眼泪才有用处！你可听过一大伙儿女人在一块流眼泪的故事？……”

所有故事都从同一土壤中培养生长，这土壤别名“童心”。一个民族缺少童心时，即无宗教信仰，无文学艺术，无科学思想，无燃烧情感，实证真理的勇气和诚心。童心在人类生命中消失时，一切意义即全部失去其意义。

白

凡是冒险事情都使人兴奋，可是最能增加见闻满足幻想的，却只有航海。坐了一只船向远无边际的海洋中驶去时，一点接受不可知命运所需要的勇敢，和寄托于这只船上所应有的荒谬希望，可以说，把每个航海的人都完全变了。那种不能自主的行止，以及与海上陌生事务接触时的心情，都不是生根陆地的人所能想象的。他将完全如睁大两眼做一场白日梦，一直要回到岸上才能觉醒。他的冒险经验，不仅仅将重造他自己的性情和人格，还要影响到别的更多的人兴趣和信仰。

就为的是冒险，有如那么一只海船，从一个近海码头启碇，向一个谁也想象不到的彼岸进发了。这只船行驶到某一天后，海上忽然起了大风。船在大海中被风浪播扬，真像是小水塘中的玩意儿，被顽童小手搅动后情景。到后自然是船翻了，船上人千方百计从各处找来的宝物,全部落了水。船上所有人也落了水。可是就中却有一个冒险者，和他特别欢喜的一匹白马，同被偶然而来的一个海浪送到了岛屿的岸边。就岛上种种光景推测，背海向内地走去，必然会和人碰头。必须发现人，这种冒险也才有变化，有结束。唯一的办法，自然就是骑了这匹白马向内陆进发，完成这种冒险的行程。

这匹马长得多雄骏！骨相和形色，图画上就少见。全身白净，犹如海滩上的贝壳。毛色明净光莹处，犹如碧空无云天上的满月，如阿耨达池中的白莲花。走动时轻快不费力气，完全像是一阵春天的好风。四脚落地的均匀节奏，使人想起千年前历史上那个第一流鼓手，这鼓手同时还是个富于悲剧性的聪明皇帝，会恋爱又懂音乐，尤其欢喜玩羯鼓[①]，在阳春三月好风光里，鼓声起处，所有含苞欲吐的花树，都在这种节奏微妙鼓声中，次第开放。

白马驶过一片广阔平原，向一个城市走去。装饰平原到处是各种花果的树林。花开得如锦绣堆积，红白黄紫，各自竞妍争美。缀在树

---

① 羯鼓，古击乐器，南北朝时经西域传入内地，盛行于唐开元、天宝年间。

枝上的果子，并把树枝压得弯弯的，过路人都可随意采摘。大路两旁用作行路人荫蔽的嘉树，枝叶扶疏，排列整齐，犹如受过极好训练的军队。平原中到处还有各式各样的私人花园别墅，房屋楼观都各有匠心，点缀上清泉小池，茂树奇花。五色雀鸟在水边花下和鸣，完全如奏音乐。耳目接触，使人尽忘行旅疲劳和心上烦忧。城在平原正中，用半透明玉石砌成，五色琉璃作绿饰，皎洁壁立，秀拔出群，犹如一座经过削琢的冰山。城既在平原上，因之从远处望去时，又仿佛一阵镶有彩饰的白云，平空从地面涌起。城市的伟大和美丽，都已超过一切文学诗歌的形容，所以在任何人的眼目中，也就十分陌生。

这城原来就是历史上最著名的阿育王城，这一天且是传说中最动人的一天。这个冒险者骑了他的白马，到得城中心时，恰好正值城中所有年青秀美尚未出嫁女孩子，集合到城中心大圆场上，为同一事件而哀哭。各自把眼泪聚集入金、银、玉、贝、珊瑚、玛瑙等等七宝作成的小盒中，再倾入一个紫金钵盂里。

一切见闻都比梦境更荒唐不可思议，然而一切却又完全是事实。事实增加冒险者的迷惑，不知从何取证。冒险者更觉得奇异，即问明白，使得这些年青美貌女孩子的哭泣，原来是为了另一个陌生男子一双眼睛。只为的一双眼睛！

黄

阿育王是历史上一个最贤明的国王，既有了做帝王所应有的智慧和仁爱，公正与诚实，因之凡做帝王所需要的一切，权势和尊荣，财富和土地，良善人民和正直大臣，也无不完全得到。但是就中有一点缺陷，即年近半百还无儿子。一个帝王若没有儿子，在历史上留下的记载，必然是国中有势力的大族，趁这个贤王年龄衰老时，因争夺继承发生叛变和战争，国力由消耗而转弱，使敌国怨家乘隙侵入，终于亡国灭祀。为避免历史悲剧的重演，唯一方式即采用宗教仪式向神求子。阿育王本不信神，但为服从万民希望，不得已和皇后莲花夫人同往国内最大神庙祝祷许愿，并往每一神像前瞻礼致敬。庄严烦琐的仪式完毕，回到别院休息时，忽闻有驹那罗鸟在合欢树上歌呼。阿育王心想："若生儿子，一双眼睛应当如驹那罗鸟眼俊美有神，方足威临八方。"回宫不久，皇后果然就有了身孕。足月时生产一男孩，满房都有牛头楠檀奇异馥郁香气，长得肥白健壮，有三十二相，八十种好。尤其使阿育王夫妇欢喜的，就是那双眼睛，完全如驹那罗鸟眼睛。因到神庙去还愿酬神，并在神前为太子取名"驹那罗"。总管神庙的先知，预知这个太子的眼睛和他一生命运大有关系，能带来无比权势，也能带来意外不幸，就为阿育王说"眼无常相"法，意思是——

"凡美好的都不容易长远存在，具体的且比抽象的还更脆弱。美丽的笑容和动人的歌声反不如星光虹影持久，这两者又不如某种素朴观念信仰持久。英雄的武功和美人的明艳，欲长远存在，必与诗和宗教情感结合，方有希望。但能否结合，却又是出于一种偶然，因人间随时随处都有异常美好的生命或事物消失，大多数即无从保存。并非事情本身缺少动人悲剧性，缺少的只是一个艺术家或诗人的情绪，恰巧和这个问题接触。必接触，方见功。这里'因缘'二字有它的庄严意义，'信仰'二字也有它的庄严意义。记住这两个名词对人生最庄严的作用，在另外一时就必然发生应有的作用。"

这卜筮说的话，似可解不可解。说过后，即把佛在生时沿门乞食的紫金钵盂，送给阿育王，并嘱咐他说："这东西对王子驹那罗明天大有用处。好好留下，将来可以为我说的预言作证！"

金

驹那罗王子在良好教育和谨慎保护下慢慢长大。到成年时，一切传说中王子的好处，无不具备。一双俊美眼睛，则比一切诗歌所赞美的人神眼睛还更明亮更动人。国中所有年青美丽女孩子，因为普遍对于这双眼睛发生了爱情，多迟延了她们的婚姻。驹那罗自己也因这双出奇的眼睛和多少人的希望与着迷，始终未婚。若我们明白那个大城中的年青女孩子数目，是用万来计数的时，会明白这双眼睛所引起的问题，已复杂到什么情形。

按照当时的风俗，阿育王宫中应当有一万妃子，而且每一位妃子入宫因缘，都必然有一种特征和异相。最后一个入宫的妃子，名叫“真金夫人”。全身是紫金色，光华煜煜，且有异香，稀世少见。当时有婆罗门[1]相师为王求妃，聘请国内名师高手，铸就一躯金相，雄伟奇特，举行全国，并高声唱言：“若有端正殊妙女人，得见金神礼拜者，将以虔信，得神默佑，出嫁必得好婿。”全国士女，一闻消息，于是各自妆饰，穿锦绣衣，璎珞被体，结伴同出，礼拜金神。唯有这个女子，志乐闲静，清洁其心，独不出视。经女伴再三怂恿，方着日常弊衣，勉强随例参谒。不意一到神前，按照规仪将随身衣服脱去时，一身紫金色光明，映夺神座。婆罗门相师一见，即知唯有这个女子堪宜作妃。随即用重礼聘入王宫。这妃子不仅长得华艳绝人，且智意流通，博识今古，明辨时政，兼习术数。就为这种种原因，深得阿育王爱敬信托。然亦因此，即与驹那罗王子势难并存。推其原因，还由于爱。王妃在未入宫以前，即和国内其他女子

① 婆罗门，梵文之音译，为古印度僧侣贵族。

一样，爱上了驹那罗那双眼睛。若两人相爱，可谓佳偶天成。但名分已定，驹那罗王子对之只有尊敬，并无爱情。妃子对之则由爱生妒，由妒生恨，不免孕育一点恶心种子。凡属种子，在雨露阳光中都能生长的。驹那罗有见于此，心怀忧惧，寝食难安，问计于婆罗门相师，婆罗门即为出主意，调虎离山，因此向阿育王请求出外就学。

过后不久，阿育王害了一种怪病，国内医生无法医治，宣告绝望。这事情若照国家习惯法律，三个月后，驹那罗王子即将继承王位，当国执政。聪明美慧妃子一听这种消息，心知驹那罗王子若真当国执政，第一件事，即必然是将自己放逐出宫。因此向监国大臣宣称，她能治王怪病，"请用三个月为期，到时若无好转，愿以身殉国王，死而无怨。"一面即派人召集国内良医，并向国内各处探听，凡有和阿育王相同病症的，一律送来疗治。恰好有一女孩，病症相同，妃子即令医士用女孩作试验，吃种种药。最后吃葱，药到虫出，怪病即愈。阿育王经同样治疗，病亦得痊，因向妃子表示感激之忱，以为若有心愿未遂，必可使之如愿。妃子趁此就说："国王所有，我无不有，锦衣玉食，我无所需。由于好奇，我想做七天国王，别无所求！"既得许可，第一件事即假作阿育王一道命令，给驹那罗王子，命令上说："驹那罗王子犯大不敬，宜处死刑。今特减等，急将两眼挑出。令到遵行，不许稍缓。限期三日，回复王命。"按照习惯，这种重要文件，必有阿育王齿上印迹，才能生效。妃子趁王睡眠，盗取齿印。王在梦中惊醒，向妃子说：

"事真希奇，我梦见一只黑色大鹫鹰，啄害驹那罗两只眼睛。"

妃子说："梦和事实，完全相反，王子安乐，何必忧心？"

妃子哄阿育王睡定，欲取齿印时，王又惊醒，向妃子说：

"事实希奇，我又梦见驹那罗头发披散，面容憔悴，坐在地上哭泣。两眼成为空洞，可怕可怕！"

“梦哭必笑，梦忧则吉，卜书早已说过，何用多疑？”

妃子于是依然用谎话哄王安睡。睡眠熟时，即将齿印盗得，派一亲信仆人，乘日行七百里驿传，赍送命令，到驹那罗王子所在总督处。总督将命令转送给驹那罗王子，验看明白，相信一切真出王意，即便托人传语总督，请求即刻派人前来执行。可是全省没有人肯作这种蠢事。另悬重赏，方来一外省无赖流氓，贪图赏赐，报名应征。人虽无赖，究有人心，因此到执行时，依然迟迟不忍动手。

驹那罗王子恐误王命，鼓励他说：“你勇敢点，只管下手，先挑右眼，放我手心！”一眼出后在场人民，都觉痛苦损失，不可堪忍。热泪盈眶，如小孩哭。驹那罗王子忘却本身痛苦，反向众人多方安慰，以为同受试验，亦有缘法。两眼出后，驹那罗王子向人民说：“美不常住，物有成毁，失别五色，即得清净；得丧之际，因明本性。破甑不顾，事达人情，拭去热泪，各营本生！”那流氓眼见这种情形，异常感动，自觉作了一件愚蠢无以复加事情，随即转身到一大树下扼喉自杀死去。妃子亲信，即将那双眼睛，贮藏于一个小小七宝盒中，带回宫中复命。

“驹那罗，驹那罗，你既不在人间，就应当永远埋葬在我心里！”妃子由于爱恨交缚，便把那双眼睛吞下了。

紫

驹那罗既失去双眼成盲人后，不能继续学问，因此弹琴唱歌，自作慰遣。心念父亲年老，国事甚烦，虽有聪明妃子侍侧忠直大臣辅政，究竟情形，实不明白。因辗转而行，沿路乞丐，还归京都。到王宫门外时，不得入宫，即在象坊中暂时寄身，等待机会。半夜中忽听两个象奴陈述国情，以及阿育王功德：奇病痊愈，得力于王妃智慧多方，代王执政七天，开历史先例。并认为一年以内，国王从不处罚任何臣民，以德化治，国内平安真是奇迹。驹那罗就耳中所闻，证本身所受，心中疑问，不能自解，因此中夜弹琴娱心，并寄幽思。阿育王在宫中忽闻琴声，十分熟习，似驹那罗平时指法，唯曲增幽愤，如有所诉。即派人四处找寻，才从象坊一角，发现这个两眼失明王子。形容羸弊，衣裳败坏，手足生疮，且作奇臭，完全失去本来隽美，因问驹那罗：

“你是谁人？因何在此？有何怨苦，欲作申诉？”

“我是驹那罗，阿育王独生子。眼既失明，名只空存。我无怨苦，不欲申诉，唯念父母，因此归来！”

阿育王一听这话，譬如猛火烧心，迷闷伤损，即刻昏倒地下。用水浇洒，苏醒以后，把驹那罗抱在膝上，一面流泪一面询问：“你眼睛本似驹那罗眼，俊美温柔，燃着清光，明朗若星，才取本名。如今一无所有，应作何等称呼？什么人害你，心之狠毒，到这样子！你颜色这么辛苦憔悴，我实在不忍多看。赶快一一向我说个明白，我必为你报仇。”

驹那罗说：“爸爸，你不必忧恼。事有分定，不能怨人，我自造孽，才有今天！三月前得你命令，齿印分明，说我犯大不敬，于法应诛，将眼挑出，贷免一死。既有王命，何敢违逆？”

阿育王说：“我可发誓，并无这种荒悖命令。此大罪恶，必加追究，得个水落石出，我方罢休！”

一经追究，随即知道本原来。真金夫人因爱生妒，因妒生毒，毒害之心，滋长繁荣，于是方有如彼如此不祥事件发生。供证分明，无可辩饰，阿育王一身火发，因向妃子呼骂说：“不吉恶物，何天容汝，何地载汝。你心狠毒，真如蛇蝎，螫人至毒，死有余辜，不自陨灭，天意或正有待！”因此即刻把这妃子督禁起来，准备用胡胶紫火烧杀后，再播扬灰尽，使之在空中消失，表示人天共弃。

阿育王因思往事，想起过去种种，先知所说眼无常相法，即有预言。又想起那个紫金钵盂，及先知所谓“因缘”“信仰”等等名词意义，当即派一大臣，把那紫金钵盂带到大街通衢人民会萃热闹处所，向国人宣示驹那罗王子所遭不幸经过。“本身失明，犹可摸索，循墙而走，不至倾跌。一国失明，何以作计？”都人士女，闻此消息，多如突闻霹雳，如呆如痴，迷闷怅惘，不知自处。至若年青妇女，更觉心软如蜡，难于自持。加之平昔对其爱慕，更增悲酸。日月于人，本非嫡亲，一旦失明，人即如发狂痫，敲锣击缶，图作挽救。今驹那罗王子，两目丧失，日夜不分，对于眉目肢体美丽自信女子，如何能堪？因此齐集广场，一申哀痛。热泪盈把，浥注小盒，盒盒充足，转注紫金钵盂。不一时许，钵盂中清泪满溢。阿育王忧戚沉痛，手捧钵盂，携带驹那罗王子，同登一坛台上，朗朗向众宣示：“眼无常相，先知早知，因爱而成，逢妒而毁，由忧生信，从信生缘。我儿驹那罗双眼已瞎，人天共见。今我将用这一钵出自国中最纯洁女子为同情与爱而流的纯洁眼泪，来一洗驹那罗盲眼。若信仰二字犹有意义，我儿驹那罗双眼必重睹光明，亦重放光明，若信仰二字，早已失去其应有意义，则盲者自盲，佛之钵盂，正同瓦缶，恰合给我儿驹那罗作叫花子乞讨之用！”

当众一洗之后，四方围观万民，不禁同声欢呼：“驹那罗！”原来这些年青女子为一种共同信仰，虔诚相信盲者必可得救。愿心既十分单纯真诚，人天相佑，奇迹重生，驹那罗一双眼睛，已在一刹那顷回复本来，彼此互观，感激倍增。全城女子，因此联臂踏歌，终宵欢庆。

探险者目睹这回奇迹，第一件事，即将那匹白马献给阿育王，用表尊敬。至于驹那罗王子呢，第一件事，即请求国王赦免那一位美貌非凡才智过人、用不得其正的妃子，从胡胶紫火中把她救出……

黑

我那小木马，重新又放到书桌边，成为案头装饰品之一了。房屋尽头远近水塘，正有千百拇指大小青蛙鸣声聒耳。试数我桌上杂书，从书页上折角估计，才知道我看过了《百缘经》《鸡尸马王经》《阿育王经》《付法藏经》[①]……

眼前一片黑，天已入暮，天末有一片紫云在燃烧。一切都近于象征。情感原出于一种生命的象征，离奇处是它在人生偶然中的结合，以及结合后的完整而离奇形式。它的存在实无固定性，亦少再现性，然而若于一个抽象名词上去求实证时，“信仰”却有它永远的意义。信仰永存。我们需要的是一种明确而单纯的新的信仰，去实证同样明确而单纯的新的愿望。人间缺少的，是一种广博伟大悲悯真诚的爱，用童心重现童心。而当前个人过多的，却是企图用抽象重铸抽象，那种无结果的冒险。社会过多的，却是企图由事实继续事实，那种无情感的世故。情感凝固，冤毒缠绕，以及由之而生的切齿憎恨与相互仇杀。

有一点想象的柴火在燃烧中，在有信仰的生命里继续燃烧中。在我生命里也在许多人生命里，我明白，我知道。但是待毁灭的是什么？是个人不纯粹的爱和恨，还是多数的愚蠢和困惑？我问你读者。

---

① 《百缘经》《鸡尸马王经》《阿育王经》《付法藏经》均为佛经名。

赤魇[①]

——我有机会作画家，到时却只好放弃了。

我们一行五个人，脚上用棕衣缠裹，在雪地里长途步行已到第六天。算算路程，傍晚应当到达目的地了。大约下午一点钟左右，翻过了小山头，到得坳上一个青石板砌就的灵官庙前面，照例要歇一会儿脚。时值雪后新晴，石条子上的积雪正在融化，并无可坐处，大家就在路当中站站。地当两山转折点，一道干涸的小溪涧被浮雪填了大半，上面有些野雉狐兔的纵横脚迹。溪涧侧是一丛丛细叶竹篁，顶戴着一朵朵浮松白雪，时时无风自落。当积雪卸下时，枝条抖一抖，即忽然弹起一阵雪粉，动中越加见得安静。远望照耀在阳光下罗列的群山，有些像是顶戴着白雪帽子，静静地在那里向阳取暖。有些却又只稀稀疏疏的横斜挂几条白痕，其余崖石便显得格外深靓。近望坳下山谷，可看见一个小小田坝，田地大小不一，如雪片糕一般散乱重叠在那里。四个村落分散在田坪四周山凹间。一簇簇落叶科乔木，白杨，银杏，枫木树，和不落叶成行列的松杉，成团聚集的竹林，孤立挺起的棕榈，以及桔柚果木，错杂其间。山东面树木丛中是一列长垣，围

① 本篇发表于 1945 年 3 月 20 日昆明《观察报 · 生活风》第 20 期。署名沈从文。同年 6 月 14 日又发表于重庆《益世报 · 益世副刊》。据《观察报 · 生活风》编入。

绕着个大院落。山西面房屋却就地势分割成三组，每一聚约莫有三十户人家。一条溪涧由东山嘴绕过，流经长垣外，再曲折盘旋沿西边几个村子，消失到村后。虽相去那么远，仿佛还可听到雪水从每个田沟缺口注入溪中时的潺声。村中有的碾坊、油坊、庙宇、祠堂，从房屋形制和应占位置上，都可一一估计得出。在雪晴阳光下，远近所见一种清寂景象，实在异常动人。四个同伴见我对于眼前事物又有点发痴不想走路神气，于是照例向我开开小玩笑，叫我做“八大”。就中一个年纪最轻的，只十五岁，初中二年级学生，姓满的伙伴就说：

“八哥，这又可以上画了，是不是？你想做画家，到我们这里来有多少东西可画！只怕一辈子也画不完。还不如趁早赶到地，和我们去雪里打斑鸠炒辣子吃，有意思！”其余三位正若完全同意这嘲谑，都咕咕的笑着。

“我们是现代军人，可不是充军，忙什么？”我话中也语意双关，他们明白的。

“我们还有三十里蛮路[1]，得赶路！太晚了，恐怕赶不上，就得摸黑。你看这种鬼天气，一到傍晚，山路被夜风一吹，冻得滑溜溜的，闪不知掉到河沟里去，怎么办？”从话语中，从几个人都急于要走路神气，我明白他们是有点故意开玩笑的，可不明白用意所在。

我于是也装作埋怨口气，“嗨，你们这个地方，真像书上说的，人也蛮，路也蛮。我实在走不动了！你们想家，你们尽管先走，我要在这里呆个半天，捶一捶草鞋耳子。我问你，究竟还有多远路？”

“八哥，行船莫算，打架莫看。”一个年长同伴接着又把话支开，“嗨，你们听，村子里什么人家讨新媳妇，放炮吹唢呐，打发花轿出门！”

---

① 蛮路，属当地土著人估算而未经认真丈量的路程。实际路程常比这数大许多。

试听听，果然笳声悲咽断续中，还零零落落响了一阵小鞭炮。我摇摇头，因为对于面前景物的清寂，和生命的律动，相揉相混所形成的一种境界，已表示完全的皈依。庙后路坎上有四株老山楂树，树根蟠拱，露出许多窟窿。我一声不响，傍着潮湿的老树根坐下来了。用意是“这里就是有大虫的景阳冈，我好歹也得坐坐”。

几个人见我坐下时，还是一致笑着，站在路当中等待。

我这次的旅行，可以说完全出于意外。原来三年前我还只是一个“二尺半”，一个上名册的丘八，经常职务不是为司令官出去护卫，就是押老实乡下人到城外去法办。两件事轮流进行，当时对于我倒似乎分别不出什么意义。因为一出动就同样有酒肉可吃。护卫到乡绅家，照例可以吃蒸鹅、辣子炒黄麂，还可抽空到溪边看看白脸长眉毛乡绅大姑娘，光着两只白脚挑水，说两句不太难为情的笑话。杀人时刽子手就用那把血淋淋的大刀，和同伴去随意去割切屠户卖的猪羊肉，拿回住处棚里红焖。谁知有一天，我的焖狗肉本领偶然被一个军法官发现，我就变成司书了。现在，我忽然又从军法处被上司调回家乡别墅去整理书画。至于这个差事如何派到我头上，事情凑巧，说来还是和我这一生前后所遇到的别的许多事情相似，很像一种神话可不是神话。总之，我将从这个新派的职务回乡了。

其时正值学校放寒假，有四个相熟同乡学生要回家过年，就邀我先到他们乡下去，约好过了年，看过乡下放大焰火后，再返城办事。四个人住处离县城四十五里，地名“高枧”，我既从未到过，走的又是一条生路，不经县城，所以远近全不熟悉。四个青年同伴在学校折磨了一个学期，一路就只谈论家中过年的情形，为家中准备的大块肥腊肉大缸甜米酒而十分兴奋。我早已没有家，也没有什么期望，一路却只好独自默默的用眼目所接触的景物，印证半年来保留在记忆中都是些大小画幅。一列迎面生树的崖石，一株负石孤立的大树，以及一亭一桥的布置，一丘一壑的配衬，凡遇到自然手笔合作处，有会于心时，就必然得停顿下来，好好赏玩一番。有时或者还不免近于发呆，为的是自然的大胆常常超过画人的巧思。不是被同伴提起的两件事引起注意，我每天在路上照例有几次落后。一件是下坍路坎边，烂泥新雪中，钵头大的虎掌印。另一件是山坳上荷了两丈长南竹梭镖，装作猎户实行向过路人收买路钱的“坐坳老总”。一个单身上路的客人，偶然中碰到一件，都是不大好玩的！我被同伴叫作“八大”或“八哥”，也由此而来。

这时节虽在坳上，下山一二里就是村落，村落中景物和办喜事人家吹的唢呐声音，正代表着这小地方的和平与富庶。因此我满不在意，从从容容接受几个同伴的揶揄，心中却旋起一种情感，以为“为自己一生作计，当真应当设法离开军队改业学画。学习用一支笔来捕捉这种神奇的自然。我将善用所长，从楮素上有以自见。一个王子能够作的事，一个兵也未见得不能作！”但是想想看，从舞着血淋淋大刀去割人家猪肉的生活，到一个画家的职业，是一段多么长的距离！一种新的启示与发现，更不免使我茫然失措。原来正在这个当儿，在这个雪晴清绝山谷中，忽然腾起一片清新的号角声，一阵犬吠声。我明白，静寂的景物虽可从彩绘中见出生命，至于生命本身的动，那分象征生命律动与欢欣在寒气中发抖的角声，那派表示生命兴奋与狂热的犬吠声，以及在这个声音交错重叠综合中，带着碎心的惶恐，绝望的低嗥，紧迫的喘息，从微融残雪潮湿丛莽间奔窜的狐狸与獾兔，对于忧患来临挣扎求生所抱的生命意识，可绝不是任何画家所能从事的工作！我的梦如何能不破灭，已不大像是个人可以作主。

试就当前官觉所能接触的音响加以推测，这一切很显然是向我们这条路上越来越逼近。看看站在路当中几个同伴，正用脚互相踢着雪玩，竟若毫不在意，一面踢雪一面还是用先前神气对我微笑。俨然这只是他们一种预定的恶作剧，用意即在打破我作画家的妄想，且从比较上见出城里人少见多怪，因之才慌慌张张。至于他们，可用不着。

为表示同样从容，我于是笑着招呼年纪最小的一个伙伴："老弟，小心准备好你的齐眉棍，快有野猪来了。不要当路站，让野猪冲倒你！我们最好爬到坎上来，待它过身时，你从旁闷头来一棒，不管中不中，见财有分，今天我们就有野猪肉吃！……"

话未说完，就听到身后一株山楂树旁嗞的一声，一团黄毛物像一支箭射进树根窟窿里去了。大家猛不防吓了一惊，掉过头来齐声嚷叫："狐狸，狐狸！堵住，堵住！"

不到一会儿，几只细腰尖耳狗都赶来了，有三只鼻贴地面向树根直扑，摇着尾对窟窿狂吠。另一只卷毛种大型狗却向我那小同伴猛然一扑。我真着了急，"这可糟！怎不下手？"话说不出口，再看看，同伴已把手杖抛去，抱住了那只狗。原来他们是旧相识，骤然相见不免亲昵得很！随后是三个青年猎户，气喘吁吁的从岔路翻过坳来。这种人平时对山相去三里还能辨别草丛中黄獐和山羊的毛色，远远一见我们，都"哈"的大声叫喊着，直奔向我的几个同伴。同伴也"哈"的向他们奔去。于是那支箭就在这刹那间，忽然又从树根射出，穿过我的脚前，直向积雪山涧窜去。几只狗随后追逐，共同将溪涧中积雪蹴起一阵白雾。去不多远，一只狗逮住了那个黄毛团时，其余几只跟踪扑上前去，狐狸和狗和雪便滚成一团。在激情中充满欢欣的愿望，正如同吕马童等当年在垓下争夺项羽死尸一样情形。三个猎人和我那四个同伴看见这种情形，也欢呼着一齐跳下山涧，向狐狗一方连跌带滚跑去。我一个人站在那个灵官庙前发呆，为了这一段短短时间所形成的空气，简直是一幕戏剧中最生动的一场，简直是……

还有更使我惊异的，即我们实际上已到了目的地，一里外山下那个村子，原来就是高枧！四个同伴预先商量好，要捉弄我，因之故作狡狯，村子已在眼前时，还说尚有三十里路，准备大家进入村子转入家中坐定后，才给我大大一惊。偏巧村子中人趁雪晴嗾狗追狐狸玩，迎接了我们。从猎人口中，我们并且才知道先前听到的唢呐鞭炮声，就是小同伴满家哥哥办喜事的热闹。过不多久，我们就可以和穿羽绫马褂的乡绅，披红风帽的小孩子，共同坐到那个大院落一栋新房子里方桌前面，在单纯鼓吹中，吃八大碗的喜酒了。这一来，镶嵌到这个自然背景和情绪背景中的我，作画家的美梦，只合永远放弃了。

雪晴[1]

“巧秀，巧秀，……”

“可是叫我？哥哥！”

……

竹林中一片斑鸠声，浸入我迷蒙意识里。一切都若十分陌生又极端荒唐。雪晴。清晨。

我躺在一铺楠木雕花大板床上，包裹在带有干草香和干果香味的新被絮里。细白麻布帐子如一座有顶盖的方城，在这座方城中已甜甜的睡足了十个钟头。房正中那个白铜火盆，晚夜用热灰掩上的炭火，不知什么时候已被人拨开，加上些新栗炭，从炭盆中小火星的快乐爆炸继续中，我渐次由迷蒙渡到清醒。那个对话原来是斑鸠作成的。我明白，我又起始活在一种现代传奇中了。

昨天来到这里以前，几个人几只狗在积雪被覆的溪涧中追逐狐狸，共同奔赴而前，蹴起一阵如云如雾雪粉，人的欢呼，兽的低嗥，所形成一种生命的律动，和午后雪晴冷静景物相配衬，那个动人情景再现

① 本篇发表于1946年10月20日《经世日报·文艺》。署名沈从文。同年11月4日又于《中国日报·文艺周刊》发表。据《经世日报·文艺》编入。

到我的印象中时，已如离奇的梦魇，加上另外一堆印象，即初初进到村子里，从融雪带泥的小径，绕过了碾坊、榨油坊，以及夹有融雪寒意半涧溪水如奔如赴的小溪河迈过，转入这个有喜庆事的庄宅。在灯火煌煌笳鼓竞奏中，和几个小乡绅同席对杯，参加主人家喜筵的热闹种种印象增加了我对于现实处境的迷惑。因此各个印象不免重叠起来。印象虽重叠却并不混淆，正如同一支在演奏中的乐曲，兼有细腻和壮丽，每件乐器所发出的每个音响，即使再低微也异常清晰，且若各有位置，独立存在，一一可以摄取。

新发醅的甜米酒，照规矩连缸抬到客席前，当众揭开那个厚棉盖覆时，一阵子向上泛涌泡沫的滋滋细声，即不曾被院坪中尖锐呜咽的唢呐声音所淹没。屋主人老太太，银白头发上簪的那朵大红山茶花，在新娘子十二幅大红绉罗裙照映中，也依然异样鲜明。还有那些成熟待年的女客人，共同浸透了青春热情黑而有光的眼睛，亦无不如各有一种不同分量压在我的记忆上。我眼中被屋外积雪返光形成一朵紫茸茸的金黄镶边的葵花，在荡动不居情况中老是变化，想把握无从把握，希望它稍稍停顿也不能停顿。过去印象也因之随同这个而动荡，华丽，鲜明，难把握，不停顿！

眼中的葵花已由紫和金黄转成一片金绿相错的幻画，还正旋转不已。

“巧秀，巧秀！”

“可是叫我？哥哥！”

这对话是可能的？我得回向过去，和时间逆行，追寻这个语音的踪迹，如同在雪谷中一串狐狸脚迹中，找寻那个聪明机灵小兽的窟穴。

……筵席上凡是能喝的，都醉倒了。住处还远应走路的，点上火燎唱着笑着回家了。奏乐帮忙的，下到厨房，用烧酒和大肉丸子肥腊肉肿个膊子，补偿疲劳，各自方便，或抱个大捆稻草，钻进空谷仓房里去睡觉，或晃着火把，上油坊玩天九牌过夜去了。一家中既有了酒阑人散情形，我自然也得有个落脚处！

白头上戴大红山茶花一家之主的老太太，站在厅堂前面，张罗周至的打发了许多事情后，就手抖抖的，举起一个大火炬，准备引导我到一个特意为我安排好的住处去。面前的火炬照着我，不用担心会滑滚到雪中，老太太白发上那朵大红山茶花，恰如另外一个火炬，使我回想起三十年前老一派贤惠能勤一家之主的种种。但是我最关心的，还是跟随我身后，抱了两床新装钉的棉被，一个年青乡下大姑娘，也好像一个火炬。我还不知道她是什么人。只知道名叫巧秀。

原来在厅前灯光所不及处，和一个收拾乐器的乡下人说话，老太太在厅子中间。

“巧秀，巧秀，可是你？”

“是我！”

“是你，你就帮帮忙，把铺盖送到后屋里去。”

于是三个人从先一时还灯烛煌煌笳鼓竞奏的正厅，转入这所大庄宅最僻静的侧院。两种环境的对照，以及行列的离奇，更增加了我对于处境的迷惑。到住处房中后，四堵未油漆的白松木板壁，把一盏灯罩擦得清亮的美孚灯灯光聚拢，我才能够从灯光下，看清楚为我抱衾抱裯的一位面目。

十七岁年纪，一双清亮无邪的眼睛，一张两角微向上翘的小嘴，一个在发育中肿得高高的胸脯，一条乌梢蛇似的大发辫。说话时未开口即带点羞怯的微笑，关不住青春生命秘密悦乐的微笑。且似乎用这个微笑即是代表一切，生命存在的意义和价值，以及愿望的证实。

可是，事实上这时节她却一声不响，不笑，只静静的，低着头，站在那铺楠木花板大床边，帮同老太太为我整理被盖。我无事可作，即站在房正中大火盆边，一面烘手，一面游目四瞩，欣赏房中的动静：那个似静实动的白发髻上的大红山茶花，似动实静的十七岁姑娘的眉目和四肢，作成一种奇异的对比，嵌入我生命中。

我心想，那双清明无邪的眼睛，在这个万山环绕不上二百五十户人家的小村落中，看过了些什么事情？那张含娇带俏的小小荷包嘴，到想唱歌时，应当唱些什么歌？还有那颗心，平时为屋后大山豺狼的长嗥声，盘在水缸边碗口大黄喉蛇的歇凉呼气声，训练得稳定结实，会不会还为什么新的事情、新的想象、新的经验而剧烈跳跃？我倘若还不愿意放弃作一个画家的痴梦？真的画起来，第一笔应捕捉眼睛上的青春光辉，还是应保持这个嘴角边的温情笑意？

我还觉得有点不可解，整理床铺，怎么不派个普通长工来帮忙，岂不是大家省事？既要来，怎么不是一个人，还得老太太同来？等等事一做完即得走去，难道也必需和老太太两人一道走？倘若不，我又应当怎么样？这一切，对于我真是一份离奇的教育。我也许稍微有了点儿醉。我不由得不笑了。

我说：“对不起，一万分对不起！我这不速之客真麻烦了老太太！老太太累了，应当休息了。”

从那个忍着笑代表十七岁年纪微向上翘的嘴角，我看出一种回答，意思清楚分明。

“那样对不起？城里人请也请不来！来了又不吃酒，不吃肉，只会客气。”

“……”

的确是，城里人就会客气，礼貌周到，然而总不甚诚实。好像这个批评当真是从对面来的，我无言可回，沉默了。即想换个题目，也无话可说了。

到两人为我把床铺整理好时。老太太就拍一拍那个绣有“长命富贵”“丹凤朝阳”的扣花枕帕的旧式硬枕，口中轻轻的近于祝愿的语气说：“好好睡，睡到大亮再醒，不叫你你就莫醒！”且把衣袖中预藏的一个小小红纸包儿，悄悄的塞到枕头下去。我虽看见只装作不曾看见。于是，两个人相对笑笑，像是办完一件大事。老太太又摇摇灯座，油还不少，扭一扭灯头，看机关灵活不灵活。又验看一下茶壶，炖在炭盆边很稳当。一种母性的体贴，把凡是想得到的都注意一下后，再说了几句不相干闲话，就走了。那个十七岁的笑和沉默也走了。

我因之陷入一种完全孤寂中。听到两人在院转角处踏雪声和笑语声。这是什么意思？充满好奇的心情，伸手到枕下掏摸，果然就抓住了一样东西，一个被封好的谜。试小心裁开一看，原来是包寸金糖，方知道老太太是依照一种乡村古旧的仪式。乡下习惯，凡新婚人家，对于未婚的陌生男客，照例是不留宿的。若特别客人留在家下住宿时，必祝福他安睡。恐客人半夜里醒来有所见闻，大早不知忌讳，信口胡说，就预先用一包糖甜甜口，封住了嘴。一切离不了象征。唯其象征，简单仪式中即充满了牧歌素朴的抒情。我因为记得一句旧话，入境问俗，早经人提及过，可绝想不到自己即参加了这一角。我明早上将说些什么？是不是这时脑中想起的，眼中看到的，也近于一种忌讳？

六十里的雪中长途跋涉，即已把我身体弄得十分疲倦，在灯火煌煌笳鼓竞赛的喜筵上，甜酒和笑谑所酿成的空气中，乡村式的欢乐的流注，再加上那个十七岁乡下大姑娘所能引起我的幻想或联想，似乎把我灵魂也弄得相当疲倦。因此，躺入那个暖和、轻软、有干草干果香味的棉被中，不多久，就被睡眠完全收拾了。

现在我又呼吸于这个现代传奇中了。炭盆中火星还在爆炸。假若我早醒五分钟，是不是会发现房门被一只手轻轻推开时，就有一双好看眼睛一张有式样的嘴随同发现？是不是忍着笑踮起脚进到房中后，一面整理火盆，一面还向帐口悄悄张望，一种朴质与狡狯的混和，只差开口，“你城里人就会客气。”到这种情形下，我应当忽然跃起，稍微不大客气的惊吓她一下，还是尽含着糖，不声不响？……

我不能够这样尽躺着。油紫色带锦绶的斑鸠，已在雪中咕咕咕呼朋集伴。我得看看雪晴浸晨的庄宅，办过喜事后的庄宅，那分零乱，那分静。屋外的溪涧、寒林和远山，为积雪掩覆初阳照耀那分调和，那分美，还有雪原中路坎边那些狐兔鸦雀经行的脚迹，象征生命多方的图案画。但尤其使我发生兴趣感到关切的，也许还是另外一件事情。新娘子按照规矩大清早和丈夫到井边去挑水时，是个什么情景？那一双眉毛，是不是当真于一夜中就有了变化，一眼望去即能辨别？有了变化后，和另外那一位年纪十七岁的成熟待时大姑娘比较起来，究竟有什么不同处？

盥洗完毕，走出前院去，想找寻一个人，带我到后山去望望，并证实所想象的种种时，“莫道行人早，更有早行人”，不意从前院大胡桃树下，便看见那作新郎的朋友，正蹲在雪地上一大团毛物边，有所检视。才知道新郎还是按照向例，天微明即已起身，带了猎枪和两个长工，上后山绕了一转，把装套处一一看过，把所得的一一收拾回来。从这个小小堆积中，我们发现了两只麻兔，一只长尾山猫，一只灰獾，两匹黄鼠狼。装置捕机的地面，不出庄宅后山半里路范围，夜中即有这么多触网入彀的生物。而且从那不同的形体，不同的毛色，想想每一个不同的生命，在如何不同情形中，被大石块压住腰部，头尾翘张，动弹不得；或被圈套扣住了前脚，高悬半空；或是被机关木梁竹签，扎中肢体某一部分，在痛苦惶惧中，先是如何努力挣扎，带着绝望的低嗥，挣扎无从，精疲力尽后，方充满悲苦的激情，眼中充血沉默下来，等待天明，到末了还是不免同归于尽：遗体陈列在这片雪地上，真如一幅动人的图画。但任何一种图画，却不曾将这个近乎不可思议的生命的复杂与多方，好好表现出来。

后园竹林中的斑鸠呼声。引起了朋友的注意。我们于是一齐向后园跑去。朋友撒了一把绿豆到雪地上，又将另一把绿豆灌入那支旧式猎枪中，（上火药时还用羚羊角！）藏身在一垛稻草后，有所等待。不到一会儿，枪声响处，那对飞下雪地啄食绿豆的斑鸠，即中了从枪管喷出的绿豆，躺在雪中了。吃早饭时，新娘子第一回下厨做的菜中，就有一盘辣子炒斑鸠。

一面吃饭一面听新郎述说上一月下大围猎虎故事，使我仿佛加入了那个在自然壮丽背景中，人与另外一种生物，充满激烈活动，如何由游戏而进入争斗，又由流血转增宗教的庄严。

新娘子的眉毛还是弯弯的，脸上有一种腼腆之光，引起我老想要问一句话，又像是因为昨夜晚老太太塞在枕下那一包糖，当真封住了口，不便启齿。可是从外面跑来的一个长工，却代替了我，打破了桌边沉默，在桌前向主人急促陈述：

“老太太，大少爷，你家巧秀？她走了，跟男人走了。有人在坳上亲眼看见过，和昨天吹唢呐那个棉寨人，一齐逃走的。一定向鸦拉营跑，要追还追得上，不会很远！巧秀背了个小小包袱，笑嘻嘻的，跟汉子，不知羞！”

“嘻，咦！”一桌旁七个吃饭的人，都为这个离奇消息给愣住了。这个集中情绪的一刹那，使我意识到一两件事，即眉毛比较已无可希望，而我再也不能作画家。

我一个人重新枯寂的坐在这个小房间火盆边，听着炖在火盆上铜壶的白水沸腾，好像失去了一点什么，不经意被那个十七岁私奔的乡下姑娘，收拾在她那个小小包袱中，带到一个不可知不易想的小小地方去了。我得找回来才是事，可是向那儿去找？

不过事实上我倒应当说得到了一点什么。得到的究竟是什么？我问你读者。算算时间，我来到这个乡下还只是第二天，除掉睡眠，耳目官觉和这里一切接触还不足七小时，生命的丰满、洋溢，把我感情或理性，已给完全混乱了。

阳光上了窗棂，屋外檐前正滴着融雪水。我年纪刚满十八岁。

十月十二重写

巧秀和冬生[①]

雪在融化。田沟里到处有注入小溪河中的融雪水，正如对于远海的向往，共同作成一种欢乐的奔赴。来自留有残雪溪涧边竹篁丛中的山鸟声，比地面花草占先透露出一点春天消息，对我更俨然是种会心的招邀。就中尤以那个窗后竹园的寄居者，全身油灰颈脖间围了一条锦带的斑鸠，作成的调子越来越复杂，也越来越离奇。

“巧秀，巧秀，你可当真要走？你莫走！”

“哥哥，哥哥，喔。你可是叫我？你从不理我，怎么好责备我？”

原本还不过是在晓梦迷蒙里，听到这个古怪荒谬的对答，醒来不免十分惆怅。目前却似乎清清楚楚的，且稍微有点嘲谑意味，近在我耳边诉说。我再也不能在这个大庄院住下了。因此用“欢喜单独”作理由，迁移个新地方，村外药王宫偏院中小楼上。这也可说正是我自己最如意的选择。因为庙宇和村子有个大田坝隔离，地位完全孤立。生活得到单独也就好像得到一切，为我十八岁年纪时所需要的一切。

我一生中到过许多希奇古怪的去处。过了许多式样不同的桥，坐过许多式样不同的船，还睡过许多式样不同的床。可再没有比半月前

---

① 本篇发表于 1947 年 6 月 1 日《文学杂志》第 2 卷第 1 期。署名沈从文。

在满家大庄院中那一晚，躺在那铺楠木雕花大床上，让远近山鸟声和房中壶水沸腾，把生命浮起的情形心境离奇。以及迁到这个小楼上来，躺在一铺硬板床上，让远近更多山鸟声填满心中空虚所形成一种情绪更幽渺难解！

院子本来不小，大半都已被细叶竹科植物的蕃植所遮蔽，只余一条青石板砌成的走道，可以给我独自散步。在丛竹中我发现有宜于作手杖的罗汉竹和棕竹，有宜于作箫管的紫竹和白竹，还有宜于作钓鱼竿的蛇尾竹。这一切性质不同的竹子，却于微风疏刷中带来一片碎玉倾洒，带来了和雪不相同的冷。更见得幽绝处，还是小楼屋脊因为占地特别高，宜于遥瞻远瞩，几乎随时都有不知名鸟雀在上面歌呼。有些见得分外从容，完全无为的享受它自己的音乐，唱出生命的欢欣；有些又显然十分焦躁，如急于招朋唤侣，而表示对于爱情生活的渴望。那个油灰色斑鸠更是我屋顶的熟客，本若为逃避而来，来到此地却和它有了更多亲近机会。从那个低沉微带忧郁反复嘀咕中，始终像在提醒我一件应搁下终无从搁下的事情，即巧秀的出走。即初来这个为大雪所覆盖的村子里，参加朋友家喜筵过后，房主人点上火炬预备送我到偏院去休息时，随同老太太身后，负衾抱裯来到我房中，咬着下唇一声不响为我铺床理被那个十七岁乡下姑娘巧秀。我正想用她那双眉毛和新娘子眉毛作个比较，证实一下传说可不可靠。并在她那条大辫子和发育得壮实完整的四肢上，做了点十八岁年青人的荒唐梦。不意到第二天吃早饭桌边，却听人说她已带了个小小包袱，跟随个吹唢呐的乡下男子逃走了，在那个小小包袱中，竟像是把我所有的一点什么东西，也于无意中带走了。

巧秀逃走已经半个月，还不曾有回头消息。试用想象追寻一下这个发辫黑、眼睛光、胸脯饱满乡下姑娘的去处，两人过日子的种种以及明日必然的结局，自不免更加使人茫然若失。因为不仅偶然被带走的东西已找不回来，即这个女人本身，那双清明无邪眼睛所蕴蓄的热情，沉默里所具有的活跃生命力，都远了，被一种新的接续而来的生活所腐蚀，遗忘在时间后，从此消失了，不见了。常德府的大西关，辰州府的尤家巷，以及沅水流域大小水码头边许多小船上，经常有成千上万接纳客商的小婊子，脸宽宽的眉毛细弯弯的，坐在舱前和船尾晒太阳，一面唱《十想郎》小曲遣送白日，一面纳鞋底绣花荷包，企图用这些小物事连结水上来去弄船人的恩情。平凡相貌中无不有一颗青春的心永远在燃烧中。一面是如此燃烧，一面又终不免为生活缚住，挣扎不脱，终于转成一个悲剧的结束，恩怨交缚气量窄，投河吊颈之事日有所闻。追源这些女人的出处背景时，有大半和巧秀就差不多。缘于成年前后那份痴处，那份无顾忌的热情，冲破了乡村习惯，不顾一切的跑去。从水取譬，“不到黄河心不死”。但大都却不曾流到洞庭湖，便滞住在什么小城小市边，过日子下来。向前不可能，退后也办不到，于是如彼如此的完了。

我住处的药王宫，原是一村中最高会议所在地，村保国民小学的校址，和保卫一地治安的团防局办公处。正值年假，学校师生都已回了家。议会平时只有两种用途：积极的是春秋二季邀木傀儡戏班子酬神还愿，推首事人出份子。消极的便只是县城里有公事来时，集合士绅人民商量对策。地方治安既不大成问题，团防局事务也不多，除了我那朋友满大队长由保长自兼，局里固定职员，只有个戴大眼镜读《随园食谱》用小绿颖水笔办公事的师爷，另一个年纪十四岁头脑单纯的局丁。地方所属自卫武力，虽有三十多支杂色枪，平时却分散在村子里大户人家中，以防万一，平时并不需要。换言之，即这个地方目前是冷清清的。因为地方治安无虞，农村原有那分静，表面看也还保持得上好。

搬过药王宫半个月来，除了和大队长赶过几回场，买了些虎豹皮，选了些斗鸡种，上后山猎了几回毛兔，一群人一群狗同在春雪始融湿滑滑的涧谷石崖间转来转去，搅成一团，累得个一身大汗，其余时间居多倒是看看局里老师爷和小局丁对棋。两人年纪一个已过四十，一个还不及十五，两面行棋都不怎么高明，却同样十分认真。局里还有半部《聊斋志异》。这地方环境和空气，才真宜于读《聊斋志异》！不过更新的发现，却是从局里新孵的一窝小鸡上，及床头一束束不知名草药的效用上，和师爷于短时期即成了个忘年交，又从另外一种方式上，和小局丁也成了真正知己。先是翻了几天《聊斋志异》，以为青凤黄英会有一天忽然掀帘而入，来此以前且可听到楼梯间细碎脚步声，事实上雀鼠作成的细碎声音虽多，青凤黄英始终不露面。这种悬想的等待，既混和了恐怖与欢悦，对于十八岁的生命言自然也极受用。可是一和两人相熟，我就觉得抛下那几本残破小书大有道理，因为随意浏览另外一本大书某一章节，都无不生命活跃引人入胜！

原来巧秀的妈是溪口人，二十三岁时即守寡，守住那一岁大的巧秀和七亩山田。年纪青，不安分甘心如此下去，就和一个黄罗寨打虎匠相好。族里人知道了这件事，想图谋那片薄田，捉奸捉双把两人生生捉住，一窝蜂把两人拥到祠堂里去公开审判。本意也大雷小雨的将两人吓一阵，痛打一阵，大家即从他人受难受折磨情形中，得到一种离奇的满足，再把她远远的嫁去，讨回一笔财礼，作为脸面钱，用少数买点纸钱为死者焚化，其余的即按好事出力的程度均分花用。不意当时作族长的，巧秀妈未嫁时，曾拟为跛儿子讲作儿媳妇，巧秀妈却嫌他一只脚不成功，不答应，族长心中即憋住一腔恨恼。后来又借故一再调戏，反被那有性子的小寡妇大骂一顿，以为老没规矩老无耻。把柄拿到手上，还随时可以宣布。如今既然出了这种笑话，因此回复旧事，极力主张把黄罗寨那风流打虎匠两只脚捶断，且当小寡妇面前捶断。私刑执行时，打虎匠咬定牙齿一声不哼，只把一双眼睛盯看着小寡妇。处罚完事，即预备派两个长年把他抬回三十里外黄罗寨去。事情既有凭有据，黄罗寨人自无话说。可是小寡妇呢，却当着族里人表示她也要跟去。田产女儿通不要，也得跟去。这一来族中人真是面子失尽。尤其是那个一族之长，心怀狠毒，情绪复杂，怕将来还有事情，倒不如一不做二不休连根割断，竟提议把这个不知羞耻的贱妇照老规矩沉潭，免得黄罗寨人说话。族祖既是个读书人，有个小小功名，读过几本“子曰”，加之辈分大，势力强，且平时性情又特别顽固专横，即由此种种，同族子弟不信服也得畏惧三分。如今既用维持本族名誉面子为理由，提出这种兴奋人的意见，并附带说事情解决再商量过继香火问题。人多易起哄，大家不甚思索自然即随声附和。阖族一经同意，那些年青无知好事者，即刻就把绳索和磨石找来，督促进行。在纷乱下族中人道德感和虐待狂已混淆不可分。其他女的都站得远远的，只轻轻的喊着“天”，却无从作其他抗议。一些年青族中人，即在祠堂外把那小寡妇上下衣服剥个精光，两手缚定，背上负了面小石磨，并用藤葛紧紧把石磨扣在颈脖上。大家围住小寡妇，一面无耻放肆的欣赏那个光鲜鲜的年青肉体，一面还狠狠的骂女人无耻。小寡妇却一声不响，任其所为，眼睛湿莹莹的从人丛中搜索那个冤家族祖。族祖却在剥衣时装作十分生气，上下狠狠的看了小寡妇几眼，口中不住骂“下贱下贱”，装作有事不屑再看，躲进祠堂里去了。到祠堂里就和其他几个年长族人商量打公禀禀告县里，准备大家画押，把责任推卸到群众方面去，免得将来出其他事故。也一面安慰安慰那些年老怕事的，引些圣经贤传除恶务尽的话语，免得中途变化。到了快要黄昏时候，族中一群好事者，和那个族祖，把小寡妇拥到溪口，上了一只小船，架起了桨，沉默向溪口上游长潭划去。女的还是低头无语，只看着河中荡荡流水，以及被双桨搅碎水中的云影星光。也许正想起二辈子投生问题，或过去一时被族祖调戏不允许的故事，或是一些生前“欠人”“人欠”的小小恩怨。也许只想起打虎匠的过去当前，以及将来如何生活。一岁大的巧秀，明天会不会为人扼喉咙谋死？临出发到河边时，一个老表嫂抱了茫然无知的孩子，想近身来让小寡妇喂一口奶，竟被人骂为老狐狸一脚踢开，心狠到临死以前不让近近孩子。但很奇怪就是从这妇人脸色上竟看不出恨和惧，看不出特别紧张。至于一族之长的那一位呢，正坐在船尾梢上，似乎正眼也不想看那小寡妇。其实心中却漩起一种极复杂纷乱情感。为去掉良心上那些刺，只反复喃喃以为这事是应当的，全族脸面攸关，不能不如此的。自己既为一族之长，又读过书，实有维持道德风化的责任，当然也并不讨厌那个青春康健光鲜鲜的肉体，讨厌的倒是“肥水不落外人田”，这肉体被外人享受。妒忌在心中燃烧，道德感益强迫虐狂益旺盛。至于其他族中人呢，想起的或者只是那几亩田将来究竟归谁管业，都不大自然。因为原来那点性冲动已成过去，都有点见输于小寡妇的沉静情势。小船摇到潭中最深处时，荡桨的把桨抽出水，搁在舷边。船停后轻轻向左旋着，又向右旋。大家都知道行将发生什么事。一个年纪稍大的某人说：“巧秀的娘，巧秀的娘，冤有头，债有主，你心里明白，好好的去了吧。你有什么话嘱咐？”小寡妇望望那个说话安慰她的人，过一会儿方低声说：“三表哥，做点好事，不要让他们捏死我巧秀喔。那是人家的香火！长大了，不要记仇！”大家静默了。

美丽黄昏空气中，一切沉静。先是谁也不肯下手。老族祖貌作雄强，心中实混和了恐怖与矜持，走过女人身边，冷不防一下子把那小寡妇就掀下了水。轻重一失衡，自己忙向另外一边倾坐，把小船弄得摇摇晃晃。人一下水，先是不免有一番小小挣扎，因为颈背上悬系那面石磨相当重，随即打着旋向下直沉。一阵子水泡向上翻，接着是水天平静。船随水势溜着，渐渐离开了原来位置。船上的年青人眼都还直直的一声不响望着水面。因为死亡带走了她个人的耻辱和恩怨，却似乎留念给了每人一份看不见的礼物。虽说是要女儿长大后莫记仇，可是参加的人哪能忘记自己作的蠢事，几个人于是俨然完成了一件庄严重大的工作，把船掉了头。死的已因罪孽而死了，然而“死”的意义却转入生者担负上，还得赶快回到祠堂里去叩头，放鞭炮挂红，驱逐邪气，且表示这种“勇敢”和“决断”行为，业已把族中受损失的荣誉收复。事实上，却是用这一切来祓除那点在平静中能生长，能传染，影响到人灵魂或良心的无形谴责。即因这种恐怖，过四年后，那族祖便在祠堂里发狂自杀了。只因为最后那句嘱咐，巧秀被送到三十里外的高枧满家庄院，活下来了。

巧秀长大了，亲眼看过这一幕把她带大的表叔，团防局的师爷，原本有意让她给满家大队长做小婆娘，有个归依，有个保护。因为大太太多年无孕息，又多病，将来生男育女还可望扶正。大队长夫妇都同意这个提议。只是老太太年老见事多，加之有个痛苦记忆在心上，以为凡事得从长作计。巧秀对过去事又实在毫无所知，只是不乐意。因此暂时搁置。

巧秀常到团防局来帮师爷缝补衣袜，和冬生也相熟。冬生的妈杨大娘，一个穷得厚道贤慧的老妇人，在师爷面前总称许巧秀。冬生照例常常插嘴提醒他的妈，“我还不到十四岁，娘。”“你今年十四明年就十五，会长大的！”两母子于是在师爷面前作些小小争吵，说的话外人照例都不甚容易懂。师爷心中却明白，母子两人意见虽对立，却都欢喜巧秀，对巧秀十分关心。

巧秀的逃亡正如同我的来到这个村子里，影响这个地方并不多，凡是历史上固定存在的，无不依旧存在，习惯上进行的大小事情，无不依旧照常进行。

冬生的母亲一村子里通称为杨大娘。丈夫十年前死去时，只留下一所小小房屋和巴掌大一片土地。生活虽穷然而为人笃实厚道，不乱取予，如一般所谓“老班人”。也信神，也信人，觉得这世界上有许多事得交把神，又简捷，又省事。不过有些问题神处理不了，可就得人来努力了。人肯好好的做下去，天大难事也想得出结果；办不了呢，再归还给神。如其他手足贴近土地的人民一样，处处尽人事而处处信天命，生命处处显出愚而无知，同时也处处见出接近了一个“道”字。冬生在这么一个母亲身边，从看牛，割草，捡菌子，和其他农村子弟生活方式中慢慢长大了，却长得壮实健康，机灵聪敏。只读过一年小学校，便会写一笔小楷字，且懂得一点公文程式。作公丁收入本不多，唯穿吃住已不必操心。此外每月还有一箩净谷子，一点点钱。这份口粮捎回作家用，杨大娘生活因之也就从容得多。且本村二百五十户人家，有公职身分公份收入阶级总共不过四五人，除保长队长和那个师爷外，就只那两个小学教员。所以冬生的地位，也就值得同村小伙子羡慕而乐意得到它。职务在收入外还有个抽象价值，即抽丁免役，且少受来自城中军政各方的经常和额外摊派。凡是生长于同式乡村中的人，都知道上头的摊派法令，一年四季如何轮流来去，任何人都招架不住，任何人都不可免，唯有吃公事饭的人，却不大相同。正如村中“一脚踢”凡事承当的大队长，派人筛锣传口信集合父老于药王宫开会时，虽明说公事公办，从大户带头摊起，自己的磨坊、油坊，以及在场上的槽坊，统算在内，一笔数目照例比别人出的多。且愁眉不展的感到周转不灵，有时还得出子利举债。可是村子里人却只见到队长上城回来时，总带了些文明玩意儿，或换了顶呢毡帽，或捎了个洋水笔，遇有作公证画押事情，多数公民照例按指纹或画个十字，少数盖章，大队长却从中山装胸间口袋上拔出那亮晃晃圆溜溜宝贝，写上自己的名字，已够使人惊奇。一问价钱数目才更吓人，原来比一只耕牛还贵！像那么做穷人，谁不乐意！冬生随同大队长的大白骡子来去县城里，一年不免有五七次，知识见闻自比其他乡下人丰富。加上母子平时的为人，因此也赢得一种不同地位。而这地位为人承认表示得十分明显，即几个小地主家有十二三岁小闺女的，都乐意招那么一个小伙子作上门女婿。

村子去县城已五十里，离官路也在三里外。地方不当冲要，不曾驻过兵。因为有两口好井泉，长年不绝的流，营卫了一坝好田。田坝四周又全是一列小山围住，山坡上种满桐茶竹漆。村中规约好，不乱砍伐破山，不偷水争水。地方由于长期安定，形成的一种空气，也自然和普通破落农村不同，凡事有个规矩，虽由于这个长远习惯的规矩，在经济上有人占了些优势，于本村成为长期统治者，首事人。也即因此另外有些人就不免世代守住佃户资格，或半流动性的长工资格，生活在被支配状况中。但两者生活方式，还是相差不太多，同样得手足贴近土地，参加劳动生产，没有人完全袖手过日子。唯由此相互对照生活下，随同大社会的变动，依然产生了一种游离分子，亦即乡村革命分子。这种人的长成都若有个公式：小时候作顽童野孩子，事事想突破一乡公约，砍砍人家竹子作钓竿，摘摘人家园圃橘柚解渴，偷放人田中水捉鱼，或从他人装置的网弶中取去捉住的野兽。自幼即有个不劳而获的发明，且凡事作来相当顺手，长大后，自然便忘不了随事占点便宜。浪漫情绪一扩张，即必然从农民身份一变而成为游玩。社会还稳定，英雄无用武之地，不能成大气候，就在本村子里街头开个小门面，经常摆桌小牌抽点头，放点子母利。相熟方面多，一村子人事心中一本册，知道谁有势力谁无财富，就向那些有钱无后的寡妇施点小讹诈。平时既无固定生计，又不下田，四乡逢场时就飘场放赌。附近三十里每个村子里都有三五把兄弟，平时可以吃吃喝喝，困难时也容易相帮相助。或在猪牛买卖上插了句嘴，成交时便可从经纪方面分点酒钱，落笔小油水。什么村子里有大戏，必参加热闹。和掌班若有交情，开锣封箱必被邀请坐席吃八大碗，打加官叫出名姓，还得做面子出个包封。新来年青旦角想成名，还得和他们周旋周旋，靠靠灯，方不会凭空为人抛石头打彩。出了事，或得罪了当地要人，或受了别的气扫了面子，不得不出外避风浪换码头，就挟了个小小包袱，向外一跑。更多的是学薛仁贵投军，自然从此就失踪了。若是个女的呢，情形就稍稍不同。生命发展与突变，影响于黄毛丫头时代的较少，大多数却和成年前后的性青春期有关。或为传统压住，挣扎无从，即发疯自杀。或突过一切有形无形限制，独行其是，即必然是随人逃走。唯结果总不免依然在一悲剧性方式中收场。

但近二十年社会既长在变动中，二十年内战自残自黩的割据局面，分解了农村社会本来的一切。影响到这小地方，也自然明白易见。乡村游侠情绪和某种社会现实知识一接触，使得这个不足三百户人家村子里，多有了三五十支杂色枪，和十来个退伍在役的连排长，以及二三更高级更复杂些的人物。这些人多近于崭新的一个阶级，即求生存已脱离手足勤劳方式，而近于一个寄食者。有家有产的可能成为“土豪”，无根无柢的又可能转为“土匪”，而两者又必有个共同的趋势，即越来越与人民土地隔绝，却学会了新的世故和残暴。尤其是一些人学得了玩武器的技艺，干大事业又无雄心和机会，回转家乡当然就只能作点不费本钱的买卖。且于一种新的生活方式中，产生一套现实哲学。这体系虽不曾有人加以分析叙述，事实上却为极多数会玩那个愚而无知的人物所采用。永远有个“不得已”作借口，于是绑票种烟都成为不得已。会合了各种不得已而作成的堕落，便形成了后来不祥局面的扩大继续。但是在当时那类乡村中，却激发了另外一方面的自卫本能，即大户人家的对于保全财富进一步的技能。一面送子侄入军校，一面即集款购枪，保家保乡土，事实上也即是保护个人的特别权益。两者之间当然也就有了斗争，有流血事继续发生，而结怨影响到累世。特别是小农村彼此利害不同的矛盾。这二十年一种农村分解形式，亦正如大社会在分解中情形一样，许多问题本若完全对立，却到处又若有个矛盾的调合，在某种情形中，还可望取得一时的平衡。一守固定的土地，和大庄院、油坊或榨坊槽坊，一上山落草；却共同用个“家边人”名词，减少了对立与磨擦，各行其是，而各得所需。这事看来离奇又十分平常，为的是整个社会的矛盾的发展与存在，即与这部分的情形完全一致。国家重造的设计，照例多疏忽了对于这个现实爬梳分析的过程，结果是一例转入悲剧，促成战争。这小村子所在地，既为比较偏远边僻的某省西部，地方对“特货”一面虽严厉禁止，一面也抽收税捐。在这么一个情形下，地方特权者的对立，乃常常因“利益平分”而消失。地方不当官路却宜于走私，烟土和盐巴的对流，支持了这个平衡的对立。对立既然是一种事实，各方面武器转而好像都收藏下来不见了。至少出门上路跑差事的人，求安全，徒手反而比带武器来得更安全。过关入寨，一个有衔名片反而比带一支枪更安全省事。

冬生在局里作事，间或得出出差，不外引导烟土下行，或盐巴旁行。路不需出界外，所以对于这个工作也就十分简单，时当下午三点左右，照习惯送了两个带特货客人从界内小路过 × × 县境。出发前，还正和我谈起巧秀问题。一面用棕衣包脚，一面托我整理草鞋后跟和耳绊。

我逗弄他说：“冬生，巧秀跑了。那清早大队长怎不派你去追她回来？”

“人又不是溪水，用闸门哪关得住。人可是人！追上了也白追。”

“人正是人，哪能忘了大队长老太太恩情？还有师爷，磨坊，和那个溪水上游的钓鱼堤坝，怎么舍得？”

“磨坊又不是她的财产。你从城里来，你欢喜，我们可不。巧秀心窍子通了，就跟人跑了。有仇报仇，有恩报恩，这笔账要明天再算去了。”

“她自己会不会回来？”

“回来吗？好马不吃回头草，哪有长江水倒流？”

“我猜想她总在几个水码头边落脚，不会飞到海外天边去。要找她一定找得回来。”

“打破了的坛子，不要了！”

“不要了吗？你舍得我倒舍不得，她很好！”

我的结论既似真非真，倒引起了冬生的注意。他于是也似真非真的向我说，“你欢喜她，我见她一定告她，她会给你做个绣花抱肚，里面还装满亲口嗑的南瓜子仁。可惜你又早不说，师爷也能帮你忙！”

“早不说吗？我一来就只见过她一面。来到这村子里只一个晚上，第二早天刚亮，她就跟人跑了！我哪里把灯笼火把去找她。”

“那你又怎么不追下去？下河码头熟，你追去好！”

“我原本只是到这里来和你大队长打猎，追麂子狐狸兔子，想不到还有这么一种山里长大的东西！”

这一切自然都是笑话，已过四十岁师爷，听到我说的笑话，比不到十五岁冬生听来的意义一定深刻得多。因此也搭话说：“凡事要慢慢的学，才会懂。我们这地方，草草木木都要慢慢的才认识，性质通通不同的！”

冬生走后约一点钟，杨大娘却两脚黄泥到了团防局。师爷和我正在一窠新孵出的小鸡边，点数那二十个小小活动黑白毛毛团。一见杨大娘那两脚黄泥，和提篮中的东西，就知道是从场上回来的。“大娘，可是到新场办年货？你冬生出差去了，今天歇红岩口，明天才能回来。可有什么事情？”

杨大娘摸一摸提篮中那封点心，“没有什么事。”

“你那笋壳鸡上了孵没有？”

“我那笋壳鸡上城做客去了。”杨大娘点一点搁在膝头上的提篮中物，计大雪枣一斤，刀头肉一斤，元青鞋面布一双，香烛纸张……

问一问，才知道原来当天是冬生满十四岁的生庚日。杨大娘早就弯指头把日子记在心上，恰值鸦拉营逢场，犹自嘀咕了好几个日子，方下决心，把那预备上孵的二十四个大白鸡蛋从箩筐中一一取出，谨慎小心放入垫有糠壳的提篮里，捉好鸡，套上草鞋，到场上去和城里人打交道。虽下决心那么作，走到相去五里的场上，倒像原不过只是去玩玩，看看热闹，并不需要发生别的事情。因为鸡在任何农村都近于那人家属之一员，顽皮处和驯善处，对于生活孤立的老妇人，更不免寄托了一点热爱，作为使生活稍有变化的可怜简单的梦。所以到得人马杂沓黄泥四溅的场坪中转来转去等待主顾时，杨大娘自己即老以为这不会是件真事情。有人问价时，就故意讨个高过市价一倍的数目，且作成“你有钱我有货，你不买我不卖”对立神气，不即脱手。因为要价过高，城里来的老鸡贩，稍微揣揣那母鸡背脊，不还价，就走开了。这一来，杨大娘必作成对于购买者有眼不甚识货轻蔑神气，扁扁嘴，掉过头去不作理会。凡是鸡贩子都懂得乡下妇人心理，从卖鸡人的穿着上即可明白，以为明白时间早，不忙收货，见要价特别高的，想故意气一气她，就还个起码数目。且激激她说，“什么八宝精，值那样多！”杨大娘于是也提着气，学作厉害十分样子，“你还的价钱只能买豆腐吃。”且像那个还价数目不仅侮辱本人，还侮辱了身边那只体面肥母鸡，怪不过意，因此掉转身，抚抚鸡毛，拍拍鸡头，好像向鸡声明，“不必忙，再过一刻钟我们就回家去。我本来就只是玩玩的！”那只母鸡也像完全明白自己身份，和杨大娘的情绪，闭了闭小红眼睛，只轻轻的在喉间“骨骨”哼两声，且若完全同意杨大娘的打算。两者之间又似乎都觉得“那不算什么，等等我们就回去，我真乐意回去，凡事一切照旧。”

到还价已够普通标准时，有认得她的熟人，乐于圆成其事，必在旁插嘴，“添一点，就卖了。这鸡是吃绿豆包谷长大的，油水多！”待主顾掉头时，又轻轻的知会杨大娘，“大娘要卖也放得手了。这回城里贩子来得多，也出得起价。若到城里去，还卖不到这个数目！”因为那句要卖得放手，和杨大娘心情基本冲突，所以回答那个好意却是：

“你卖我不卖，我又不等钱用。”

或者什么人说：“不等钱用你来作什么？没得事作来看水鸭子打架，胜败作个公证人？肩膊松，怎不扛扇石磨来？”

杨大娘看看，搜寻不出谁那么油嘴滑舌，不便发作，只轻轻的骂着：“悖时不走运的，你妈你婆才扛石磨上场玩！”

事情相去十五六年，石磨的用处早成典故，本乡人知道的已不多了。

……那有不等钱用这么十冬腊月抱鸡来场上喝风的人？事倒凑巧，因为办年货城里送礼需要多，临到末了，杨大娘竟意外胜利，只把母鸡出脱，卖的钱比自己所悬想的还多些。钱货两清后，杨大娘转入各杂货棚边去，从各种叫嚷，赌咒，争持，交易方式中，换回了提篮所有。末了且像自嘲自诅，还买了四块豆腐，心中混合了一点儿平时没有的怅惘，疲劳，喜悦，和朦胧期待，从场上赶回村子里去。在回家路上，必看到有村子里人有用葛藤缚住小猪的颈脖赶着小畜生上路的，也看到有人用竹箩背负这些小猪上路的，使他想起冬生的问题。冬生二十岁结婚一定得用四只猪，这是六年后事情。她要到团防局去找冬生，只是给他个大雪枣吃，量一量脚看鞋面布够不够，并告冬生一同回家去吃饭，吃饭前点香烛向祖宗磕磕头。冬生的爹死去整十年了。

杨大娘随时都只想向人说："杨家的香火，十四岁。你们以为孵一窝鸡，好容易事！他爹去时留下一把镰刀，一副连枷，……你不明白我好命苦！"到此眼睛一定红红的，心酸酸的。可能有人会劝慰说，"好了，现在好了，杨大娘，八十一难磨过，你苦出头了！冬生有出息，队长答应送他上学堂。回来也会做队长！一子双祧讨两房媳妇，王保长闺女八铺八盖陪嫁，装烟倒茶都有人，享福在后头，你还愁什么？……"

事实上杨大娘其时却笑笑的站在师爷的鸡窝边，看了一会儿小鸡。可能还关心到卖去的那只鸡和二十四个鸡蛋的命运，因此用微笑覆盖着，不让那个情绪给城里人发现。天气看看已晚下来了。正值融雪，赶场人太多，田坎小路已踏得个稀糊子烂，怪不好走。药王宫和村子相对，隔了个半里宽田坝，还有两道灌满融雪水活活流注的小溪，溪上是个独木桥。大娘心想："冬生今天已回不了局里，回不了家。"似乎对于提篮中那包大雪枣"是不是应当放在局里交给师爷"问题迟疑了一会儿，末后还是下了决心，提起篮子，就走了。我们站在庙门前石栏杆边，看这个肩背已佝偻的老妇人，一道一道田坎走去。时间大约五点半，村子中各个人家炊烟已高举。先是一条一条孤独直上，各不相乱。随后却于一种极离奇情况下，一齐崩坍下来，展宽成一片一片的乳白色湿雾。再过不多久，这个湿雾便把村子包围了，占领了。杨大娘如何作她那一顿晚饭，是不易形容的。灶房中冷清了好些，因为再不会有一只鸡跳上砧板争啄菠菜了。到时还会抓一把米头去喂鸡，始明白鸡已卖去。一定更不会料想到，就在这一天，这个时候，离开村子十五里的红岩口，冬生和那两个烟贩，已被人一起掳去。

我那天晚上，却正和团防局师爷在一盏菜油灯下大谈《聊斋志异》，以为那一切都是古代传奇，不会在人间发生。师爷喝了一杯酒话多了点，明白我对青凤黄英的向往，也明白我另外一种弱点，便把巧秀母亲故事源源本本告给我。且为我出主张，不要再读书。并以为住在任何高楼上，都不如坐在一只简单小船上，更容易有机会和那些使二十岁小伙子心跳的奇迹碰头！他的本意只是要我各处走走，不必把生活长远固定到一个小地方，或一件小小问题得失上。不意竟招邀我上了另外那一只他曾坐过的小船。

我仿佛看到那只向长潭中桨去的小船，仿佛即稳坐在那只小船一头，仿佛有人下了水，随后船已掉了头。……水天平静，什么都完事了。一切东西都不怎么坚牢，只有一样东西能真实的永远存在，即从那个小寡妇一双明亮，温柔，饶恕了一切带走了爱的的眼睛中看出去，所看到的那一片温柔沉静的黄昏暮色，以及两个船桨搅碎水中的云影星光。巧秀已经逃走半个月，巧秀的妈颈悬石磨沉在溪口长潭中已十六年。

一切事情还并没有完结，只是一个起始。

一九四七年三月末北平

传奇不奇[1]

（本文系接《赤魇》《雪晴》《巧秀和冬生》，为故事第四）

满老太太从油坊到碾坊。溪水入冬即枯落，碾槽停了工，水车上挂了些绿丝藻已泛白，上面还有些白鸟粪。一看即可知气候入冬，一切活动都近于反常，得有个较长休息。不过一落了春雪，似乎即带来了点春信息。连日因融雪，汇集在坝上长潭的融雪水，已上涨到闸口，工人来报说水量已经可转动碾盘。老太太因此来看看，帮同守碾坊的工人，用长柄扫帚打扫清理一下墙角和碾盘上蛛网蟢钱，在横轴上钢圈上倒了点油，挂好了搁在墙角隅的长摇筛，一面便吩咐家中长工，挑一箩糯谷来试试槽，看看得不得用。因为照习惯，过年时，每个人家作糍粑很要几挑糯小米和大米。新媳妇拜年走亲戚，也少不了糍粑和甜酒，都需要糯谷米。

工人回去后，满老太太把搁在旁边一个细篾烘笼提到手中，一面烘手一面走出碾坊，到坝上去看看。拟等待试过槽后，再顺便过村头去看看杨家冬生的妈。孩子送客人送了三天，还不曾转身，二三十里

① 本篇发表于 1947 年 11 月《文学杂志》第 2 卷第 6 期。署名沈从文。

路并不算远，平时又无豺狼虎豹，路上一坦平，夜间摸黑也不会迷路。难道真是眼睛上有毛毛虫，掉到路旁“陷眼”“地窟窿”里去了？还是追麂子兔子，闪不知走到雪里滚入湃泥田，拔脚不出惨遭灭顶？（这在雪地上总还有个踪迹消息！）此外只有一个原因，即早先已定下了主意，要学薛仁贵，投军奔前程，深怕寡母眼泪浸软了心，临时脱身不得，因此趁便走去，可是在局里当差，已经是在乡兵员，正好考学校，那还有更方便事情？并且这种少年子弟背井离乡的事情虽常有，照例是要因点外事刺激才会发生：受了什么人的气丢失面子，赌输了钱无法交代；和什么女子有过情分，难善终始，不易长此厮守下去，到后方不免有此一着，不是同走就是独行，努力把自己拔出家乡拔出苦恼，取得个转机。就冬生说，这些问题都不成问题。局里师爷到庄子上去提供报告时，就证明薛仁贵投军事不大可信。只有一点点可疑处，即是不是因为巧秀走失，半个月还无消息，冬生孩子心实，心里有些包瞒着的事，说不出口，所以要告奋勇去把巧秀找寻回来。说不定事前还许愿发过誓找不到决不回乡，所以就失了踪。这自然只是局里师爷的猜想，无凭无据。不过由此出发，村子里却发生了些以讹传讹的谣言：冬生到红岩口，看见了巧秀，知道巧秀是和吹唢呐中寨人想要逃下常德府，凑巧碰了头。两口子怕冬生小孩子口松出事，就把他一索子捆上，抛到江口大河里去了。事情虽没见证，话语却传到了老太太耳边。老太太心中慈悯，想去看看冬生的娘，安慰安慰这个妇人。

高枧地方二百多户人家，满姓算是大族，老太太家里，又是这一族中门首户。近村子田地山坡产业，有大半属于这个人家。此外属于族中共有的，还有油坊、碾坊等等产业。五里场外集上又开了个小小官盐杂货铺，经常派有庄伙守店。猴子坪的朱砂矿，还出得有些股份，所以家中厅堂中的陈设，就是座大过一尺的朱砂山，在服药求仙时代，这东西是必需进贡到朝廷去，私人保有近于犯罪的。当家的主人就是年过六十还精神矍铄的老太太。丈夫已死去十多年。生有二男二女：女的都已出嫁，身边只两个男孩，大的就是刚婚娶不久的地方保安队长，小的进城上中学，在县里还只读初中三。两弟兄身体都很健康，按照一个乡下有管教地主子弟的兴趣和保家需要，不免都欢喜玩枪弄棒。家中有长工，有狗，有枪支，而且来了客人，于是一个冬天，都用于鬻子所谓"捕虎逐麋"游猎工作上消磨了。

老太太为人正直而忠厚，素朴而勤俭，恰恰如一般南中国旧式地主富农神情。家产系累代勤俭而来，所以门庭保留一点传统规矩。一身的穿着，照例是到处补丁上眼，却永远异常清洁。内外衣通用米汤浆洗得硬挺挺的，穿上身整整齐齐，且略有点米浆酸味和干草香味。头脚都拾理得周周整整，不仅可见出老辈身分，还可见出一点典型人格。一切行为都若与书本无关，然而却处处合乎古人所悬想，尤其是属于性情一方面，俨若与道同在。更重要是深明财富聚散之理，平时赡亲恤邻，从不吝啬。散去了财产一部分，就保持了更多部分。一村子非亲即友，遇什么人家出了丧事喜事，月毛毛丢了生了，儿子害了长病，和这家女主人谈及时，照例要陪陪悲喜。事后还悄悄的派人送几升米或两斤片糖去，尽一尽心。一切作来都十分自然，因此新屋落成时，村子里上了块金漆朱红匾额"乐善好施"。

一家人都并无一定宗教信仰，屋当中神位，供了个天地君亲师牌位，另外还供有太岁和土地神。灶屋有灶神，猪圈、牛栏、仓房也各有鬼神所主。每早晚必由老太太洗手亲自去作揖上香。逢月初一十五，还得各处奠奠酒，颂祝人畜平安。一年四季必按节令虔诚举行各种敬神仪式，或吃斋净心，或杀猪还愿，不问如何，凡事从俗。过年时有门户处，都贴上金箔喜钱和吉祥对联庆贺丰节。并一面预备了些钱米分送亲邻。有羞羞怯怯来告贷的，数目不多，照例必能如愿以偿。

一家财产既相当富有，照料经管需人，家中除担任团防局保卫一村治安的丁壮外，长年即雇有十来个长工，和两个近亲管事。油坊碾坊都有副产物，用之不竭，因此经常养了四只膘壮大牯牛，两栏肥猪，十来头山羊，三五十只鸡鸭，十多窝鸽子，几只看家狗。大院中还喂有两只锦鸡，一对大耳兔子，两缸金鱼。后院尚有几箱蜜蜂。对外含有商务经济，虽由管事经手，内外收支，和往来亲戚礼数往还以及债务数目，却有一本“无字经”记在老太太心中，一提起，能道出源源本本。

老太太对日常家事是个现实主义者，对精神生活是个象征主义者，对儿女却又是个理想主义者，一面承认当前，一面却寄托了些希望于明天。大儿子有点实力可以保家，还有精力能生二男二女，她还来得及为几个孙子商定亲事，城里看一房亲，乡里看一房亲。两孙女儿也一城一乡许给人家。至于第二儿子的事呢，照老太太意思，既读了书，就照省城里规矩，自由自由，找一个城里女学生，让她来家里玩风琴唱歌也好，小夫妇留在城中教小学也好，只要二儿子欢喜都可照办。二儿子却说还待十年再结婚不迟。……冬生呢，这个小孩子她想也要帮帮忙，到成年讨媳妇时，送十亩地给他做。

老太太的梦相当健康也相当渺茫。因为中了俗话说的人有千算天有一算，一切合理建筑起来的楼阁，到天那一算出现时，就会一齐塌圮成为一堆碎雪破冰，随同这个小溪流的融雪水，泛过石坝，钻过桥梁，带入大河，终于完事。

老太太见长工挑着两半箩谷子从庄子里走出，直向碾坊走来，后面跟了两个人，一个面生一个就是正想去看看的冬生的妈杨大娘。还不及招呼，却发现了杨大娘狼狈焦急神气，赶忙迎接上去，“大姨，大姨，你冬生回来了吗？我正想去看你！”

杨大娘两脚全是雪泥，萎悴悴的，虚怯怯的，身子似乎比平时缩小了许多，轻轻咒了自己一句，“菩萨，我真悖时！”

老太太从神气估出了一点点谱，问那陌生乡下人：“大哥，你可是新场人？”

挑谷子长工忙说：“鸡冒老表，这是队长老太太，你说你那个。”

老太太把一众让进碾房里去，明白事情严重。

那人又冷又急，口中打结似的，说了两三遍，才理畅了喉，禀告来意。从来人口中方知道失踪三天的冬生，和护送的那两挑烟土，原来在十里外红岩口，被砦子上田家两兄弟和一小帮人马拦路抢劫了。因为首先押到鸡冒老表在山脚开的小饭铺烤火，随后即一同上了山，不知向什么地方走了。鸡冒认得冬生，看冬生还笑眯眯的，以为不是什么大事。昨天赶场听人说冬生久不回村子，队长还放口信找冬生，打听下落，才知道冬生是和烟帮一起被劫回不来。那群人除了田家庄子两兄弟面熟，还有个大家都叫他作五哥，很像是会吹唢呐的中寨人，才二十来岁一个好后生，身上背了他那个唢呐，另外还背个盒子炮，威风凛凛。冬生还对他笑也对鸡冒老表笑，意思可不明白。来人一再请求老太太，不要张扬说这事是他打的报告，因为他怕田家兄弟明天烧房子报仇。他又怕不来报告，将来保上会有人扳他连坐，以为这一行人曾到他店铺里烤过火。两个土客的逃回，更证实了前后经过如何实在。

下半天，这件事情即传遍了高枧。队长在团防局召集村保紧急会议，商量这事是进行私和，还是打公禀报告县里。当场有个年少气盛的满家人说：红岩口地方本在大队长治安范围内，田家人这种行为近于有意不认满家的账才如此。若私和，照规矩必这方面派人出面去接洽，商量个数目，满家出笔钱方能把人货赎出。这事情已有点丢面子。事情破例不得，一让步示弱，就保不定有第二回故事发生。

并且一伙中还有个拐带巧秀逃走的中砦人，拐了人家黄花女，还敢露面欺人，更近于把唾沫向人脸上吐。大队长和师爷一衡量轻重，都主张一面召集丁壮，一面禀告县里剿匪。大队长并亲自上县城呈报这件事，请县长带队伍下乡督促，惩一警百。县长是个少壮军官，和大队长谈得来，年青喜事，正想下乡打打猎，到队长家中去住住，于是第二早即带了一排警备队，骑马和队长下乡。到了高枧，县长就住在大队长家中，三十个县警队都住在药王宫团防局里。

县长出巡清乡到了高枧，消息一传出后，大队长派过红岩口八里田家砦的土侦探，回来禀报，一早上，田家兄弟带了四支枪和几挑货物，五六挑糍粑，三石米，一桶油，三十来个人，一齐上了老虎洞。冬生和巧秀和吹唢呐那个中寨人也在队伍里。冬生萎萎悴悴，光赤着一只脚板。田家兄弟还说笑话，壮村子里乡下人的胆，县长就亲自来，也不用怕。守住上下洞，天兵天将都只好仰着个脖子看。看累了，把附近村子里的肥母鸡吃光了，县太爷还是只有坐轿子回县里去，莫奈我田老大何。

县长早明白接近边境矿区人民蛮悍有问题，不易用兵威统治。本意只是利用人民怕父母官心理，名义上出巡剿匪，事实上倒是来到这个区域几个当地乡绅家住住，开开会，商量出个办法。于是那出事的一区负责人，即可将案中人货，作好作歹交出，或随便提个把倒霉乡下人（或三五年前犯过案或只是穷而从不作坏事的），糊涂割下头来，挂在场集上一示众。另一面又即开会各村各保摊筹一笔清乡子弹费、慰劳费、公宴费、草鞋费，并把乡绅家的腊肉香肠挑两担，肥母鸡大阉鸡捉个三五十只，又作为治太太心气痛，敛个白花阴干浆子货百八十两，鲜红如血的箭头砂收罗个三五十两，于是排队打道回衙。派秘书一面写新闻稿送省里拿津贴的报馆，宣称县座某日出巡，某日归来，亲自率队深入匪区击毙悍匪赛宋江和彭咬脐。一面又将这事当作一件真事情禀报给省政府，用卑职称呼同样宣传一番。花样再多一些，还可用某乡民众代表名义登个报，一注三下，又省事又热闹，落得个名利双收。

田家兄弟看准了县座平时心理，却忽略了县长和大队长这时要面子争面子的情绪状态。

得到报告五点钟后，高枧属百余壮丁，奉命令集中，带了自卫武器和粮食，围剿老虎洞巨匪，县长并亲自督战。因为县长的驾临，已把一村子人和队长忙而兴奋到无可比拟情形。就中只有两个妇人反而又害怕又十分忧愁，不知如何是好，沉默无语，一同躲在碾坊里，心抖抖的从矮围墙缺口看队伍出发。一个是冬生的老母，只担心被迫随同逃入老虎洞里的冬生会玉石俱焚，和那一伙强人同归于尽，自己命根子和一切希望从而割断。还有一个是一生为人忠厚的满老太太，以为这件事和田家人结怨结仇，实在可怕。两人身边还有那个新媳妇，脸上尚带着腼腆光辉，不知说什么好想什么好。大队长虽已骑上了那匹白骡子，斜佩了支子弹上膛的盒子炮，追随县长身后出发，像忽然体会到了寡母的柔弱爱情和有见识远虑，忙回头跑到碾坊里来。

“妈唉，妈唉，你不要为我担心，我们人多，不会吃亏的！”

可是一看到满老太太和杨大娘两双皱纹四锁湿莹莹的小小眼睛，和新媳妇一双带笑黑眼睛，就明白家中老一辈担心的还有更深一层意义，不免显得稍稍慌张失措，结结凝凝的说：“娘，你放心！我们不会随便杀死人的。都是家边人，无冤无仇。县长也说过，这回事只要肯交出冬生和……罚一点款，就可了结。我不会做蠢事杀一个人，让后代结仇结恨，缠个不休！”

老太太说：“你万千小心，不要出事！你不比县官，天大的祸都惹得起。你是本地人，背贴着土，你爷爷老子坟都埋在这里，可不能做错事！我心都疼破了，求你老子保佑你，菩萨保佑你，我为你许了两只猪！”

新媳妇年纪轻不甚懂事，只觉得大队长格外威武英俊。

一行人众向老虎洞出发时，村中妇孺长老，都一同站在门前田塍上和药王宫前面敞坪中看热闹。这个乱杂杂的队伍和雪后乡村的安静，恰恰形成一个对比，给人印象异常鲜明。都不像在进行一件不必要的战争，只像是一种及时田猎的行乐。

老虎洞位置在高枧偏东二十里，差二里许路即和县属第九保区接壤。田姓在九保原是大姓，先数代曾出过一个贡生，一个参将，入民国又出过一个营长。有一房还管过两年猴子坪的水银矿。这点功名权势，在乡结果是有相当意义的。影响到这一族是一部分子弟从庄稼汉转入县里中学读书，另外一部分子弟，又由田里转上山砦，保留个对泥田砚田均无兴趣，不耕而获的幻想。先还只是用镰刀收获他人的庄稼，随同民国民族历史堕落的发展，到后即学会用火器收获他人的财物。有一些不肖子弟，在本村留不住脚后，方转入高枧属刨荒山。高枧属土地最富腴原在满家住的村子，那一坝冬水田和四山茶桐梓漆，再加上去本村五里官路上的那个大市集，每逢三六九把附近五十里货物集中交易，即以山货杂物盐布茶漆的集散，影响到许多人经济生活，得天独厚处，已够使得其他村保人民羡慕，自恨不如。加上满姓大户势力集中，自然更遭物忌。老虎洞在高枧属算极荒瘠，地在 ×× 河下游，平时水源小，满河滩全是青石和杂草。夹岸是青苍苍两列悬崖，有些生长黄杨树杂木，有些却壁立如削，草木不生。老虎洞分上下二洞，都在距河滩百丈悬崖上，位置天生奇险，上不及天而下不及泉，却恰好有一道山缝罅可以上攀。一洞干涸，里面铺满白沙。一洞有天生井泉，冬夏不竭，向外直流成一道细小悬瀑。两洞面积大约可容上千人左右，平时只有十月后乡下人来熬洞硝，作土炮火药或烟火爆竹用，到兵荒马乱年头，乡下人被迫非逃难不可时，两属村子里妇孺，才带了粮食和炊具，一齐逃到洞中避难，待危险期过后再回村中。后来有逃难人在洞中生育过孩子，孩子长大成了事业，因此在干洞中修了个娘娘庙，乡下求子的就爬上洞中来求子，把庙中泥塑木雕女菩萨穿上丝绸绣花袍子。地方既常有香火供奉，也就不少人踪。只是究竟太险，地方虽美好实荒凉，站在洞口向下望，向远望，有时但见一片烟岚笼罩树木岩石，泉水淙淙，怪鸟一鸣，令人绝俗离世。

两个洞既为田家人预先占据，把路一堵住，便成绝地。除附近小小山缝还生长些细藤杂树，鼯鼠猿猱可以攀援，任何人想上下都不可能。

做案的田家人本意不过是把土货夺过手，放冬生回去传话，估量满家有钱怕事，可以换两支枪。凑巧冬生和拐巧秀逃到田家寨子吹唢呐的一位迎面碰头，于是把冬生暂时扣下，且俟派人接头换得了枪，大家向贵州边上逃奔时再释放冬生。不意吴用孔明算左了计，把握不住现实。大队长为面子计，竟大张声势邀县长出巡剿匪。这一来，因激生变，不能瓮中捉鳖，让人暗算，大伙儿只好一齐逃入老虎洞，以逸待劳，把个大队长拖软整融再办交涉。

当地人民武力集中在河下悬崖两头，预备用封锁方式围困洞中一伙时，洞中一伙当真即以逸待劳，毫不在意，每天在上面打鼓打锣叫嚷笑闹。一切都若有恃无恐，要持久战下去。且算定持久下去，官方和高枧一村子人，都必然在疲劳饥饿下自认失败。地势既有利于洞中一伙，下面新火器不仅无从使用，且得从草丛石罅间找寻掩蔽，防备上面用火器或石卵瞄准，好些情形都和《荷马史诗》上所叙战事方法相差不多。今古不同处，即在这种情形下，纵再有个聪明人想得出用大木马装载武士，也无法接近洞口，趁隙入洞。

县长先是远远的停在一个大石堆后，指挥这个攻势。打了百十枪后，不意上面锣鼓声更加热闹。天已入暮，山谷中夜风转紧，只好停止进攻，派兵士砍松树就僻处搭棚，升火造饭，大家过夜。

第二天想出了主意，调三十名县警队从三里外红岩口爬上对山，伏在对山悬崖上向洞中取准，把锣鼓打息了一会儿，随后却忽然发现洞中三尊穿红缎袍子的塑像，直逼洞口，锣鼓又重新自洞中传出。枪弹虽打中洞口目标，实无从伤着那些混和野性与顽劣作成的嘲侮表现，这一天的攻势只证明一件事，即洞中人当真有新式武器，洞口还击了十来响枪，大队长从枪声中分辨得出有当时著名的春田，小口径和盒子炮，而且一共有五支枪，比侦探报告还多一支。

大队长虽杀羊宰猪作犒劳，还为县长预备腊肉野味和茅台酒，又派人从家中带了虎皮狸子皮褥垫、行军床，过野外生活，到了第四天，县长的打猎趣味已索然兴尽，剿匪兴奋则真如田家兄弟说的，完全用疲倦代替，借故说县里还要开清乡会议，得赶回去主持。又说洞中匪徒，已成瓮中之鳖，迟早终必授首，只要派少数人把住山脚路口，再好好计划守住岩壁两端和红岩口村子大路，匪徒纵再顽狠，不久也依然会授首成擒！于是召集高枧人民，训话一个半钟头，指挥了一大套战略，还零零碎碎称引了许多似可解不可解《孙子兵法》上的话语，证实武德武学两臻善美外，县长于是骑上马，押着三十个缩缩瑟瑟的土制队伍，和几担土产，一大坛米酒，一大坛菌子油，以及一笔来自人民的犒劳，骑在马背上摇摇荡荡回返县城去了。

大队长作了督战官，采用了“军师吴用”的意见，用《孙子兵法》上成语，稳住了自己失败意识，继续包围下去。

到了第七天，高枧属其他村子里的自卫队。带来的粮食大半已吃光了，又已快到过年时节，各有事做，不能不请求回家。大队长的意见，天气那么冷，全部回家也极自然。可是县长却于这时节来了个极严厉命令，“限旬日攻克，不得迁延支吾，致干未便。”末尾一句话，好像是把大队长腰上重重踢了一脚，不免闷昏昏的，又急又气。真真是小不忍则乱大谋，深悔事先不和母亲商量，结果弄得个骑虎难下。

局中师爷和我各背了个被卷，去红岩口老虎洞观战。先是到河下看了许久，又爬上对山去，欣赏一番。一切情景都像只宜于一个风景画家取材而预备的，不是为流血而预备的。可是事实两个山洞中却正有三十来个生气活跃的人在被围困中。倘若一直围下去，总有一天洞中人会全体饿死的。然而这时节山洞中却日夜可闻锣鼓欢呼声。师爷即景生情，想出了个新主意，以为从后面必可爬上山岩。若爬得上去，估计顶上距洞口不会到一百五十步。村子中有的是石匠，为什么不调遣两个到老虎洞顶上去，慢慢的从岩缝打条小路下达洞口，从上面作个攻势？不及到洞口，我们就可以派个人去办交涉，和里面掌舵的谈谈条件，看看是不是可以谈得开！

两个石匠当真就着手工作，到得峰壁顶上时，方知道山夹缝石头错落，还可攀藤附葛勉强上下。因此同时在山顶上也派了人防守，免得从这条路逃脱。仅仅四天，那悬崖路已开到离上洞不及三丈远近，已可听得洞中人谈话。大队长从顶上攀着绳子溜到那个石嘴上去，招呼洞里人开谈判。只要允许把人货枪三者一齐交出，即可保障一伙人生命安全。洞中人却答应还人还货，可不缴枪。为的是缴了枪，虽目前可以由族上高年作保，一切无事，此后几个人安全可就无多大把握。尤其是首谋的田家兄弟，和那个拐巧秀逃走吹唢呐的中寨人，在洞口称五哥管事的，怕大队长饶放不过。若不缴枪呢，大队长一方面又不免担心。因为乡下人习性他摸得熟，事本来即从“不服气”而挑衅，这次不成功，从口中抠出了肉团团，气不降下，还会闪不知作出更严重的举动，再向三十里边上一跑了事，到后又由局里师爷和那中寨人商讨办法，问题依然僵持，不能解决。不过却因此知道巧秀的确藏在洞中做押寨夫人，师爷叫她时她不则声。

最后一着是冬生的妈杨大娘，腰上系着一条粗麻绳，带了两件新衣，一双鞋，两斤糍粑，攀藤援葛慢慢下到洞口上边绝壁路尽处。

“冬生，冬生，你还在吗？”

只听到洞里有个人传话：“冬生，冬生，有人叫你！你妈来了！”

被扣留的冬生，一会会也爬到了洞口边，仰着头又怯又快乐的叫他的娘：“妈唉，妈唉，我还活着！”脆弱声音充满了感情。

杨大娘泪眼婆娑的半哭半嘶：“冬生，你还活着，你可把人活活急死！你老子前三世作了什么孽，报应到你头上来！你求求他们放你出来啊！”一面悲不自胜一面招呼巧秀和田家兄弟，“巧秀，巧秀，你个害人精！你也做点好事，说句好话！田老大老二，我杨家和你又无冤无仇，杨家香火只有这一苗苗，为什么不积点德放他出来？”

洞口田老二说：“杨大娘，要你大队长网开一面就好！大家都是家乡人，何必下毒手一网打尽？大队长说要饿死我们。我不相信，再拖半年我们也饿不死的。我们说话算话，冤有头债有主，不会错认人。满家人仗势逞强要县长来红岩口清乡，把一村子里鸡鸭清掉，不成功，坐了三顶拐轿子打道回衙门了。我们田家有一个人死了，要他满家赔一双。我们能逃也不逃，看他拖得到多久。”

“这是你们自己的账，管我姓杨的娃娃什么事？”

“杨大娘你放心，你冬生在这里，我们不会动他一根毛。你问问他是不是挨饿受寒。解铃还是系铃人，事情要看队长怎么办！”

杨大娘无可奈何，把带来的一点吃用东西抛下去，只好离开了那个地方。这地方不久就换上了几个乡下憨子，带了大毛竹作夹辣子的烟火，绑缚在长竹杆一端，点燃后悬垂下到洞口边，一会会，就只见有毒烟火吼着向洞口冒烟喷火，使得两山夹谷连续着奇怪怕人回声。洞里人却把一个临时缚成的木叉抵住竹杆向旁边挪移。烟火爆裂时更响得山谷震动。可是很显然，这一切发明实无济于事，完全近于儿戏。

攻守两方都用尽了乡下人头脑，充满了古典浪漫气氛，把农村庄稼人由于万千年渔猎耕耘聚集得来的智慧知识用尽后，两方面都还不服输，终不让步。熬到第十七天后，洞中因人数不足，轮流防守过于饥疲，一个大雾早上，终于被几个高枧乡下壮汉，充满狩猎勇敢兴奋，攻占了干洞口。守洞的十四个人，来不及向上面水洞逃走，不能不向里面退去，虽走绝路还是不肯缴械投降。因为攻打这个洞口，高枧人有一个受伤死去，高枧的石匠于是在洞里较窄处砌上一堵石墙，封住了出路，几个人轮班守住。一面从山下附近人家抬了个车谷子的木风驴上山来，在石墙间开了个孔道，预备了二三十斤辣子，十来斤硫磺，用炭火慢慢燃起有毒浓烟来，就摇转木风驴，把毒烟逼扇入洞口。一切设计还依然从渔猎时取得经验，且充满了渔猎基本兴奋。这个洞里既无水可得，那十四个乡下人半天后就被闷死了。过了三天毒烟散尽后，团队上有人入洞里去检查，才知道十四个人都已伏地断气多时，还同时发现了二十多只大白耗子，每头都有十多斤重，肥敦敦的和小猪一样。队上人把十四个人的手都齐腕砍下，连同那些大耗子，挑了一担手，四担耗子，运到高枧团防局，把那些白手一串一串挂到局门前胡桃树下示众。一村子妇女小孩们都又吓怕又好奇，远远的站在田塍上瞧看这个陈列。第二天大清早，副队长就把这个东西押上县城报功去了。

干洞攻下第五天，水洞口也被几个乡下猛人攻入，逼得剩余的一群，不能不向洞中深处逃去。但这一回情势可不大相同，攻守双方都十分明白。这个洞的形势十分特别，一进去不到五丈，即有一道高及丈许的岩门，必向上爬丈多高方能深入。里面井泉四时不竭，洞里还温暖干燥，非常宜于居住。且里面高大宏敞，漆黑异常，看洞口却居高临下，十分清楚。若放毒药便溺随水流出，占据洞口的人饮料就大成问题，得从山下取水。冬生和巧秀都在洞中，前一回办法显然已不宜用也不中用，还得用坐困方法等待变化。因此在洞里近岩壁处，依然砌了一道墙，把内外封锁。大队长和十多个人就守住洞口，也用个以逸待劳方法等待下去。

杨大娘又来回跑四十里路，爬上悬岩洞口为冬生办了一次交涉，不能成功，虚虚怯怯带着碎心的忧苦回转村子里去了。局里师爷愿意告奋勇进洞，用生命担当彼此平安，也商量不出结果。洞外为表示从容，大队长派人从家中搬了留声机来唱戏，慰劳团队族人。里面为对抗这种刺激，在锣鼓声中还加上一个呜呜咽咽的唢呐，吹了一遍《山坡羊》又吹一遍《风雪满江山》，原来中寨人带了巧秀上路时，并不忘记他的祖传乐器，还保留得上好。

但彼此强弱之势已渐分，加上县长又派了个小队长来视察了一回，并带了个命令来，认为除恶务尽，悍匪不容漏网，并奖励了几句空话，使得大队长更不能不做个斩草除根之计。洞里一面知道事已绝望，情绪越来越凝固激切。田家兄弟一再要把冬生处分出气，想用手叉住孩子喉管时，总亏得巧秀解围，请求不要把他人出气，好汉作事好汉当，才像个男子。冬生终得幸而免。

先是上下两洞未陷落，山顶未封锁时，大家要逃走还来得及，本可抛下重器悄悄沿山缝逃走。不过既有言在先，说要拖个一年半载，把高枧人满家累倒，这一走未免损失田家体面，将来见不得人。加上个自以为占据天险，有恃无恐，十年一小乱三十年一大乱，经过多少朝代，都不闻老虎洞被人攻下过。所以这次胆大轻敌，不免小觑了对方。到半月后经过一回会议分析检讨，结果有十六个少壮，揣带一腰带烟土，半夜里爬山沿山缝小路逃走，预备向下河去避避风浪，并掉换几支短枪，再返回来找机会打救援。其余人都刺手指吃了血酒，盟神发誓，有福同享，有祸同当，不离本位。下洞既已失陷，生力军牺牲大半，上洞中连同巧秀和冬生，已经只余八个人。虽说洞口已砌了墙，隔绝内外，还是不能不防备万一，六个人分成两班，分班轮流坐在洞里崖壁高处放哨。巧秀和冬生却不分派职务，可以各处走动。

冬生和巧秀原本极熟，一个月来患难中同在一处，因此谈起了许多事情。冬生和她谈起逃走后一村子里的种种，从满家事情谈起，直到他自己离开药王宫那天下午为止。加上这一个月来洞中生活，从巧秀看来，真好像是一整本《梁山泊》《天雨花》，却更比那些传奇唱本

故……子和以前十七年岁月对比，一切都

简……是真是梦。

……，我们都落了难，是命里注定，

不……

……，从石罅间看出一线光明，"巧秀，

人……悄的去和五哥说，大家不要在这

里……棋是生路！"

……生共死，你一说出口，刀子会窝

心扎……

……说好！他们做他们的英雄，我们

做我……"

……人诉说心意时，中寨人愣愣的不

则一……我，我哼也不哼一声。我愿意

和你……不想我死，你也不愿死，做做

好事……这一个命根根，人做好事有好

报应……

……七岁，我二十一岁，都不应当

死！……

……我俩一块死，想活我陪你活。"

中寨人低低叹了口气："我要活，人不让我们活，天不让我们活！"

谈话于此就结束了。思索却继续在这个二十一岁青春生命中作各种挣扎燃烧。

到了晚上，派定五哥和另外两个人守哨。大家都已经一个月不见阳光，生活在你死我亡紧张中苦撑，吃的又越来越坏，所以都疲乏万分。两个人不免都睡着了。只中寨人反复嚼着和巧秀白天说的话，兴奋未眠。在洞中生活过了很久，原来还有一盏马灯，大半桶煤油，到后来为节省煤油，在灯下也无事可作，就不再用灯，只凭轻微呼吸即可感觉分别各人的距离和某一人。守哨的去洞口较近,休息的在里边，两者相去有二三十丈。中寨人从呼吸上辨别得出巧秀和冬生都在近旁，轻轻的爬到他们身边去，摇醒了两个人。

“冬生，冬生，你赶快和你嫂子溜下崖去，带她出去，凭良心和队长说句好话，不要磨折她！这回事情是田家兄弟和我起的意，别人全不相干！我们吃过了血酒，不能卖朋友，要死一齐死在这个洞里了。巧秀还年青，肚子里有了毛毛，让她活下来，帮我留个种。你应当帮她说句话，不要昧良心！”

大队长在洞口拥着一条獾子皮的毯子，正迷蒙入睡，忽然警觉，听到洞里窸窣作响，好像有人在急促的爬动。随即听到一个充满了惶急恐怖脆弱低低呼喊：“大队长，大队长，赶快移开石头，救我的命！赶快些，要救命！”

大队长一面知会其他队兵，一面低声招唤：“冬生，是你吗？你是鬼是人？你还活着吗？”

“你赶快！是我！我鼻子眼睛都好，全胡全尾的！”末一句原是乡下顽童玩蟋蟀的术语，说得几人都急里迸笑。

石墙撤去一道小口，把人拖出后，看看原来先出的是巧秀，前后离开了高枧不到五十天的巧秀。冬生出来后还来不及说话，就只听到里面狂呼，且像是随即发生了疯狂传染。很明显，冬生巧秀逃脱事已被人发觉，中寨人作了卖客，洞中同伙发生了火并。中寨人似乎随即带着长嗥，被什么重东西扭着毁了。二十一岁的生命，完了。夜既深静，洞中还反复传送回音，十分凄冽怕人。几人紧张十分的忙把墙缺口封上，静听着那个火并的继续，许久许久才闻及一片毒咒混在呻吟中从洞穴深处喊出，虽微弱却十分清楚："姓满的，姓满的，你要记着，有一天要你认得我家田老九！"

第二天，发觉洞中流出的泉水已全是红色。两个乡丁冒险进洞去侦察，才发现剩下几个人果然都在昨晚上一种疯狂痉挛中火并，相互用短兵刺得奄奄垂毙了。田家老大似乎在受了重伤后方发觉在暗黑中和他搏斗的是他亲兄弟，自己一匕首扎进心窝子死了。那弟弟受伤后还爬到近旁井泉边去喝水，也伏在泉边死了。到处找寻巧秀的情人，那个吹唢呐的中寨人，许久才知道他是坠入洞壁左侧石缝中死去的。大队长押了从洞中清扫得来的几担杂物，剩余烟土和十只人手，两个从洞中夺回死里逃生的生口，不成人形的巧秀和冬生。冬生手上还提着那个唢呐。封了洞穴，率队回转高枧，预备第二天再带领这十只惨白的手和两个与案情有关的生口，上县城报功，过堂。

当那一串人手依旧悬挂在团防局门前胡桃树下，全村子里妇女老幼都围住附近看热闹时，冬生和巧秀，都在满家大庄子侧屋烤火。各已换了干净衣裳，坐在大火盆边，受老太太、杨大娘、师爷、大队长、二少爷和作客人的我作种种盘问。冬生虽身体憔悴，一切挫折似乎还不曾把青春的火焰弄熄，还一面微笑，一面叙述前前后后事情。一瞥忽发现杨大娘对他痴痴的看定，热泪直流，赶忙站起来走了两步，"娘，你看我不是全胡全尾的回来了吗？"

"你全胡全尾，可知道田家人死了多少？作了些什么孽要这样子！"

巧秀想起吹唢呐的中寨人，想起自己将来，低了头去哭了。

满老太太说：“巧秀，不要哭，一切有我！你明天和大队长上县里去，过一过堂，大队长就会作保，领你回来，帮我看碾坊。这两天溪里融雪，水已上了一半堤坝，要碾米过年！冤仇宜解不宜结，我明年要做七天水陆道场，超度这些冤枉死了的人，也超度那个中砦人。——”

当我和师爷和大队长过团防局去时，听到大队长轻轻的和师爷说：“他家老九子走了，上下洞都找不到。”又只听到师爷安慰大队长说：“冤家宜解不宜结，老太太还说要做七天七夜道场超度，得饶人处且饶人！”

快过年了，我从药王宫迁回满家去，又住在原来那个房间里。依然是巧秀抱了有干草干果香味的新被絮，一声不响跟随老太太身后，进到房中。房中大铜火盆依然炭火熊熊爆着快乐火星，旁边有个小茶罐嗞嗞作响。我依然有意如上一次那么站到火盆边烘手，游目四瞩，看她一声不响的为我整理床铺，想起一个月以前第一回来到这房中作客情景，因此故意照前一回那么说：“老太太，谢谢你！我一来就忙坏了你们，忙坏了这位大姐！……”不知为什么，喉头就为一种沉甸甸的悲哀所扼住，想说也说不下去了。我起始发现了这房中的变迁，上一回正当老太太接儿媳妇婚事进行中，巧秀逃亡准备中，两人心中都浸透了对于当时的兴奋和明日的希望，四十天来的倏忽变化，却俨然把面前两人浸入一种无可形容的悲恻里，且无可挽回亦无可补救的直将带入坟墓。虽然从外表看来，这房中前后的变迁，只不过是老太太头上那朵大红绒花已失去，巧秀大发辫上却多了一小绺白绒绳。

巧秀的妈被人逼迫在颈脖上悬个磨石，沉潭只十六年，巧秀的腹中又有了小毛毛。而拐了她同逃的那个吹唢呐的中寨人，才二十一岁，活跳跳的生命即已不再活在世界上，却用另外一种意义更深刻的活在十七岁巧秀的生命里，以及活在这一家此后的荣枯兴败关系中。

我还不曾看过什么“传奇”比我这一阵子亲身参加的更荒谬更离奇，也想不出还有什么“人生”，比我遇到的更自然更近乎人的本性！

满家庄子在新年里，村子中有人牵羊担酒送匾，把大门原有的那块“乐善好施”移入二门，新换上的是“安良除暴”。上匾这一天，满老太太却借故吃斋，和巧秀守在碾坊里碾米。

上城里来的人①

一

“三月十六日的事。一个坏运气落到了众人头上，来了一些——谁知道应当用什么称呼他们为恰当呢——总之他们是来了。不报信，就来了。把一些人从梦中惊醒，但是醒来他们已到寨子中了。狗叫是空的。狗这时似乎也知道叫是空叫，各个逃到空园中去了。人可逃不及。

“于是不用什么名义就动手。知道‘动手’这两字的意思吧？他们动手了，他们有刀，有枪，只有‘请便’可以说了。

“他们是体面的。只要不这么慌张。不这么混乱，成群排队到村中大街上走，吹号打鼓的在前引路，骑马匹的放在后面，我可以赌咒说我不敢疑心他们是——

“我决定说他们能够这么办的，做得体体面面，在另一时节。”

① 本篇发表于1928年8月17日《中央日报·红与黑》第10号。署名茄椒。

二

“我不是说动手么？

“轮到了牛，轮到了羊，轮到了财物。……当真，应当轮到我们了。

“我们是妇人，妇人是有‘用处’的。

“他们是斯斯文文的，这大致是明白附近无其余的他们。说，‘来！’我们就过去一个，我忘了告你是在喊来以前我们妇人是如牛羊一样，另外编成一队的了。如今是指定叫谁谁就去。我赌咒，说我不害怕。这是平常事，是有过的事。

“但我看到我们的大表妹子——该死的老子这样大年纪还不打发她出门，——她脸色变得真难看。还没有喊她，一双脚只是摇，像纺纱车轴。我的天，你这样胆小！一个女人总有一次的事，怕什么？我是不怕的。他们用过了就会走路，不是么？

“我轻轻的说，妹子，别这样，你大表嫂也在此，婶婶也在此，不要怕。让他吃！让他用！衙门做官的既不负责，庙里菩萨又不保佑，听他们去，不过一顿饭就完事。

“他们决不是土匪，不会把我们带去——带去只有累赘他们——所以我心稳稳的。”

三

“像害了一场病，比疟疾还轻松一点的病，我成了今天的我了。

“所以我说，我家中原是有两头母牛，四头羊，二十匹白麻布，二十匹棉家机布，全副银首饰，仍然得上城来帮人做工。这理由，你当然明白了。他们拿去了一切，留下我同我的男子，我又是害病。你们从城里下乡或者当是另外一个理由，因为你们还可以回转城里。

“我就是因此到城里来了。我的牛羊同家产，可不知道随了他们到什么地方去。我顶不放心那匹黑牛，它左脚有病，是真的。我的男人他因此当兵去了，他临动身时说，他将来总会作他们作过的事，说这话时好像生了点气。

“我记到他的话，我告他：若是别人家的牛脚上有病，可为别人留下不要拉走。有病的牛走远路是不相宜的，要这东西随队伍开差，也怪可怜。

“也许他得过一头牛了，就因为记到我的话不把牛牵走。

“他是好人，我可以同你打赌，尽你去问我村子里的人，看有一个人说坏话没有。”

四

“你们城里人真舒服。

“成天开会，说妇女解放，说经济独立，说……我明白，我懂。我记得到，那有就忘记的道理。你不信我念那段话给你听。你告我的我全记得到。‘我们妇女也是人，有理由做男子做的一切事。’……这我可不明白了，我不知道使我们村子里妇人所害的病，有法子在解放以后就不害它不？

“她们不能全搬进城来住。乡下的她们比城里似乎多多了。

“她们有牛，羊，麻布，棉布，而他们就有刀，枪，小手枪，小手榴弹。他们是这样多，衣服一色。上城来告状又不是办法，我们告谁？

……

五

“不说起，我不记到这些事的。好像是忘了。过去的事忘了倒好点。

“可惜我那牛，我知道它是不愿同我们离开的。临走时被他们牵着打着（我睡到这样想），它必定还流眼泪。我们原来多久就已成为一家人，太熟了。

“若到什么地方碰到它，我断定它还认得我。它是又聪明又懂事的东西，我说的是那只黑色的。唉，可是恐怕我的那男人我再不会认识他了，这是整五年，从出门那一天算起——不，应当从我害病那天算起。”

十七年八月于上海

（登在上海《中央日报·红与黑》第十号）

有学问的人[①]

这里，把时间说明，是夜间上灯时分。黄昏的景色，各人可以想象得出。

到了夜里，天黑紧，绅士们不是就得了许多方便说谎话时不会为人从脸色上看出么？有灯，灯光下总不比日光下清楚了，并且何妨把灯捻熄。

是的，灯虽然已明，天福先生随手就把它捻熄了，房子中只远远的路灯光从窗间进来，稀稀的看得清楚同房人的身体轮廓。他把灯捻熄以后，又坐到沙发上来。

与他并排坐的是一个女人，一个年青的，已经不能看出相貌，但从声音上分辨得出这应属于标致有身分的女人。女人见到天福先生把灯捻熄了，心稍稍紧了点，然而仍坐在那里不动。

天福先生把自己的肥身镶到女人身边来，女人让，再进，女人再让，又再进。局面成了新样子，女人是被挤在沙发的一角上去，而天福先生俨然作了太师模样了，于是暂时维持这局面，先是不说话。

天福先生在自己行为上找到发笑的机会，他笑着。

---

① 本篇发表于 1928 年 9 月 12 日上海《中央日报·红与黑》第 24 期。署名沈从文。

笑是神秘的，同时却又给了女人方面暧昧的摇动。女人不说话，心想起所见到男人的各样丑行为。她料得当前的男子是什么样的一个人，所采取的是什么样的行动，她待着这事实的变化，也不顶害怕，也不想走。

一个经过男子的女人，是对于一些行为感到对付容易，用不着忙迫无所措手足的。在一些手续不完备的地方男子的卤莽成为女人匿笑的方便，因了这个她更不会对男子的压迫生出大的惊讶了。她能看男子的呆处，虽不动心，以为这呆，因而终于尽一个男子在她身体上生一些想头，作一些呆事，她似乎也将尽他了。

"黄昏真美呵！"男子说，仿佛经过一些计算，才有这样精彩合题的话。

"是的，很美。"女人说了女人笑，就是笑男子呆，故意在找方便。

"你笑什么呢？"

"我笑一些可笑的事同可笑的人。"

男子觉得女人的话有刺，忙退了一点，仿佛因为女人的话才觉到自己是失礼，如今是在觉悟中仍然恢复了一个绅士应有的态度了。

他想着，对女人的心情加以估计，找方法，在言语与行为上选择，觉得言语是先锋，行为是后援，所以说：

"虽然人是有年纪了，见了黄昏总是有点惆怅，说不出这原由……哈哈，是可笑呵！"

"是吧……"女人想接下去的是"并不可笑"，但这样一说，把已接近的心就离远了。这是女人的损失，所以她不这样说。她想起在身边的人，野心已在这体面衣服体面仪容下跃跃不定了，她预备进一步看。

女人不是怎样憎着天福先生的。不过自己是经过男子的人，而天福先生的妻又是自己同学，她在分下有制止这危险的必需。她的话，像做诗，推敲了才出口。她说：“只有黄昏是使人恢复年青心情的。”

“可是你如今仍然年青，并不为老。”

“二十五六岁的女人还说年青吗？”

“那我是三十五六了。”

“不过……”

女人不说完，笑了，这笑也同样是神秘，摇动着一点暧昧味道。

他不承认这个。说不承认这个，是他从女人的笑中看出女人对于他这样年龄还不失去胡思乱想的少年勇敢的嘲弄。他以为若说是勇敢，那他已不必支吾，早卤莽的将女人身体抱持不放了。

女人继续说：“人是应当忘记自己年纪来作他所要作的事情的——不过也应把他所有的知识帮到来认清楚生活。”

“这是哲学上的教训话。”

“是吗？事实是……”

“我有时……”他又坐拢一点了，“我有时还想作呆子的事。”

女人在心上想，“你才真不呆呀！”不过，说不呆，那是呆气已充分早为女人所看清了。女人说，“呆也并不坏。不过看地方来。”

天福先生听这话，又有两种力量在争持了，一是女人许他呆，一是女人警他呆到此为止。偏前面，则他将再进一点，或即勇敢的露出呆子像达到这玩笑的终点。偏后面，那他是应当知趣，不知趣，再呆下去，不啻将自己行为尽人在心上增长鄙视，太不合算了。

他迟疑。他不作声。

女人见到他徘徊，女人心想男子真无用，上了年纪胆子真小了，她看出天福君的迟疑缘故了，也不作声。

在言语上显然是惨败，即不算失败，说向前，依赖这言语，大致是无望吧。本来一个教物理学的人，是早应当自知用言语作矛，攻打一个深的高的城堡原是不行的。他想用手去，找那接触的方便。他这时记起毛里哀[1]的话来了，“口是可以攻进女人的心的，但不是靠说话”。

不是靠说话，那么，把这口，放到女人……这敢么？这行么？

女人方面这时也在想到不说话的口的用处了，她想这呆子，话不说，若是另外发明了口的用处，真不是容易对付的事。若是他有这呆气概，猛如豹子擒羊，把手抱了自己，自己除了尽这呆子使足呆性以外，无其他方法免避这冲突。

若果天福先生这样作，用天福先生本行的术语说，物理的公例是……但是他不作，也就不必引用这话了。

他不是爱她，也不是不爱她。若果爱是不必在时间上生影响，责任只在此一刻，他将说他爱她，而且用这说爱她的口吻她的嘴，作为证据，吻以外，要作一点再费气力的事，他也不吝惜这气力。若果爱是较亲洽的友谊，他也愿说他爱她。

可是爱了，就得……到养孩子。他的孩子却已经五岁了。他当然不能再爱妻的女友。

那就不爱好了。然而这时妻却带了孩子出了门，保障离了身，一个新的诱惑俨若有意凑巧而来。且他能看出，面前的女人不是蠢人。

他知道她已看出的年青的顽皮心情，他以为与其说这是可笑，似乎比已经让她看出自己心事而仍怯着的可笑为少。一个男子是常常因为怕人笑他呆而作着更大的呆事的，这事情是有过很多的例了，天福先生也想到了。想到这样，更呆也呆不去，就不免笑起来了。

他笑他自己不济。这之间，不无“人真上了年纪”的自愧，又不无“非呆不可”的自动。

她呢，知道自己一句话可以使全局面变卦，但不说。

---

① 毛里哀，今译作“莫里哀”，法国作家，代表作有《悭吝人》等。

并不是故意，却是很自然，她找出一句全不相干的言语，说，“近来密司王怎么样？”

“我们那位太太吗？她有了孩子就丢了我，……作母亲的照例是同儿子一帮，作父亲的却理应成天编讲义上实验室了。”

话中有感慨，是仍然要在话上找出与本题发生关系的。

女人心想这话比一只手放到肩上来的效力差远了，她真愿意他勇敢一点。

她于是又说：“不过你们仍然是好得很！”

“是的，好得很，不像前几年一个月吵一回了。不过我总想，若同她仍然像以前的情形，吵是吵，亲热也就真……唉，人老了，真是什么都完了。”

“人并不老！”

“人不老，这爱情已经老了。趣味早完了。我是很多时候想我同她的关系，是应维持在恋爱上，不是维持在家庭上的，可是——”

说到这里的天福先生，感慨真引上心了，他叹气。不过同时他在话上是期待着当成引药，预备点这引药，终于燃到目下两人身上来的。

女人笑。一面觉得这应是当真的事，因为自己生活的变故，离婚的苦也想起来了，笑是开始，结束却是同样叹息的。

那么，一面尽那家庭是家庭，一面来补足这缺陷，从新来恋爱吧。这样一来在女人也是有好处的，天福先生则自然是好。

女人是正愿意这样，所以尽天福先生在此时作呆样子的。她要恋爱。她照到女人通常的性格，虽要攻击是不能，她愿意在征服下投降。虽然心上投了降，表面还总是处处表示反抗，这也是这女人与其他女人并不两样的。

在女人的叹息上，天福先生又找出了一句话，——

“密司周，你是有福气的，因为失恋或者要好中发生变故，这人生味道是领略得多一点。”

“是吧，我就在成天领略咀嚼这味道，也咀嚼别的。”

“是，有别的可咀嚼的就更好。我是……”

“也总有吧。一个人生活，我以为是一些小的，淡的，说不出的更值得玩味。”

“然而也就是小的地方更加见出寂寞，因为其所以小，都是软弱的。”

“也幸好是软弱，才处处有味道。”

女人说到这里就笑了，笑得放肆。意思仿佛是，你若胆子大，就把事实变大吧。

这笑是可以使天福先生精神振作来干一点有作有为的大事的，可是他的头脑塞填了的物理定律起了作用,不准他撒野。这有学问的人，反应定律之类，真害了他一生，看的事是倒的，把结果数起才到开始，他看出结果难于对付，就不呆下去了。

他也笑了，他笑他自己，也像是舍不得这恰到好处的印象，所以停顿不前。

他停顿不前，以为应当的，是这人也并不缺少女人此时的心情，他也要看她的呆处了。

她不放松，见到他停顿，必定就又要向前，向前的人是不知道自己的好笑处糊涂处，却给了“勒马不前”的人以趣味的。

天福先生对女人，这时像是无话可说了，他若是非说话不可，就应当对他自己说，“谁先说话谁就是呆子！”他是自己觉得自己也很呆，但只是对女人无决断处置而生出嘲弄自己的理由的。在等候别人开口或行为中，他心中痒着，有一种不能用他物理学的名词来解释的意境的。

女人想，同天福先生所想相差不远，虽然冒险心比天福先生来得还比较大，只要天福先生一有动作，就准备接受这行为上应有的力的重量。然而要自己把自己挪近天福先生，是合乎谚语上的“码头就船”，是办不到的。

我们以为这局面便永远如此哑场下去，等候这家的女主人回来收场么？这不会，到底是男子的天福先生，男子的耐心终是有限，他要说话！并且他是主人，一个主人待客的方法，这不算一个顶好的顶客气的方法！

且看这个人吧。

他的手，居然下决心取了包围形势，放到女人的背后了。然而还是虚张声势，这只手只到沙发的靠背而止，不能向前。再向前，两人的心会变化，他不怕别的，单是怯于这变化，也不能再前进了。

女人是明白的。虽明白，却不加以惊讶的表示，不心跳，不慌张，一半是年龄与经验，一半自然还是有学问，我们是明白有学问的人能稳重处置一切大事的。这事我们不能不承认是可以变为大事的一个手段啊！

天福先生想不出新计策，就说道：

“密司周，我刚适间说的话真是有真理。”

“是的。难道不是么？我是相信生活上的含蓄的。”

“譬如吃东西，——吃酒，吃一杯真好，多了则简直无味，至于不吃，嗅一嗅，那么……”

“那就看人来了，也可以说是好，也可以说不好。”

“我是以为总之是好的，只怕没有酒！”

天福先生打着哈哈，然而并不放肆，他是仍然有绅士的礼貌。

他们是在这里嗅酒的味道的。同样喝过了别的一种酒，嗅的一种却是新鲜的，不曾嗜过的，只有这样觉得是很好。

他们谈着酒，象征着生活，两人都仿佛承认只有嗅嗅酒是顶健全一个方法，所以天福先生那一只准备进攻的手，不久也偃旗息鼓收兵回营了。

黄昏的确是很美丽的，想着黄昏而惆怅，是人人应当有的吧。过一时，这两人，会又从黄昏上想到可惆怅的过去，像失了什么心觉到很空呵！

黄昏是只一时的，夜来了，黑了，天一黑，人的心也会因此失去光明理智的吧。

女人说：“我要走了，大概密司王不会即刻回来的。我明天来。”

说过这话，就站起。站起并不走，是等候天福先生的言语或行为。她即或要走，在出门以前，女人的诱惑决不会失去作用！

天福先生想，乘此一抱什么问题都解决了，他还想象抱了这女人以后，她会即刻坐沙发上来，两人在一块亲嘴，还可以听到女人说“我也爱你，但不敢”的话。

他所想像是不会错的，如其他事情一样，决不会错。这有学问的上等人，是太能看人类的心了。只是他不做。女人所盼望的言语同行为，他并不照女人希望去作，却呆想。

呆想也只是一分钟以内的事，他即刻走到电灯旁去，把灯明了。

两人因了灯一明，俨然是觉得灯用它的光救了这危难了，互相望到一笑。

灯明不久，门前有人笑着同一个小孩喊着的声音，这家中的女主人回来了。

女主人进了客厅，他们诚恳亲爱的握手，问安，还很诚恳亲爱的坐在一块儿。小孩子走到爹爹边亲嘴，又走到姨这一旁来亲嘴，女人抱了孩子不放，只在这小嘴上不住温柔偎熨。

“福，你同密司周在我来时说些什么话？”

“哈，才说到吃酒。”他笑了，并不失他的尊严。

“是吗，密司周能喝酒吧？”女主人仿佛不相信。

“不，我若是有人劝，恐怕也免不了喝一口。”

“我也是这样——式芬，（他向妻问）我不是这个脾气吗？”

女人把小主人抱得更紧，只憨笑。

七个野人与最后一个迎春节[①]

迎春节，凡属于北溪村中的男子，全是为家酿烧酒醉倒了。据说在某城，痛饮是已成为有干禁例的事了，因为那里有官，有了官，凡是近于荒唐的事是全不许可了。有官的地方，是渐渐会兴盛起来，道义与习俗传染了汉人的一切，种族中直率慷慨全会消灭，迎春节的痛饮禁止，倒是小事中的小事，算不得怎样可惜，一切都得不同了！将来的北溪，也许有设官的一天吧？到那时人人成天纳税，成天缴公债，成天办站，小孩子懂到见了兵就害怕，家犬懂到不敢向穿灰衣人乱吠，地方上每个人皆知道了一些禁律，为了逃避法律人人全学会了欺诈，这一天终究会要来吧。什么时候北溪将变成那类情形，是不可知的，然而这一天年青人大约可以见到的一天了。地方上，勇敢如狮的人，徒手可以搏野猪，对于地方的进化，他们是无从用力制止的。年高有德的长辈，眼见到好风俗为大都会文明侵入毁灭，也是无可奈何的。凡是有地位一点的人，都知道新的习惯行将在人心中生长，代替那旧的一切，在这迎春节，用烧酒醉倒是普遍的事！他们要醉倒，对于事情不再过问，在醉中把恐吓失去，则这佳节所给他们的应有的

① 本篇发表于1929年5月10日《红黑》第5期。署名沈从文。

欢喜，仍然可以在梦中得到了。

仍然是耕田，仍然是砍柴栽菜，地方新的进步只是要他们纳捐，要他们在一切极琐碎极难记忆的规则下走路吃饭。有了内战时，便把他们壮年能作工的男子拉去打仗，这是有政府时对于平民的好处。什么人要这好处没有？族长，乡约或经纪人，卖肉的屠户，卖酒的老板，有了政府他就得到幸福没有？做田的，打鱼的，行巫术的，卖药卖布的，政府能使他们生活得更安稳一点没有？

他们愿意知道的，是牛羊在有了官的地方，会不会发生瘟疫？若牛羊仍然得发瘟，那就证明无须乎官了。不过这时他们还能吃不上税的家酿烧酒，还能在这社节中举行那尚保留下来的风俗，聚合了所有年青男女来唱歌作乐，聚合了所有老年人在大节中讲述各样的光荣历史与渔农知识，男子还不会出去当兵，女子也尚无做娼妓的女子，老年人则更能尽老年人责任。未来的事谁知道呢？过去的不能挽回，未来的无从抵挡，也是自然的事！“醉了的，你们睡吧，还有那不曾醉倒的，你们把葫芦中的酒向肚中灌吧。”这个歌，近来唱时是变成凄凉的丧歌，失去当年的意思了。

照到这办法把自己灌醉的是太多了。只有一个地方的一群男子不会醉倒，他们面前没有酒也没有酒葫芦，只是一堆焚得通红的火。他们人一共是七个，七个之中有六个年纪青青的，只有一个约莫有四十五岁左右。大房子中焚了一堆柴根，七个人围着这一堆火坐下，火中时时爆着小小的声音。那年长的男子便用长铁箸拨动未焚的柴烬，它跌到火中心去。

房中无一盏灯，但熊熊的火光已照出这七个朴质的脸孔，且将各个人的身躯向各方画出不规则的暗影了。

那年长的汉子，拨了一阵火，忽然又把那铁箸捏紧向地面用力筑，愤愤的说道：

“一切是完了，这一个迎春节应当是最后一个了。一切是，……喝呀，醉呀，多少人还是这样想！他们愿意醉死，也不问明天的事。他们都不愿意见到穿号衣的人来此！他们都明白此后族中男子将堕落女子也将懒惰了！他们比我们是更能明白许多许多事的。新的制度来代替旧的习惯，到那时，他们地位以及财产全摇动了。……但是这些东西还是喝呀！喝呀！”

全屋默然无声音,老人的话说完这屋中又只有火星爆裂的微声了。

静寂中，听得出邻居划拳的嚷声与唱歌声音。许许多人是在一杯两杯情形中伏到桌上打鼾了。许许多人是喝得头脑发晕伏在儿子肩上回家了。许许多人是在醉中痛哭狂歌了。这些人，在平时，却完完全全是有业知分的正派人，一年之中的今日，历来为神核准的放纵，仅有的荒唐，把这些人变成另外一个种族了。

奇怪的是在任何地方情形如彼，而在此屋中的众人却如此。年长人此时不醉倒在地，年青人此时不过相好的女人家唱歌吹笛，只沉闷的在一堆火旁，真是极不合理的一件事！

迎春节到了最后的一个，即或如所说，在他人，也是更非用沉醉狂欢来与这唯一残余的好习惯致别不可的。这里则七个人七颗心只在一堆火上，且随到火星爆裂，终于消失了。

诸人的沉默，在沉默中可以把这屋子为读者一述。屋为土窑屋，高大像衙门，宽敞如公所。屋顶高耸为泄烟窗，屋中火堆的烟即向上窜去。屋之三面为大土砖封合，其一面则用生牛皮作帘，帘外是大坪。屋中除有四铺木床数件粗木家具及一大木柜外，壁上全是军器与兽皮。一新剥虎皮挂在壁当中，虎头已达屋顶尾则拖到地上。尚有野鸡与兔，一大堆，悬在从屋顶垂下的大藤钩上，嶷然不动。从一切的陈设上看来，则这人家是猎户无疑了。

这土屋，主人即属于火堆旁年长的一位。他以打猎为业，那壁上的虎皮就是上月他一个人用猎枪打毙的。其余六人则全是这人的徒弟。徒弟从各族有身分的家庭中走来，学习设阱以及一切拳棍医药，这有学问的人则略无厌倦的在作师傅时光中消磨了自己壮年。他每天引这些年青人上山，在家中时则把年青人聚在一处来说一切有益的知识。他凡事以身作则，忍耐劳苦，使年青人也各能将性情训练得极其有用。他不禁止年青人喝酒唱歌，但他在责任上教给了年青人一切向上的努力，酒与妇人是在节制中始能接近的。至于徒弟六人呢？勇敢诚实，原有的天赋，经过师傅德行的琢磨，智慧的陶冶，一个完人应具的一切，在任何一个徒弟中全不缺少。他们把这年长人当作父亲，把同伴当作兄弟，遵守一切的约束，和睦无所猜忌，日在欢喜中过着日子。他们上山打猎，下山与人作公平的交易。他们把山上的鸟兽打来换一切所需要的东西：枪弹，火药，箭头，弦，酒，无一不是用所获得的鸟兽换来。他们运气好时，还可以换取从远方运来的戒子绒帽之类。他们作工吃饭，在世界上自由的生活，全无一切苦楚。他们用枪弹把鸟兽猎来，复用歌声把女人引到山中。

这属于另一世界的人，也因为听到邻近有设了官设了局的事情，想起不久这样情形将影响到北溪，所以几个年青人，本应在迎春节各穿新衣，把所有野鸡、毛兔、山菇、果狸等等礼物送到各人相熟的女人家中去的，也不去了。这师傅本应到庙坛去与年长族人喝酒到烂醉如泥，也不去了。

六个年青人服从了师傅的命令，到晚不出大门，围在火前听师傅谈天。师傅把话说到地方的变更，就所知道的其余地方因有了法律以后的情形说了不少，师傅心中的愤慨，不久即转为几个年青人的愤慨了。年青人各无所言，但各人皆在此时对法律有一种漠然反感。

到此年长的人又说话了，他说：

“我们这里要一个官同一队兵有什么用处？我们要他们保护什

么？老虎来时，蝗虫来时，官是管不了的。地方起了火，或涨了水，官也是不能负责的。我们在此没有赖债的人，有官的地方却有赖债的事情发生。我们在此不知道欺骗可以生活，有官地方每一个人可全靠学会骗人方法生活了。我们在此年青男女全得做工，有官地方可完全不同了。我们在此没有乞丐盗贼，有官地方是全然相反，他们就用保护平民把捐税加在我们头上了。”

官是没有用处的一种东西，这意见是大家一致了。

结果他们约定下来，若果是北溪也有人来设官时，一致否认这种荒唐的改革。他们愿意自己自由平等的生活下来，宁可使主宰的为无识无知的神，也不要官。因为神永远是公正的，官则总不大可靠。而且，他们意思是，在地方有官以后，一切事情便麻烦起来了。他们觉得生活并不是为许多麻烦事而生活的，所以只有那欢喜麻烦的种族才应当有政府的设立必要，至于北溪的人民，却普遍怕麻烦，用不着这东西！

为了终须要来的恶运，大势力的侵入，几个年青人不自量力，把反抗的责任放到肩上了。他们一同当天发誓，必将最后一滴的血流到这反抗上。他们谈论妥帖，已经半夜，各自就睡了。

若果有人能在北溪各处调查，便可以明白这一个迎春节所消耗的酒量真特别多，比过去任何一个迎春节也超过，这里的人原是这样肆无忌惮的行乐了一日。不久过年了。

不久春来了。

当春天，还只是二月，山坡全发了绿，树木茁了芽，鸟雀孵了卵，新雨一过随即是温暖的太阳，晴明了多日，山阿田中全是一旁做事一旁唱歌的人。这样时节从边县里派有人来调查设官的事了。来人是两个，会过了地方当事人，由当事人领导往各处察看。带了小孩子在太阳下取暖的主妇皆聚在一处谈论这事。来人问了无数情形，量丈了社坛的地，录下了井灶，看了两天就走了。

第二次来人是五个，情形稍稍不同：上一次是探视，这一次可正式来布置了。对于妇女特别注意，各家各户去调查女人，人人惊吓不知应如何应付，事情为猎人徒弟之一知道了，就告了师傅。师傅把六个年青人聚在一处，商量第一步反对方法。

年长人说："事情是在我们意料中出现了，我们全村毁灭的日子到了，这责任是我们的责任，应当怎么办，年青人可各提出一个意见来作讨论，我们是决不承认要官管理的。"

第一个说："我们赶走了他完事。"

第二个说："我们把这些来的人赶跑。"

第三四五六意见全是这样。既然来了，不要，仿佛是只有赶走一法了。赶不走，倘必须要力，或者血，他们是将不吝惜这些，来为此事牺牲的。单纯的意识，是不拘问什么人，都是不需要官的，既然全不要这东西，这东西还强来，这无理是应当在对方了。

在这些年青简单的头脑中，官的势力这时不过比虎豹之类稍凶一点，只要齐心仍然是可以赶跑的。别的人，则不可知，至于这七人，固无用再有怀疑，心是一致了。

然而设官的事仍然进行着。一切的调查与布置，全不因有这七人而中止。七个人明示反抗，故意阻碍调查人进行，不许乡中人引路，不许一切人与调查人来往，又分布各处，假扮引导人将调查人诱往深山，结果还是不行。

一切反抗归于无效，在三月底税局与衙门全布置妥了。这七个人一切计划无效，一同搬到山洞中去了。照例住山洞的可以作为野人论，不纳粮税，不派公债，不为地保管辖，他们这样做了。

地方官忙于征税与别的吃喝事上去了，所以这几个野人的行为，也不会引起这些国家官吏注意。虽也有人知道他们是尚不归化的，但王法是照例不及寺庙与山洞，何况就是住山洞也不故意否认王法，当然尽他们去了。

他们几个人自从搬到山洞以后，生活仍然是打猎。猎得的一切，也不拿到市上去卖，只有那些凡是想要野味的人，就拿了油盐布匹衣服烟草来换。他们很公道的同一切人在洞前做着交易，还用自酿的烧酒款待来此的人。他们把多余的兽皮赠给全乡村顶勇敢美丽的男子，又为全乡村顶美的女子猎取白兔，剥皮给这些女子制手袖笼。

凡是年青的情人，都可以来此地借宿，因为另外还有几个小山洞，经过一番收拾，就是这野人特为年青情人预备的。洞中并且不单是有干稻草同皮褥，还有新鲜凉水与玫瑰花香的煨芋。到这些洞里过夜的男女，全无人来惊吵的乐了一阵，就抱得很紧舒舒服服睡到天明。因为有别的原故，向主人关照不及时，就道谢也不说一声就走去，也是很平常的事。

他们自己呢，不消说也不是很清闲寂寞，因为住到这山洞的意思，并不是为修行而来的。他们日里或坐在洞中磨刀练习武艺，或在洞旁种菜舀水，或者又出到山坡头湾里坳里去唱歌。他们本分之一，就是用一些精彩嘹亮的歌声，把女人的心揪住，把那些只知唱歌取乐为生活的年青女人引到洞中来，兴趣好则不妨过夜，不然就在太阳下当天做一点快乐爽心的事，到后就陪到女人转去，送女人下山。他们虽然方便却知道节制，伤食害病是不会有的。

在这些年青人身上所穿的衣裤，以及麂皮抱兜，就是这些多情的女人手上针线为做成。他们送女人则不外乎山花山果，与小山狸皮。他们几个人出猎以前，还可以共同预约，得山羊便赠谁个最近相交的一个女人，得野狗又算谁的女人所有。他们的口除了亲嘴就是唱赞美情欲与自然的歌，不像其余的中国人还要拿来说谎的。他们各人尽力作所应作的工，不明白世界上另外那些人懒惰就是享福的理由。他们把每一天看成一个新生的天，所以在每一天中他们除了坐在洞中不出，其余的人是都得在身体与情绪上调节的极好，预备来接受这一天他们所不知道的幸福与灾难的。他们不迷信命运，却能够在失败事情上不固执。譬如一天中间或无法与一小山鸡相遇，他们到时也仍然回洞，不去死守的。又譬如唱歌也有失败时，他们中不拘是谁，知道了这事情无望，却从不想到用武力与财产强迫女子倾心过。

因为一切的平均，一切的公道，他们嫉妒心也很薄弱，差不多看不出了。

那师傅，则教给这几个年青人以武艺与渔猎知识外，还教给这些年青人对于征服妇人的法宝。为了要使情人倾心，且感到接近以后的满意，他告他们在什么情景下唱什么歌，以及调节嗓子的技术。他又告他们如何训练他的情人，方能使女人快乐。他又告他们如何保养自己，才能成为一个忠于爱情的男子。他像教诗的夫子指点他们唱歌，像教体操战术的教官指点他们对付女人，到后还像讲圣谕那么告诫他们不可用不正当方法骗女人的爱情与他人的信任。

师傅各事以身作则，所以每晨起身就独早。打老虎他必当先。擒蛇时他选那大的。泅水他第一个泅过河。爬树他占那极难上的。就是于女人，他也并不因年纪稍长而失去勇敢与热诚！凡是一个女子命令到几个年青人办得下的，与他好的女子要他去做，也总不故意规避的。

人类的首领，像这样真才是值得敬仰的首领！

日子是一天一天过下来了，他们并不觉得是野人就有什么不好处。至于显而易见的好处，则是他们从不要花一个钱到那些安坐享福的人身上去。他们也不撩他，不惹他，仍然尊敬这种成天坐在大瓦屋堂上审案、罚钱、打屁股的上等人。

国家的尊严他们是明白的，但他们在生活上用不着向谁骄傲，用不着审判，用不着要别人坐牢挨打，所以他们不有一个官管理，自己能照料活一世下来了。

他们是快快乐乐活下来了，至于北溪其余的人呢？

北溪改了司，一切地方是王上的土地，一切人民是王上的子民了，的确很快的便与以前不同了。迎春节醉酒的事真为官方禁止了，别的集社也禁止了。平时信仰天的，如今却勒令一律信仰大王，因为天的报应不可靠，大王却带了无数做官当兵的人，坐在极高大极阔气的皇城里，要谁的心子下酒只轻轻哼一声，就可以把谁立刻破了肚子挖心，所以不信仰大王也不行了。

还有不同的，是这里渐渐同别地方一个样子，不久就有种不必做工也可以吃饭的人了。又有靠说谎话骗人的大绅士了。又有靠狡诈杀人得名得利的伟人了。又有人口的卖买行市，与大规模官立鸦片烟馆了。地方的确兴隆得极快，第二年就几几乎完全不像第一年的北溪了。

第二年迎春节一转眼又到了，荒唐的沉湎野宴，是不许举行的，凡不服从国家法令的则有严罚，决无宽纵。到迎春节那日，凡是对那旧俗怀恋，觉得有设法荒唐一次必要的，人人皆想起了山洞中的野人。归籍了的子民有遵守法令的义务，但若果是到那山洞去，就不至于再有拘束了。于是无数的人全跑到山洞聚会去了，人数将近两百，到了那里以后，作主人的见到来了这样多人，就把所猎得的果狸、山猪、白绵、野鸡等等，熏烧炖炒办成了六盆佳肴，要年青人到另一地窖去抬出四五缸陈烧酒，把人分成数堆，各人就用木碗同瓜瓢舀酒喝，用手抓菜吃。客气的就合当挨饿，勇敢的就成为英雄。

众人一旁喝酒一旁唱歌，喝醉了酒的就用木碗覆到头上，说是做皇帝的也不过是一顶帽子搁到头上，帽子是用金打就的罢了，于是赞成这醉话的其余醉人，头上全是木碗瓜瓢以至于一块猪牙帮骨了，手中则拿得是山羊腿骨与野鸡脚及其他，作为做官做皇帝的器具，忘形笑闹跳掷，全不知道明天将有些什么事情发生。

第二天无事。

第三天，北溪的人还在梦中，有七十个持枪带刀的军人，由一个统兵官用指挥刀调度，把野人洞一围。用十个军人伏侍一个野人，于是将七个尸身留在洞中，七颗头颅就被带回北溪，挂到税关门前大树上了。出告示是图谋倾覆政府，有造反心，所以杀了，凡到吃酒的，自首则酌量罚款，自首不速察出者，抄家，本人充军，儿女发官媒卖作奴隶。

这故事北溪人不久就忘了，因为地方进步了。

三月一日于申城

烟斗[1]

下午五点钟，王同志从被服厂出来到了大街上。

四点钟左右，稽查股办事室中，那个像是怜悯这大千世界，无时不用着一双忧愁眼睛看人的总稽查，正同他谈话。他站在那要人办事桌前面，心中三四五六不定，那个人，一面做些别的事，一面随意询问着这样那样，他就谨谨慎慎一一答应。有时无意中反质那个人一句，因为话语分量略重，常常使那汉子仿佛从梦中醒转来，更忧愁的瞅着他，没有什么回答，就像是表示"已经够了，不许多言"的神气。他这样在稽查室中整整消磨了一点钟，到后一切已问清楚，那总稽查才说"王同志，我们事明天再谈"，他就出来了。

到了街上，他仍然不忘记那些质问的话语。记起那总稽查的询问，同时那个人很可笑的极端忧郁的神态，也重现到他的回想上来。他把平时走路的习惯稍稍变更了，因为那询问意义，过细想来却并不如那汉子本身可笑。

平时他欢喜在一些洋货铺子前面站站，又很满意那些烟铺玻璃窗

① 本篇曾以《同志的烟斗故事》为篇名发表于 1929 年 12 月 10 日《小说月报》第 20 卷第 12 号。署名沈从文。

里陈列的深红色大小烟斗，以及灰色赭色的小牛皮烟荷包。他虽然不能够从这样东西上花个三块五块钱，却因为特别关心那些东西的价值，每件都记得清楚明白。他站在窗外时，一面欣赏那些精致的烟具，一面就把那系在物品上面小小圆纸片，用铅笔写好的洋码弄得清清楚楚，间或有另外什么人也挨近窗边，对烟斗引起了同样趣味，却有想明白这东西价钱的神气——不消说，那时恰是系在货物上的小纸片有字一面覆着的时候，——他先看看这个人，看出不是本地的空头了，就像是为烟店花钱雇来职员那么热心亲切的来为另一人解释，第某号定价若干，某号烟斗又如何与某号烟丝袋相配。他毫不自私，恰恰把自己所欢喜的都指点给了别人。更不担心别人万一看中了意，把这烟斗买去。

从这些小事上，就可以看出这汉子的为人可爱处。但今天他却不再注意烟斗烟袋了。虽然从那铺子前面过身，见有人正在那里欣赏烟斗，也不把脚步稍停，来为人解释价钱作义务顾问了。

想起了稽查处受盘问的事情，他的心情起了小小变动。

他只想回转家里去，似乎一到了家，向那小小住房中唯一的一张旧木太师椅上一坐，面对单色总理遗像，和壁上挂的石印五彩汉寿亭侯关云长像，以及站立在汉寿亭侯身后露出一个满脸野草似的胡子大睁圆眼的周仓憨样子，在这个相熟的环境中，心一定，凡事就有了解决希望了。

一回想起稽查室的一席话，他心被搅乱了。他为人心平气和，不敢惹是生非，为什么那稽查长把他喊去，问他“属于何党”？为什么还盘问在“工厂办事以外还做些什么事”？为什么同时还用着那全然绝望的眼睛，像非常悲悯的瞅着自己？经稽查长一问，他一面自然得诚诚实实的把自己属于办事以外的许多行为都告给那要人。因为那稽查长似乎不需要知道从他工厂回家路上那一段情形，所以他生活上一切几几乎都说尽了，却不曾把留恋到烟铺外面的一件事提起。他隐瞒了这样一件小小秘密，那稽查长自然全不注意。问题不是这件事。他心乱的却是正当那人问他属于何党何派时，他记起了三天前所抄写的一件公文，知道开除了一个同志，这办事人开除的详细理由虽不明白，但那考语上面股长却加了一行“× × 是 × × 分子。”他知道近来总经理和副理事长属的党系，总以为这人被开除原因，完全是股长批的结果。因为派别不同，被服厂虽属国有，然而小组织的势力近日在任何事业任何机关中，都明目张胆的活动，既然与厂长系统不同，随时就有被开除的危险。因此一来，他就有点软弱，仿佛非赶忙回到住处，想不出保护自己的方法。

他在厂中每月领薪金四十四元。每日的职务是低着头流汗抄写册表公事，除了例假平时不能一日过九点钟到厂。劳作与报酬之不相称，正如其他地方其他机关的下级办事人一样。有时看来，真为这些人的忍耐服从种种美德惊讶。因为生活的羁绊，一月只能拿这样一点点钱，所住的地方又是生活程度最高的地方。照例这些人虽有不少在另一时也受过很好的教育，或对党尽过力，有过相当的训练，但革命成功的今日，他们却只有一天一天愚蠢下来，将反抗的思想，转入到拥护何人即可以生活的打算上，度着一种很可悲的岁月了。在这样情形下的他，平庸无能显着旧时代衙门中公务人员的性格，无事时但把值不到十块钱的烟斗作为一种幸福的企求；稍有风声，又为职业动摇感到一种不遑宁处的惶恐，也是很自然的了。

回到了家里，他没有事作，等候包饭处送饭来，就把一册《古诗选》取出来读一读。左太冲《咏史》，阮步兵《述怀》，信手翻去，信口来读，希望从古人诗句中得到一点安慰，忘记公文程式。正咿咿哦哦吟读时，那赤膊赤脚肮脏到极点的小子，从楼梯口出现，站在他房外轻轻的叩着门喊，“先生，先生，饭来了！”正读着《前出塞》

诗的他，仍然用读诗的声音说："小孩，饭拿进来！"肮脏小子推门进到再不能容第三个来人的小亭子间，连汤带水把两个仿佛从十里外拿来的冰冷的下饭菜，放在预先铺了一张《申报》纸的方桌上去，病猫似的走了。他就开始吃饭。饭一吃过，收了碗放到门外楼梯边，等那孩子来取。这时候，二房东已经把电灯总开关开放，他开了灯，在灯下便一面用那还是两年前到汉口花六毛钱买来的烟斗，吸着乌丝杂拌烟，一面幻想起什么时候换一个好烟斗一类事情。

他的日子过得并不与其余下级办事人两样，说起来也就并不可以引起他人注意和自己注意的理由。不过今天实在不同了一点，他自己不能不注意到自己这些情形来了。

他觉得心上画圈儿老不安宁，吃过了饭，看书无意思，吸烟也似乎无意思。

问题是：假如明天到厂就有了知会，停了职，此后怎么办？

想了半天，没有得到解决。墙上的总理不作声，汉寿亭侯也不作声，周仓虽然平素莽憨著名，这时节对他却完全没有帮助。仿佛诸事已定，无可挽回。

一切真好像无可挽救，才作退一步想。他身边还积得有六十五块大洋钱，是每月三块两块那么积下的。因为这钱，他隐约在自己将来生活上看出了一点光明。他可以拿这个钱到北平去。他想，那里是旧都，不比这势利地方……他还想，那里或者党也如地方一样，旧的好处总还保留了一些。到了那里，找得一个两个熟人，同去区部报到，或者可以希望得到一点比这里反而较有希望的工作。这时既不以为自己的希望是愚蠢的希望，就对于停职的事稍稍宽了心。

……总理很光荣的死了，而且很热闹的埋了，没有死的为了××而活，为了××而……

这样糊糊涂涂的想下去，便睡着了。

第二天，因为睡眠极好，身心已健康了些，昨天事仿佛忘记了。仍然按时到厂中去，坐在自己原有位置上，等候科长把应办公事发下来，便动手作事。纸预备好了，墨磨好了，还无事可作，就用吸墨纸包了铜笔帽擦着，三个铜笔帽都闪着夺目的银光。

一个办公室中同事全来到了，只有科长还不来。

他想起了昨天的事，询问近身一张桌上周同志："周同志，昨天稽查长叫你过去问话没有？"

周同志不懂这句话的意义，答非所问。他说他不曾作错什么事，不会过稽查股去。

"你听说我们这里什么风声没有？我好像听说改组……"

"这事情可不明白。你呢？"

他想了一下，抿口莞尔而笑。

笑过后又复茫然如有所失，因为他仿佛已经被停了职，今天是到这里来的最后一天了。他忽然向那同事说："我要走了。"

"要高升么？"

"不是。恐怕非走不可。因为我是个 ××。你知道的。×× 和老总不同系，我们老总是 ×××。古人说：'道不同不相为谋，'不相为谋，那就只有各自挟卵走路。"

"你到什么地方去？"

"远了，我想过北平，因为余叔岩杨小楼……"

"一定要去么，那我来饯行，明天还是后天到福兴居吃馆子，自己定日子吧。"

"不忙。不一定！"

"还不批准么？"

"我不是告假。"

"但不听说要换什么人，你不要神经过敏。"

“昨天有人把我叫到稽查处去，问了好半天。”

因为照习惯，没有什么问题的人，是不会叫到那地方问话取供的。所以听到他被问了许多，周同志也觉得有点不对了，才开始注意他那要过北平的话中意义。

周同志用着一个下级办事员照例对于党对于一切所能发的小小牢骚，发挥着那种很可怜的无用议论，什么“应当彻底改组呀”，“应当拥护某同志回国呀”，“应当打倒某某恶化势力呀”，完全一些书生空话。这样说着，一面像是安慰了王同事，一面自己胸中也就廓然一清了。

一会儿，科长来了。把帽脱了。大衣脱了。口含着淡黄色总统牌雪茄烟，大踏步到桌边去，翻动桌上文稿，开始办公。年纪还轻的科长，完全如旧官僚习气，大声喝着应答稍迟的工友，把一叠拟稿妥贴、应当送过老总处画行的公文推到工友手上去。两手环抱公文的公丁，弯着腰一句话不说，从房中出去了。（这公丁，今天比平时不同，留到王同志脑中的是一个灰色憔悴的影子。）他还得等候那公丁返身时才有公文可抄，就在这空暇中生出平常所没有的对科长的反感。好像正面侧面全看过了，这科长都不应当这样很自然的把旧时代官僚资本家的脾气拿来对待厂中的工友。况且还据说是从外国受着好教育回来，一面在平时尚常常以极左倾同志自居，有这样子脾气就尤其不合理。

可是这科长的行为，并不是今天才如此，唯独在今天，才为他注意到罢了。他虽然极不平的把那被科长凌辱了的工友用同情的眼光送出去，仍然得小心听着那科长呼唤。他猜想科长今天必定有什么话对他说，而所说到的又必与自己职务相关，就略显矜持的坐在自己位置上，且准备着问题一发生时，如何就可以在一句反质言语中，做到仿佛一击使这科长感到难堪的办法。

这些无语的愤怒，这些愚而不智的计划，在科长那一面说来，当然是意外，决没料想到。

同事之一被科长“周同志”“周同志”的喊过去，把科长请客单一叠拿上手，退回原处后，咯咯咯咯的磨着墨，砚石就在桌上发着单调的极端无聊的声音。事情不要他作，其中好像就有一种特别原因，他把这原因仍然放到自己要停职那一件事上去。他明白科长是 ×××× 而他却是 ××。科长口上喊他“同志”，就像出于十分勉强。

过了许久，送文件的公丁还不曾回来，与往日情形似乎稍稍不同。

科长扬扬长长走过三楼副理事长室去了。

他听科长皮鞋声音已上了楼梯，就叫唤坐在前面的同事：

“周同志，又是请客帖子？”

“王同志，哈，这一叠！”说时这办事人举起那未曾写过的请客帖，眉毛略皱，表示接受这份意外差事近于小小冤屈。

“他请些什么人？”

“谁知道？让我念念吧。”（这人就把请客柬一纸总单念着），王处长仙舟，周团长篷甫，宋委员次珊……好热闹事情，下星期四，七点半，这一场热闹恐怕要两个月薪水吧。

他听同事数着客单上的名字，且望到这同志兼同事脸上的颜色，不知如何一来却对这人也生出种极大反感。便显得略略生气的说：

“周同志，这事你可做可不做，为什么不拒绝？”

周同志笑着，好像不明白他说拒绝的理由。他对那同志脸上望了一会，再低头自己把砚腹注了多量的水，露着肘，咯咯咯咯磨起墨来了。他用力磨墨，不许自己想别的事。一会儿，科长回来了，公丁也回来了。还依然用力把墨磨着。

科长像是刚从副理事长处来，对他有一种不利处置，故意作成和气异常的样子，把公文亲自送到他桌边来。若在往日，这种事他将引为一种荣宠，今天却不以为意。

科长说："王同志，你今天有什么事情在心上，好像不大高兴？"

他斜眼看了科长一眼，表示不需要这种无用安慰。

科长不以为意，又像是故意取笑他，"王同志，我听理事长说，似乎你有调到稽查股的事情。这是升级，你不知道这件事么？"

"升级么，要走就走。我姓王的追随总理革命十年，什么不见过——"像有什么东西梗在喉边，说不下去了。

他显然是在同科长开始作一种反抗，大有"拉倒"的神气。可是科长却故作夷然无事，笑着说："王同志，升级是可喜可贺的事！"

那个在写请客柬的同事听到了，记起先前他所说的要走的话，暂时放下了工作。"王同志，科长说您高升，这应当是真事。"

他回过头来看着写请客单的周同志，努力装着一种近于报仇的刻毒样子，毫不节制自己的感情说：

"我又不会巴结人，帮人白尽过义务，哪里会得人在上司前保举！"

"王同志，你怎么说——"

"我怎么？你说我怎么的？姓王的顶天立地，身家清白，不吸鸦片烟，不靠裙带……"科长说："王同志，你今天怎么……""总而言之，要走就走，谁也不想混在这里养老，把这差事当铁饭碗。"

办公室空气骤见紧张，使三个人心中都非常不安。那年青科长，对这办事员今天的脾气觉得异常，还以为是先前说到升级使他疑心受了讥笑，以为说他是运动旁人的结果。写请客柬的周同志，则以为王同志是在讥诮他代科长办私事。至于他自己呢，又以为是两人皆知道了他行将停职，故意把被叫到稽查股问话的事情提出来，作为开心嘲笑。

风波无端而来，使三人都误会了。年青的科长，不欲再在这不愉快事情上加以解释，觉得这小办事员没有受过多少教育，不能在分派公文外多谈一句话，就气势不凡的坐到自己桌上办公去了。

他把科长所分派的三件公函同两件答复外省询问购买呢制军服办法的回信原稿一一看着，心中非常颓丧。科长妄自尊大的神气，尤给他难堪。他想在通知来到以前，应当如何保全自己一点人格。他想用言语来挽回他认为在科长面前已经失去的尊严。因为他自觉是一个忠实同志，一个因为不能同流合污被人排挤的人物。

要他把公文如平时一般做下去，他是办不到了。他一面看着公事，一面想他的心事。

过一会科长在屋角一方很冷淡的用着完全上司的口吻，不自然的、客气的向他说话：

“王同志，那两件信你写好了，请先送过来。那是急要的两件，今天就得寄发。”

本来已经在开始动手了，一听这话，反而把笔捏着不写下去了。他又得到一个同科长顶嘴的机会。他喊那正在低头写“月之几日”请客帖的同事：“周同志，我同你说，若果你那请客帖不急要，这两件公文，我们两个一人办一件，如何？”

那同事听到了，望着科长。科长也听到了，只鼻子动动冷冷的笑着。

他这时节已准备一切决裂，索性把写就的一张信笺捏成一团丢到桌下去，曲肘在桌上，扶着个大头，抓弄头上的短发。

科长沉默的把烟含在口里，像在计划一种对于这不敬的职员的处置，另一老同事本来是同他站在一条线上，对于被驱使有着同忾，这时节被他一说。仿佛也站到科长一边去了。

大家无话可说，都非常勉强按捺到自己火性。科长虽说年少气盛，这时节也就不知道要怎样拿出所谓上司的身分，只好沉默着。

总务股送通知的人来了。照例接过通知，应在回单簿上盖章，是王同志办的事，今天却由那周同志代做。同事把通知接过手，大略一看，不作声，送给科长去了。

看过通知的科长，冷笑着，把通知随意搁放在一旁。过了好一会才开口说道：

“王同志，今天你是最后到这里了，你高升了。过去半年，大家能够同心合作努力，真真难得。你高升了。”

他明白对于他停职的处分通知已来了，脸发着烧，放下了笔，走到科长这一面来，看通知上所写的是些什么考语。

看过通知，他愕然了。

他明白他错误了。因为通知单上写得明明白白，是这汉子意外的几句话：“王世杰同志，忠于职务，着调稽查股，月薪照原数支领另加二十四元……”写得非常明白，毫不含糊。

忽然感着兴奋，他望着科长，“科长，科长，我真是个老胡涂，我真是个王八蛋。”科长不作声，掉过头去看一件公文。

“我错了，科长。我以为是因为……被停职！”

“赶快把事情办好，那边等着你！”

一天风云消散，仿佛为补救自己在科长面前的过失，把公文写完后，他咬着下唇还很高兴的为科长写一部分请客柬。一面写，一面心上说，“我真是个呆子！只胡思乱想！就不惜在一些过去了的事务上找出许多自嘲的故事。”且痛切的想着近于奢望的幸福。在街窗的一面，留连于烟斗烟袋那些事，也全想到了。

第二天，他的办公地当真移到稽查股了。因为一点事情过××科，照习惯好像作客，见旧科长和同事时，他口中却衔着一个芝麻黑色不灰木烟斗，颜色很新。周同志问：“王同志，什么时候买的，多少钱？”

他不答话，却把一个崭新的灰色皮包从中山装口袋里掏出，很细致的拉着那皮包上的镀银细链条，皮包开了口，同事才知道是贮烟丝的荷包。

因为纪念这升级，他当天晚上下了大大决心，将储蓄总数六分之一的十元数目，买了一套吸烟用具了。若果这个人善于回忆自己心情上的矛盾时，在这烟斗上，他将记忆到一些近于很可笑的蠢事。北平近来怎么样了呢？不管它怎么样，他没有旁想过北平了。有了这样精细烟具的他，风度气概都与前些日子大不相同了。

一个女人[1]

在近亲中，三翠的名字是与贤惠美德放在一块的。人人这样不吝惜赞美她，因为她能做事，治家，同时不缺少一个逗人心宽的圆脸。

小的，白皙的，有着年青的绯色的三翠的脸，成为周遭同处的人欢喜原因之一，识相的，就在这脸上加以估计，说将来是有福气的脸。似乎也仿佛很相信相法那样事的测断，三翠对于目下生活完全乐观。她成天做事，做完了——不，是做到应当睡觉的时候了，——她就上到家中特为预备的床上，这床是板子上垫有草席，印花布的棉被，她除了热天，全是一钻进了棉被就睡死了。睡倒了，她就做梦，梦到在溪里捉鱼，到山上拾菌子，到田里捡禾线，到菜园里放风筝。那全是小时做女儿时的事的重现。日里她快乐，在梦中她也是快乐的。在梦中，她把推磨的事忘掉了，把其余许多在日里做来觉得很费神的事也忘掉了。有时也有为恶梦惊吓的时候，或者是见一匹牛发了疯，用角触人，或者是涨了水，满天下是水，她知道是梦，就用脚死劲抖，即刻就醒了。醒了时，她总是听到远处河边的水车声音，这声音是像同

① 本篇发表于1930年9月1日《妇女杂志》第16卷第9号。署名沈从文。据《妇女杂志》编入。

谁说话，成天絮絮叨叨的，就是在梦中，她也时常听到它那俨然老婆子唱歌神气的声音。虽然为梦所吓，把人闹醒，但是，看看天，窗边还是黑魆魆的不见东西，她就仍然把眼睛闭上，仍然又梦到溪里捉鱼去了。

她的房后是牛栏，小牛吃奶大牛嚼草的声音，帮助她甜睡。牛栏上有板子，板子上有一个年纪十八岁的人，名字是苗子，她喊他做哥哥，这哥哥是等候这比他小五岁的三翠到十五岁后，就要同她同床的。她也知道这回事了。她不怕，不羞，只在无别个人在他们身边，他说笑话说两年以后什么时，她才红脸的跑了。她有点知道两年以后的事情了。她才是十三岁的女孩子。她夜里醒时听到牛栏上的打鼾声音，知道他是睡得很好的。

白天，她做些什么事？凡是一个媳妇应做的事她全做了。间或有时也挨点骂，伤心了，就躲到灶房或者溪边去哭一会儿。稍过一阵又仍然快乐的做事了。她的生活是许多童养媳的生活，凡是从乡下生长的，从内地来的，都可以想象得到。就是她那天真，那勤快，也是容易想象得到的事。稍不同的是许多童养媳成天在打骂折辱中过日子，她却是间或被做家长的教训罢了。为什么这样幸福？因为上面只有一个爹爹。至于那个睡在牛栏上的人呢，那是“平衔”的人，还不如城市中知道男子权利的人，所以她笑的时候比其余的童养媳就多了。

鸡叫了，天亮了，光明的日头渐渐由山后爬起，把它的光明分给了地面，到烟囱上也镀了金黄的颜色时，她起床了。起了床就到路旁井边去提水，身后跟的是一只小狗。露水湿着脚，嗅着微带香气的空气，脸为湿湿的风吹着，她到了井边，把水一瓢一瓢的舀到桶中。水满了桶，歪着身，匆促的转到家中，狗先进门。即刻用纸煤把灶肚内松毛引燃了。即刻锅中有热水了。狗到门外叫过路人去了。她在用大竹帚打扫院子了。这时在牛栏上那个人起身了，爹爹起身了，蹲到院落里廊檐下吸烟，或者编草鞋耳子，望到三翠扫地。不到一会，三翠用浅边木盆把洗脸水舀来了，热气腾腾，放到廊下，父子又蹲着擦脸，用那为三翠所手作的牛肚布帕子，拧上一帕，掩覆到脸上。盆边还有皂荚，捶得稀融，也为三翠所作。洗完脸，就问家长："煮苕还是煮饭？""随便。"或者在牛栏上睡觉那个人说"饭"，而爹爹又说"吃红薯"，那她折衷，两者全备，回头吃的却是苕拌饭。吃的东西有时由三翠出主意，就是听到说"随便"以后，则三翠较麻烦，因为自己是爱好的人，且知道他们欢喜的东西。把早饭一吃，大家出门。上山的上山，下田的下田，人一出门，牛也出门，狗也出门了，家中剩三翠一人。捡拾碗筷，捡拾……她也出门了。她出门下溪洗衣，或到后园看笋子，摘菜花，预备吃中饭用。

到了午时把饭预备好，男子回家了。到时不回，就得站到门外高坎上去，锐声的喊爹喊苗哥。她叫那在牛栏上睡的人叫苗哥，是爹爹所教的。喊着，像喊鸡，于是人回来了。三翠欢喜了，忙了。三人吃中饭。小猫咪咪叫着，鸡在桌子脚下闹着，为了打发鸡，常常停了自己吃饭，先来抓饭和糠，用手拌搅着，到院中去。"翠丫头，菜冷了！"喊着。"来了！"答应着。真来了。但苗哥已吃完了，爹也吃完了，她于是收碗，到灶屋吃去。小猫翘起了尾，跟在身后到灶屋，跃到灶头上，竟吃碗中的饭，就抢到手上忙吃，对小猫做凶样子。"小黑，你抢我饭，我打你！"虽然这样说，到后却当真把饭泡汤给猫吃了，自己卷了袖子在热水锅里洗碗。

夜间，仍然打发人，打发狗，打发猫，……春天同夏天生活不同，但在事务繁杂琐碎方面却完全一样。除了做饭，烧水，她还会绩麻，纺棉纱，纳鞋，缝袜子。天给她工作上的兴趣比工作上的疲劳还多，所以她在生活中看不出她的不幸。

她忙着做事，仍然也忙着同邻近的人玩。舂碓的，推磨的，浆洗衣裳的，不拘什么事人要她帮忙时，她并不想到推辞。

见到这样子活泼，对三翠，许多人是这样说过了。“三翠妹子，天保佑你，菩萨保佑你，有好丈夫，有福气。”听到了，想起好笑。什么保佑不保佑！那睡在牛栏上打鼾的人，有福气，戴金穿绸，进城去坐轿子，坐在家中打点牌，看看戏，无事可作就吃水烟袋烤火，这是乡下人所说的福气了。要这些有什么好处？她想：这是你们的，“你们”指的是那夸奖过了她的年长伯妈婶婶。她自己是年青人，年青人并不需要享福。

她的门前是一条溪。水落了，有蚌壳之类在沙中放光，可以拾作宝贝玩。涨了水，则由坝上掷下大的水注，长到一尺的鱼有时也可以得到。这溪很长，一直上到五里以上十里以上的来源。她还有一件事同这溪有关系的，就是赶鸭子下水。每早上，有时还不到烧水那时，她就放鸡放鸭，鸡一出笼各处飞，鸭子则从屋前的高坎上把它们赶下溪边。从高下降，日子一多，鸭子已仿佛能飞了，她每早要这鸭子飞！天气热，见到鸭子下水时，欢欢喜喜的呷呷地叫，她就拾石子打鸭子，一面骂，“扁毛，打死你，你这样欢喜！”其实她在这样情形下，自己也莫名其妙的欢喜快乐了。她在这溪边，并且无时不快乐到如鸭子见水。

时间过去。

三翠十四岁了。

除了身个子长高，一切不变：所做的事，地方所有的习惯，溪中的水。鸡鸭每天下在笼中的卵，须由三翠用手去探取，回头又得到溪边洗手，这也不变。

是冬天。天冷，落了雪，人不出门，爹爹同苗哥在火堆边烤火取暖。在这房子里，可以看出这一家人今年的生活穷通。火的烟向上窜，仿佛挡了这烟的出路的，是无数带暗颜色的成块成方的腊肉。肉用绳穿孔悬挂在那上面钩上。还有鸡、鸭、野兔、鹿子，一切的为过年而预备的肉，也挂在那里，等候排次排件来为三翠处置成下酒的东西。

爹爹同苗哥在烤火，在火边商量一件事。

“苗子，你愿意，就看日子。”

爹爹说着这样话时，三翠正走过房门外。她明白看日子的意义，如明白别的事一样，进到房中，手上拿的是一碗新蒸好的红薯，手就有点抖。她把红薯给爹爹，笑，稍稍露出忸怩的神气。

“爹。有锅巴了。这次顶好。”

爹取了，应当给苗哥，她不给，把碗放到桌上走出去。慢慢的走。她不知自己是怎么回事，同时想起是今早上听到有接亲的从屋前过去吹唢呐。

“丫头，来，我问你。”

听到爹喊，她回来了，站到火边烘手。

爹似乎想了一会，又不说话，就笑了。苗哥也笑。她也笑。她又听着远处吹唢呐的声音了，且打铜锣，还放炮，炮仗声音虽听不到，但她想，必定有炮仗的。还有花轿，有拿缠红纸槁把的伴当，有穿马褂的媒人，新嫁娘则藏在轿里哭娘，她都能想得出。

见到两个人鬼鬼的笑，她就走到灶屋烧火处去了，用铁夹搅灶肚内的火，心里有刚才的事情存在。

她想得出，这时他们必定还在说那种事情，商量日子，商量请客，商量……

以后，爹爹来到灶房了，要她到隔邻院子王干爹家去借历书，她不作声，就走到王家去。王家先生是教书的秀才，先生娘是瘫子，终日坐到房中大木椅中，椅子像桶，这先生娘就在桶中过日子，得先生服侍，倒养得肥胖异常。三翠来了，先到先生娘身边去。

“干妈，过午了？”

“翠翠，谢你昨天的粑粑。”

“还要不要？那边屋里多咧，会放坏。”

“你爹不出门？”

“通通不出门。”

“翠翠，你胖了，高了，像大姑娘了。”

“……”她笑，想起别的事。

“年货全了没有？”

“爹爹进城买全了。有大红曲鱼，干妈，可以到我那里过年去。”

“这里也有大鱼，村里学生送的。”

“你苗哥？”

“他呀，他——”

“爹爹？”

“他要我来借历书。”

“做什么？是不是烧年纸？”

“我不知道。”

“这几天接媳妇的真多。（这瘫婆子又想了一会。）翠丫头，你今年多少年纪？”

“十四,七月间满的。干妈为我做到生日，又忘了！”

“进十五了，你像个大姑娘了。”

说到这话，三翠脸有点发烧。她不作声，因为谈到这些事上时照例小女子是无分的，就改口问：“干妈，历书在不在？”

“你同干爹说去。”

她就到教书处厢下去，站到窗下，从窗子内望先生。

先生在教《诗》。说“关关雎鸠”，解释那些书上的字义。三翠不即进去，她站在廊下看坪中的雪，雪上有喜鹊足迹。喜鹊还在树上未飞去，不喳喳的叫，只咯咯的像老人咳嗽。喜鹊叫有喜。今天似乎是喜事了，她心中打量这事，然而看不出喜不喜来。

先生过一会，看出窗下的人影了，在里面问："是谁呀？"

"我。三翠。"

"三，你来干吗？"

"问干爹借历书看日子。"

"看什么日子？"

"我不知道。"

"莫非是看你苗哥做喜事的日子。"

她有点发急了。"干爹，历书有不有？"

"你拿去。"

她这才进来，进到书房，接历书。一眼望去，一些小鬼圆眼睛都望到自己，接了历书走出门，她轻轻的呸了一口。把历书得到，她仍然到瘫子处去。

"干妈，外面好雪！"

"我从这里也看得到，早上开窗，全白哩。"

"可不是。一个天下全白了。……"

远处又吹唢呐了。又是一个新娘子。她在这声音上出了神。唢呐的声音，瘫子也听到了，瘫子笑。

"干妈你笑什么？"

"你真像大人了，你爹怎么不——"

她不听。借故事忙，忙到连这一句话也听不完，匆匆的跑了。跑出门就跌在雪里。瘫子听到滑倒的声音，在房里问：

"翠翠，你跌了？忙什么？"

她站起掸身上的雪，不答应，走了。

过了十四天，距过年还有七天，那在牛栏上睡觉打呼的人，已经分派与三翠同床，从此在三翠身边打呼了。三翠作了人的妻，尽着妻的义务，初初像是多了一些事情，稍稍不习惯，到过年以后，一切也就完全习惯了。

她仍然在众人称赞中做着一个妇人应做的事。把日子过了一年。在十五岁上她就养了一个儿子，为爹爹添了一个孙，让丈夫得了父亲的名分。当母亲的事加在身上时，她仍然是这一家人的媳妇，成天做着各样事情的。人家称赞她各样能干，就是在生育儿子一事上也可敬服，她只有笑。她的良善并不是为谁奖励而生的。日子过去了，她并不会变。

但是，时代变了。

因为地方的变动，种田的不能安分的种田，爹爹一死，作丈夫的随了人出外县当兵去了。在家中依傍了瘫子干妈生活的三翠，把儿子养大到两岁，人还是同样的善良，有值得人欢喜的好处在。虽身世遭逢，在一个平常人看来已极其不幸，但她那圆圆的脸，一在孩子面前仍然是同小孩子一样发笑。生活的萧条不能使这人成为另一种人，她才十八岁！

又是冬天。教书的厢房已从十个学生减到四个了，秀才先生所讲的还是“关关雎鸠”一章。各处仍然是乘年底用花轿接新娘子，吹着唢呐打着铜锣来来去去。天是想落雪还不曾落雪的阴天。有水的地方已结了薄冰，无论如何快要落雪了。

三翠抱了孩子，从干妈房中出来，站在窗下听讲书。她望到屋后那曾有喜鹊作巢的脱枝大刺桐树上的枝干。时正有唢呐声音从门前过身，她就追出门去看花轿，逗小孩子玩，小孩见了花轿就嚷“嫁娘嫁娘”。她也顺到孩子口气喊。到后，回到院中，天上飞雪了，小孩又嚷雪。她也嚷雪。天是落雪了，到明天，雪落满了地，这院子便将同四年前一个样子了。

抱小孩抱进屋，到了干妈身边。

“干妈，落雪了，大得很。”

“已经落了吗？”

“落雪明天就暖和了，现在正落着。”

因为干妈想看雪，她就把孩子放到床上，去开窗子。开了窗，干妈不单是看到了落雪的情形，也听到唢呐了。

“这样天冷，还有人接媳妇。”

三翠不作答，她出了神。

干妈又说：“翠翠，过十五年，你毛毛又可以接媳妇了。”

翠翠就笑。十五年，并不快，然而似乎一晃也就可以到眼前，这妇人所以笑了。说这话的干妈，是也并不想到十五年以后自己还活在世界上没有的。因为雪落了，想开窗，又因为有风，瘫子怕风。

“你把窗户关了，风大。”

照干妈意思，她又去把窗子关上。小孩这时闹起来了，就忙过去把小孩抱起。

“孩子饿了？”

“不。喂过奶了。他要睡。”

“你让他睡睡。”

“他又不愿意睡。”

小孩子哭，大声了，似乎有冤屈在胸中。

“你哭什么？小毛，再哭，猫儿来了。”

作母亲的抱了孩子，解衣露出奶头来喂奶，孩子得了奶，吮奶声音如猫吃东西。

“干妈，落了雪，明天我们可做冻豆腐了。”

“我想明天好做点豆豉。”

"我会做。今年我们腊肉太淡了，前天煮那个不行。"前天煮腊肉，是上坟，所以又接着说道，"爹爹在时腊肉总爱咸。他欢喜盐重的，昨天那个他还吃不上口！"

"可惜他看不到毛毛了。"

三翠不答，稍过，又说道："野鸡今年真多，我上日子打坟前过身，飞起来四只，咯咯咯叫，若是爹爹在，有野鸡肉吃了。"

"苗子也欢喜这些。"

"他只欢喜打毛兔。"

"你们那枪为什么不卖给团上？"

"我不卖它。放到那里，几时要几时可用。"

"恐怕将来查出要罚，他们说过不许收这东西。我听你干爹说过。"

"他们要就让他们拿去，那值什么钱。"

"听说值好几十！"

"哪里，那是说九子枪！我们的抓子，二十吊钱不值的。"

"我听人说机关枪值一千。一杆枪二十只牛还换不到手。军队中有这东西。"

"苗子在军队里总看见过。"

"苗子月里都没有信！"

"开差到 ×× 去了，信要四十天，前回说起过。"

这时，孩子已安静了，睡眠了，她们的说话声也轻了。

"过年了，怎么没有信来。苗子是做官了，应当……（门前有接亲人过身，放了一炮，孩子被惊醒，又哭了。）少爷，莫哭了。你爹带银子回来了。银子呀，金子呀，宝贝呀，莫哭，哭了老虎咬你！"

作母亲的也哄着。"乖，莫哭。看雪。落雪了。接嫁娘，吹唢呐，呜呜喇，呜呜喇。打铜锣，铛，团！铛，团！看喔，看喔，看我宝宝也要接一个小嫁娘喔！呜呜喇，呜呜喇。铛，团！铛，团！”

小孩仍然哭着，这时是吃奶也不行了。

“莫非吹了风，着凉了。”

听干妈说，就忙用手摸那孩子的头，吮那小手，且抱了孩子满房打圈，使小孩子如坐船。还是哭。就又抱到门边亮处去。

“喔，要看雪呀！喔，要吹风呀！婆婆说怕风吹坏你。吹不坏的。要出去吗？是，就出去！听，宝宝，呜呜喇，……”

她于是又把孩子抱出院中去。下台阶，稍稍的闪了身子一下，她想起上前年在雪中跌了一跤的事情了。那时干妈在房中问的话她也记起来了。她如何跑也记起来了。她就站着让雪在头上落，孩子头上也有了雪。

再过两年。

出门的人没有消息。儿子四岁。干爹死了，剩了瘫子干妈。她还是依傍在这干妈身旁过日子。因了她的照料，这瘫妇人似乎还可以永远活下去的样子。这事在别人看来，是一件功果还是一件罪孽，那还不可知的。

天保佑她，仍然是康健快乐。仍然是年青，有那逗人欢喜的和气的脸。仍然能做事，处理一切，井井有条。儿子长大了，不常须人照料了，她的期望，已从丈夫转到儿子方面了。儿子成了人才真是天保佑了这人。她在期望儿子长成的时间中，却并不想到一个儿子成人，母亲已如何上了年纪。

过去的是四年，时间似乎也并不很短促，人事方面所有的变动已足证明时间转移的可怕，然而她除了望日子飞快的过去，没有其他希望了。时间不留情不犹豫的过去，一些新的有力的打击，一些不可免的惶恐，一些天灾人祸，抵挡也不是容易事。然而因为一个属于别人幸福的估计，她无法自私，愿意自己变成无用而儿子却成伟大人物。

自从教书的干爹死了以后，瘫人一切皆需要三翠。她没有所谓“不忍之心”始不能与这一家唯一的人远离，她也没有要人鼓励才仍然来同这老弱疲惫妇人住在一起。她是一个在习惯下生存的人，在习惯下她已将一切人类美德与良心同化，只以为是这样才能生活了。她处处服从命运，凡是命运所加于她的一切不幸，她不想逃避也不知道应如何逃避。她知道她这种生活以外还有别种生活存在，但她却不知道人可以选择那机会不许可的事来做。

她除了生活在她所能生活的方式以内，只有做梦一件事稍稍与往日不同了。往日年幼，好玩，羡慕放浪不拘束与自然戏弄的生活，所以不是梦捉鱼就是梦爬山。一种小孩子的脾气与生活无关的梦，到近来已不做了。她近来梦到的总是落雪。雪中她年纪似乎很轻，听到人说及做妇人的什么时，就屡屡偷听一会。她又常常梦到教书先生，取皇历，讲“关关雎鸠”一章。她梦到牛栏上打鼾的那个人，还仍然是在牛栏上打鼾，大母牛在反刍的小小声音也仿佛时在耳边。还有，爹爹那和气的脸孔，爹爹的笑，完全是四年前。当有时梦到这些事情，而醒来又正听到远处那老水车唱歌的声音时，她想起过去，免不了也哭了。她若是懂得到天所给她的是些什么不幸的戏弄，这人将成天哭去了。

做梦有什么用处？可以温暖自己的童心，可以忘掉眼前，她正像他人一样，不但在过去甜蜜的好生活上做过梦，在未来，也不觉得是野心扩大，把梦境在眼前展开了。她梦到儿子成人，接了媳妇。她梦到那从前在牛栏上睡觉的人穿了新衣回家，做什长了。她还梦到家中仍然有一只母牛，一只小花黄牛，是那在牛栏上睡觉的人在外赚钱买得的。

日子是悠悠的过去，儿子长大了，居然能用鸟枪打飞起的野鸡了，瘫子更老惫不中用了，三翠在众人的口中的完美并不消失。

到了后来。一只牛，已从她两只勤快手上抓来了。一个儿媳已快进门了。她做梦，只梦到抱小孩子，这小孩子却不是睡在牛栏上那人生的。

她抱了周年的孙儿到雪地里看他人接新嫁娘花轿过身时，她年纪是三十岁。

三个男子和一个女人[①]

中尉连附罗义，略略显得忧郁而又诙谐的说道：

“有什么人知道我们的开差，为什么要落雨的理由么？”

我们自己是找不出那个理由的。或者这事情团部的军需能够知道，因为没有落雨时候，开差草鞋用得很少，落了雨，草鞋的耗费就多了。但落了雨才开差，对于军需是利益还是损失，我们是又不大能够说得清楚的。照例那些事非常复杂，照例那些事团长也不大知道，因为团长是穿皮靴的。不过每次开拔总同落雨有一种密切关系，这是今年来我们遇到很巧妙事情之一种。

在大雨中作战，还有许多勇敢的人，所以在雨里开差，我们是不应当再有怨言了。雨既然时落时止，我们的油布雨衣，都很完全。我们前面办站的副官，从不因为借故落雨，便不把我们的饮食预备妥当。我们的营长，骑在马上，尽雨淋湿全身，也不害怕发生疟疾。我们在雨中穿过竹林，或在河边茅棚下等候渡船，因为落雨，一切景致看来实在比平常日子美丽许多。

泥浆是落雨才有的，但滑滑的走着长路，并不使人十分难过。我

---

① 本篇发表于 1930 年 10 月 15 日《文艺月刊》第 1 卷第 3 号。署名沈从文。

们是因为这样，才把应走的里数缩短的。我们还可以在方便中，借故走到一个有青年妇人的家里去，说几句俏皮话，顺便讨取几张棕衣，包到脚上。我们因为落雨，才可以随便一点，同营长在一个小盆里洗脚。一个兵士还能够有机会同营长在一个盆里洗脚，这出乎军纪风纪以上的放肆，在我们那时节，是不怎么容易得到的机会！

我们走了四天，到了我们要到的地点。天气是很有趣味的天气，等到队伍已经达到目的地，忽然放了晴，有太阳了。一定有许多人是正在嘲骂这太阳的，一定有许多人要笑它，以为太阳是故意同我们作对。好吧，这个我们可管不了许多。我们是移到这里来填防的，原来所驻的军队早已走了，我们所以到这地方来补缺，别人做什么无聊事我们还是要继续来作。

乘满天红霞夕阳照人时，我们有一营人留在此地了。另外一营人，今天晚上虽然也留在此地，第二天就得开拔到一个五十里外的镇上去。明天还要开拔的，这时节已全驻扎到各小客栈同民房，我们却各处去找寻应当驻宿的地点。因为各个部队已经分配好了，我们的旗子插到杨家祠堂，可是一连人中谁也不知道这杨家祠堂的方向，只是在街中乱抓别一连的兵士询问。

原来杨家祠堂有两个，我们找了许久，找到的还是好像不对。因为这祠堂太小，太坏，内中极其荒凉。但连长有点生气，他那尊贵的脚不高兴再走一步了。他说，这里既然是空的，就歇息一下，再派人去问吧。我们全是走了一整天长路的人，我们还看到许多兵士，在民房里休息，用大木盆洗脚，提干鱼匆匆忙忙的向厨房走去。别人倦了饿了，都得到了解决，只有我们都在这市镇街上各处走动，像一队无家可归的游民。现在既然有了个歇脚地方，并且时间又已经快夜了，我们所以谁也不以为意，都在祠堂外廊下架了枪，许多人都坐在那石狮子下，松解身上的一切东西。

一个年青号兵不知从什么地方得来了一个葫芦，满葫芦烧酒，一个人很贪婪的躲到墙脚边喝它。有些兵士见到了这件事都去抢这葫芦，到后葫芦就打碎了，所有的酒也全泼在还不十分干燥的石地上了。号兵发急，大声的辱骂，而且追打抢劫他的同伴。

连长听到这个吵闹，想起号兵的用处了，就要号兵吹号探问团部。号兵爬到石狮子上去，一手扳到那为夕阳所照及的石狮，一手拿着那支紫铜短小喇叭，吹了一通问答的曲子，声音飘荡到这晚风中，极其抑扬动人。

这时满天是霞，各处人家皆起了白白的炊烟，在屋顶浮动。许多年青妇人带着惊讶好奇的神气，穿的是新浆洗过的月蓝布衣裳，挂着扣花的围裙，抱了小孩子，远远的站在人家屋檐下看热闹。

那号兵，把喇叭吹过后，就得到了驻在山头庙里团部的回音。连长又要号兵，问询是不是就在这祠堂歇脚。那边的答复还是不能使我们的连长满意。于是那号兵，第三次又鼓着那嘴唇，吹他那紫铜喇叭。

在街的南端来了两只狗，有壮伟的身材，整齐的白毛，聪明的眼睛，如两个双生小孩子，站在一些人的面前。这东西显然是也知道了祠堂门前发生了什么事情，特意走来看看的。

我们都对这狗起了一种野心，我们是走到任何地方看到了一只肥狗，心上就即刻有一个杀机兴起，极难遏止的。可是另外还有更使人注意的，是听到有一个女子的声音喊“阿白”，清朗而又脆弱，喊了两声，那两只狗对我们望望，仿佛极其懂事，知道这里不能久玩，返身飞跑去了。

天气快晚了。

我们之间忽然发生了一个意外的变故。那号兵，走了一整天的路，到了地，大家皆坐下休息了，这年青人还爬上石狮子去吹了好几次号。到后脚腿一发麻，想跳下石狮，谁知两脚已毫无支持他那身体的能力，跳到地下就跌倒不能爬起，因此双脚皆扭伤了筋，再也不能照平常人的方便走路了。

这号兵是我同乡，我们在一个堡砦里长大，一条河里泅水过着夏天，一个树林子里拾松菌消磨长日。如今便应当轮到我来照料他了。

一个二十岁的人，遭遇这样的不幸，那有什么办法可言？因为连长也是同乡，号兵的职务虽不革去，但这个人却因为这不幸的事情，把事业永远陷到号兵的位置上了。他不能如另外号兵，在机会中改进干部学校再图上进了，他不能再有资格参加作战剿匪的种种事情了，他不能再像其他青年兵士，在半夜里爬过一堵土墙去与本地女子相会了。总而言之，便是这个人做人的权利，因为这无意中一摔，一切皆消灭无余，无从补救了。

我因为同乡原故，总是特别照料到这个人。我那时是一个什长，只能在一班兵士中有点职权，我就把他放在我那一棚里。这年青人仍然每早得在天刚发白时候爬起，穿上军衣，弄得一切整齐，走到祠堂外边石阶上去，吹天明起床号一通。过十分钟，又吹点名号一通。到八点又吹下操号一通。到十点又吹收操号一通……此外还有许多次数，都不能疏忽。军队到了这里，半月来完全不下操，但照规矩那号兵总得尽号兵的职务。他每次走到外边去吹他的喇叭时，都得我照扶他。我或者没有空闲，这差事就轮到班上的火夫了。

我们都希望他慢慢的会转好，营部的外科军医，还把十分可信的保证送给这个不幸的人。这年青人两只腿皆被用杉木板子夹好，皆被军医放过血，揉搓过许久，且用药烧灼过无数次。日子一天一天的过去，还是得不到少许效验，我们都有点失望了，他自己却不失望。

他说他会好的，他只要过两个月就可以把杉木夹板取去，可以到田里去追赶野兔了。听到这个话老军医便笑着，因为他早知道这件事是青年人永远无可希望的事情，不过他遵守着他做医生的规则，且法律又正许可这类人说谎，所以他约许的种种利益，有时比追兔子还夸张得不合事实。

过了两个月，这年青人还是完全不济事。伤处的肿已经消了，血毒症的危险不会有了，伤部也不至于化脓溃烂了，但这个号兵，却已完全是一个瘸脚人了。他已经不要人照料，就可以在职务上尽力了。他仍然住在我那一棚里，因为这样，我们两人之间，成立了一种最好的友谊。

我们所驻在的市镇，并不十分热闹，但比起湘边各小城市，却另有一种风味。这里只四条大街，中央一个鼓楼操纵全城。这里如其他地方一样，有药铺同烟馆，有赌博地方同喝酒地方。我每天差不多都同这个有残疾的号兵在一处过活，出去时总在一块，喝酒两人帮忙，赌博两人拉伴平分。

若果部队不开拔，这年青人是仍然有一切当兵人的幸福的。凡是一个兵士能做到的事，他仍然可以有分。他要到那些有年青妇人的住处去，同妇人调笑，妇人们却不敢得罪他。他坐上桌子赌五十文一注的二十一点扑克，别人也不好意思行使欺骗。他要吹号，凡是在过去没有赶得过他的，如今还是不会超过他。大家知道这个号兵的不幸，还不约而同的帮助这个人。

但他的性情，在我看来，有些地方却变了。他是一个号兵，照例一个号兵，对于他的喇叭应当有一种特殊嗜好，无事时到各处走去，喇叭总不能离身。他一定还是一个动作敏捷活泼喜事的人。他可以在晨光熹微中，爬到后山头或城堡上去试音，到了夜里，还要在月光下奏他的曲子，同远远的另一连互相唱和。别的连上的号手，在逢场时节，还各人穿了整齐的制服，排队到场上游行，成列的对本城人有所炫耀，说不定其中就有意外的幸运发生，给那些藏在腰门后面，露出一个白白额角同黑亮眼睛的妇女们注了意。还有，他若是行动自由而且方便，拿喇叭到山上去吹，会有多少小孩子，带着微微的害怕，围拢来欣赏这大人物的艺术，他就可以同那些小孩子成立了一种友谊。慢慢地，他就得到许多小朋友了。

属于号兵分外的好处，一切都完了。他仅有的只是一点分内的职务。平时好动喜事的他，有点儿阴郁，有点儿可怜。他的脚已经瘸了。连长当到人面前就大声的喊瘸子。一切人不好意思当面叫这名称，背地里就免不了要喊他为“瘸脚号兵”为了一种方便，为了在辨别上容易认出，自从这号兵一瘸，大家都在他的号兵名字加上了“瘸子”两字，本连火夫也有了这一种权利，对这个人存轻视心，轻轻的互相批评这不幸的人，且背地里学这人的行动，作为娱乐了。

在先，对于号兵的职务，他仍然如一个好人一样，按时站到祠堂门外，或内面殿堂前石阶上，非常兴奋的吹他的喇叭。后来因为本连补下一个小副手，等到小号兵已经能够较正确的吹完各样曲子时，他就不常按时服务了。

他同我每天都到南街一个卖豆腐的人家去，坐在那大木长凳上，看铺子里年青老板推浆打豆腐。这铺子对面是一个邮政代办所，一家比本城各样铺子还阔气的房子，从对街望去，看得见铺子里许多字画，许多贴金洒金的对联。最初来的那一天，我们所见到的那两只白色大狗，就是这人家所豢养的东西。这狗每天蹲在门前，遇熟人就站起身来玩一阵，后来听到一个人的叫唤，便显得匆匆忙忙，走到有金鱼缸的门里天井去了。

我们难道是靠着白吃一碗豆浆，就成天来赖到这铺子里面么？我们难道当真想要同着年青老板结拜兄弟，所以来同这个人要好么？

我们来到这里有别的原因！但是，两个兵士，一个是废人，一个虽然被人家派为什长，站班时能够走出队伍来喊报名，在弟兄中有一种权利，在官长方面也有一种权利，俨然是一个预备军官，更方便处是可以随意用各样希奇古怪的名称，辱骂本班的火夫，作为脾气不好时节的泄气东西。可是一到外面，还有什么威武可说？一个班长，一连有十个或十二个，一营有三十六个，一团就有一百以上。什长的肩章领章，在我们这类人身上，只是多加一层责任罢了。一个兵士的许多利益，因为是班长，却无从得到了。一个兵士有许多放肆处，一个班长也不许可了。让我说，班长也是一个废物，是一个不幸的职位吧。因为若有人知道作战时班长同排长的责任，谁也将承认班长的可怜悯了。我到这儿是不以班长自居的，我擅用了一个兵士的权利，来到这豆腐铺。虽然我们每天总不拒绝由那个单身的强健的年青人手里，接过一碗豆浆来喝，我们可不是为吃豆浆而上门的。我们原来是看中了那两只狗，同那狗的女主人了。

真是一个标致的女人！在我生来还不曾见到有第二个这样的女子。我看到许多师长的姨太太，看到许多学生。第一种人总是娼妓出身，或者做了太太，变成娼妓。第二种人壮大得使我们害怕，她们跑路，打球，做一些别的为我所料不到的事情，都成了水牛。她们都不文雅，不窈窕。至于这个人呢，我说不出那完全合意的是些什么地方，可是我从不说谎，我总觉得这是一朵好花，一个仙人。

我们一面也服从营规，一面服从自己的欲望，在这城里我们是不敢撒野的，因为这样我们就每天到这豆腐铺子里来坐下了。我们一面同年青老板谈天，或者帮助他推磨，上浆，包豆腐，一面就盼望到那女人出来。我们常常在那二门天井大鱼缸边，望见白衣的一角，心就大跳，血就在全身管子里乱窜。我们每天又想方设法花了钱买了些东西，送给那两只狗吃，同这个畜生要好。在先，这畜生竟像知道我们存心不良，送它的东西嗅了一会就走开了。但到后来这东西由豆腐铺老板丢过去时，这畜生很聪明的望了一下老板，好像看得出这并不是毒药，所以吃下了。

这一定有人要问，为什么我们要在这无希望的努力上用心？因为按照我们的身分，我们即或能够同这个人家的两条狗要好，也仍然无从与那狗主人接近的。这人家是本地邮政代办所的主人，也就是这小城市唯一的绅士，他是商会的会长，铺子又是本军的兑换机关。时常见到这人家请客，到此赴席的全是体面有身分的人物，团长同营长，团副官，军法军需，无不在场。平常时节也常常见营部军需同书记官到这铺子里来玩，同那主人吃酒打牌。

因为我们问到豆腐铺的老板，才知道那女人是会长最小的姑娘，年纪还只有十五岁。我们知道一切无望了，还是每天来坐到豆腐铺里，找寻方便，等候这娇生惯养的小姑娘出外来，只要看看那明艳照人的女人，我们就觉得快乐了。或者一天没有机会见到，就是单听那脆薄声音，喊叫她家中所豢养狗的名字，叫着大白二白，我们仿佛也得到了一种安慰。我们总是痴痴的注意到那鱼缸，因为从那里常常可见到白的衣角，就知道那个姑娘是在家中天井里玩的。

那两只狗到后同我们做朋友了，带着一点谨慎小心的样子，走过豆腐铺来同我们玩。我们又恨这畜生又爱这畜生，因为即或玩得很好，只要听到那边喊叫，就离开我们走去了。可是这畜生是那么驯善，那么懂事！不拘什么狗是都永远不会同兵士要好的，任何种狗都与兵士作仇敌，不是乘隙攻击，就是一见飞跑。只有这两只狗竟做了我们的朋友。我们还因为它们是每天同女人接近的，所以更对这个畜生增加了不少爱慕。

我曾说过了这个豆腐铺老板是一个年青人，这人强健坚实，沉默少言，每天愉快的作工，同一切人做生意，晚上就关了店门睡觉。好像他是除了守在铺子面前，什么事情也不理，除了做生意，什么地方也不去。我初初看来竟不知道这人什么时候吃饭，什么时候去买办他制豆腐的黄豆。他虽不大说话，可是一个主顾上门时节，他总不至疏忽一切的对答。我们问他一切不知道的事情时，他答应得也非常满意。

我们曾邀约他喝过酒，等到会钞时，我走到柜上去算账，却听说豆腐老板已先付了账。第二次我们又请他去，他就毫不客气的让我们出钱了。

我们只知道他是从乡下搬来的，间或也有乡下亲戚来到他的铺子里，看那情形，这人家中一定也不很穷。他生意做得不坏，他告诉我说，他把积下的钱都寄回乡下去。问他是不是预备讨一个太太，他就笑了。他还会唱一点歌，唱得很好，声音调门都比我们营里人高明，这是我们有一次下午邀约到河边玩时，才知道的。他又会玩一盘棋，人并不识字，“车”“马”“象”“士”却分得很清楚。他做生意从未用过账簿，但赊欠来往数目，都能用记忆或别的方法记着，不至于使它错误。他把我们当成朋友看待，不防备我们，也不谄谀我们。我们来到他的铺子里，虽然好像单为了看望那商会会长的小姑娘，但若是没有这样一个同我们合得上的人，也不会每天不问晴雨到这铺子里混了！

我同到我那同伴瘸脚号兵，在他豆腐铺里谈到对面人家那姑娘，有时免不了要说出一些粗话蠢话，或者对于那两只畜生常常又要做出一点可笑的行为，这个年青老板，总是微微的发笑，在他那微笑中我们虽看不出什么恶意，我总就要说：

“你笑什么？你不承认她是美人么？你不承认这两只狗比我们幸福么？”照例这句话是不会得到回答的。即或回答了，也仍然只是忠厚诚实而几几乎还像有点女性害臊神气的微笑。这照例是使我不平的，我将说：

“为什么还是笑？你们乡下人，完全不懂到美！你们一定欢喜大奶大臀的妇人，欢喜母猪，欢喜水牛，因为肥大合用。但是这因为你不知道美人，不知道好看的东西。”

有时那跛子号兵，也要说：“我只愿意便变一只小狗，”且故意窘那豆腐铺老板，问他愿不愿意也变成一只狗，好得到每天与那小姑娘亲近的机会。

照例到这些时节，这年青人一面便特别勤快的推磨，一面还是微笑。

谁知道这是什么意思？谁又一定要追寻这意思？

我们的日子可以说是过得很快乐的。因为我们除了到这里来同豆腐老板玩，喝豆浆看那个美人以外，还常常去到场坪看杀人。我们的团部，每五天逢场，总得将从各处乡村押解来到的匪犯，选择几个做坏事有凭据的，牵到场头大路上去砍头示众。从前驻扎在 ××，杀人时，若是分派到本连护卫，派一排押犯人，号兵还得在队伍前面，在大街上吹号。到场坪时，队伍取跑步向前，还得吹冲锋号，使情形转为严重。杀过人以后，收队回营，从大街上慢慢通过，也仍然得奏着得胜回营的曲子。如今这事情跛脚号兵已无分了。如今护卫的完全归卫队，就是平常时节团长下乡剿匪时保护团长平安的亲兵，属于杀人的权利也只有这些人占有了。我们只能看看那悲壮的行列，与流血的喜剧了。我也不能再用班长资格，带队押解犯人游街了。可是这并不是我的损失！我们既然不在场护卫，就随时可以走到那里去看那些杀过后的人头，我们可以停顿在那地方很久，不必须即时走开。

有一次，我们把豆腐老板拉去了，因为这个人平素是没有胆量看这件事的。到那血迹殷然的地方，四具死尸躺在坪里，上衣全剥去了，如四只死猪。许多小兵正穿着不相称的军服，脸上显着极其顽皮的神气，拿了小小竹竿，刺拨死尸的喉管。一些饿狗远远的蹲在一旁，眺望到这里一切新奇事情，非常出神。

号兵就问豆腐老板，对于这个害不害怕。这年青乡下人的回答，却仍然是那永远神秘永远无恶意的微笑。看到这年青人的微笑，我们为我们的友谊感觉喜悦，正如听到那女子的声音，感觉生命的完全一个样子。

因为非常快乐，我们的日子也极其容易过去了。

一转眼，我们守在这豆腐铺子看望女人的事情就有了半年。

我们同豆腐老板更熟了些，同那两只狗也完全认识了。我们有机会可以把那白狗带到营里去玩，带到江边去玩，也居然能够得到那狗主人的同意了。

因为知道了女人毫无希望（这是同豆腐老板太熟习了，才从他口中探听到不少事情的），我们都不再说蠢话，也不再做愚蠢的企图了。仍然每天到豆腐铺来玩，帮助到这个朋友，做一切事情。我们完全学会制造豆腐的方法，能辨别豆浆的火候，认识黄豆的好坏了。我们还另外同许多本地主顾也认识了，他们都愿意同我们谈话，做我们的朋友。遇到主顾是兵士时，我们的老板，总要我多多的给他们豆腐，且有时不接受主顾的钱。我们一面把生活同豆腐生意打成一片，一面便同那两只白狗成了朋友，非常亲昵，非常要好。那小姑娘的声音，虽仍然能够把狗从我们身边喊叫回去，可是有时候我们吹着哨子，也依然可以嗾使那两条狗飞奔的从家中跑出来。

我们常常看见有年青的军官，穿着极其体面的毛呢军服，白白的脸庞，带着一点害羞的红色，走路时胸部向前直挺，用那有刺马轮的长统黑皮靴子，磕着街石，堂堂的走进那人家二门里去，就以为这其中一定有一些故事发生。我到底是懂事一点的人，受了这个打击，还知道用别的方法安慰到自己，可是我的同伴瘸脚号兵，却因此更忧郁了。

我常常见他对那些年青官佐，在那些人背后，捏起拳头来作打下的姿势。又常常见他同豆腐铺老板谈一些我不注意到的事情。

我说过这样的话，在有一次到一个小馆子里，各人皆喝多了一点的时候，我向那跛脚的残废人说：

“你是废人，我的朋友，我的庚兄，你是废人！一个小姐是只合嫁给我们年青营长的。我们试去水边照照看，就知道这件事我们无分了。我们是什么东西？七块钱一月，开差时在就在泥浆里走路，驻扎下来就点名下操，夜间睡到稻草席垫上，口是吃牛肉同酸菜的口，手只合捏那冰冷的枪筒……我们年青，可是万万不及从学校出身的营长美貌多才。我们只是一些排成队伍的猪狗罢了，为什么对于这姑娘有一种野心？为什么这样不自量？……”

我那次是的确有点醉了，我不知道我应当节制的语言，只是糊糊涂涂，教训这个平时非常听好话的朋友。我似乎还用了许多比喻，提到他那一只脚。那时只是我们两个人在一处，到后，不知为什么理由，这朋友忽然改变了平常的脾气，完全像一只发疯了的兽物，扑到我的身上来了。我们于是就揪打成一堆，各人扭着对方的耳朵，各人毫不虚伪的痛痛的打了一顿。我实在是醉了，他也是有点醉了。我们都无意思的骂着闹着，到后有兵士从门外过身，听到里面吵闹，像是自己的人，才走进来劝解，费了许多方法我们才分开了，两人皆由另外兵士照扶回到连上去。

回到连上，各人呕了许多，半夜里，我们酒醒了，各人皆因为口渴，爬起来到水缸边拿水喝。两人喝了好些冷水，皆恍恍惚惚记起上半夜的事情，两人都哭了。为什么要这样斗殴？什么事使我们这样切齿？什么事必须要这样作？我们又哭又笑，披了新近领下的棉军服，一同走到天井去，看快要下落的月亮，如一个死人的脸庞。天空各处有流星下落，作美丽耀目的明光。各处有鸡在叫。我们来到这里驻防，我这个朋友跌坏了腿的那时，还是四月，如今已经是十月了。

第二天，两人各望着对方的浮肿的脸，皆非常不好意思。连上有人知道了我们的殴打，一定还有人担心我们第二次的争斗，可料不到昨夜醉里的事情，我们两人早已忘记了。我们虽然并不忘却那件事，但我们正因为这样，把友谊更坚固的成立了。

两人到后仍然到了豆腐铺，豆腐老板初初见到，非常惊讶，以为我们之间发生重大的事故。因为我们两人的脸有些地方抓破了，有些地方还是浮肿，我们自己互相望到也要发笑。

到后还是我来为我们的朋友把事情说明，豆腐老板才清楚这原委。我告诉他说，我恍惚记忆得到我说了许多实话，我还骂他是一只瘸脚公狗，到后，不知为什么两人就揉在一处了。幸好是两人皆醉了，两个醉人手脚都无无力，毫不落实，虽然行动激烈，却不至于打破头。

这时那个姑娘走出门来，站在她的大门前，两只白狗非常谄媚的在女人身边跳跃，绕着女人打圈，又伸出红红的舌头舔女人的小手。

我们暂时都不说话了，三个人望到对面。后来那女人似乎也注意到我们两人脸上有些蹊跷，完全不同往日了，她望到我们微笑；她似乎毫不害怕我们，也毫不疑心我们对她有所不利。可是，那微笑，竟又俨然像知道我们昨晚上的胡闹，究竟是为了一些什么理由。

我那时简直非常忧郁，因为这个小姑娘竟全不以我们为意，在那小小的心里，说不定还以为我们是为了赚一点钱，同这豆腐老板合股做生意，所以每天才来到这里的。我望了一下那号兵，他的样子也似乎极其忧郁，因为他那只瘸腿是早已为人家所知道了的，他的样子比我又坏了一点，所以我断定他这时心上是很难受的。

至于豆腐老板呢，我不知道他是有意还是无意，这时节正露着强健如铁的一双臂膊，扳着那石磨，检察石磨的中轴有无损坏。这事情似乎第三次了。另一回，也是在这类机会发现时，这年青诚实单纯的男子，也如今天一样检察他的石磨。

我想问他却没有开口的机会。

不到一会儿，人已经消失到那两扇绿色贴金的二门里不见了。如一颗星，如一道虹，一瞬之间即消逝了。留在各人心灵上的是一个光明的符号。我刚要对着我的瘸腿朋友作一个会心的微笑，我那朋友忽然说：

“义哥，哥哥，你昨晚上骂得我很对，骂得我很对！我们是猪狗！我们是阴沟里的蛤蟆！……”

因为号兵那惨沮样子，我反而觉得要找寻一些话语，安慰这个不幸的废人了。我说：

“不要这样说吧，这不是男子应说的话，我们有我们的志气，凭这志气凡事都无有不可以做到。我们要做总统，做将军，一个女人，算不了什么希奇。”

号兵说：“我不打量做总统，因为那个事情太难办到。我只要做一个人，……”

“谁不许你做人？你脚将来会想法子弄好的，你还可以望连长保荐到干部学校去念书。你可以同他们许多学生一样，凭本领挣到你的位置。”

“我是比狗都不如的东西。我这时想，如果我的脚好了，我要去要求连长补正兵的名额。我要成天去操坪锻炼……”

“慢慢的自然可以做到，”我转头向豆腐老板望着，因为这年青人已经把石磨安置妥当，又在摇动着长木推手了，“我们活下来同推磨一样，你的意思以为怎么样？”

这汉子，对于我说的话好像以为同我的身分不大相称，也不大同他的生活相合，还是同别一时节别一事情那样向我微笑。

我明白了，我们三个人同样的爱上了这个女子。

十月十四，我被派到七十里外总部去送一件公文，另外还有些别的工作，在 ×× 候信住了一天，路上来回消磨了两天。

回到本城，把回文送过团部，销了差，正因为这一次出差，得了六块钱奖赏，非常快乐，预备回连上去打听是不是有人返乡，好把钱寄四块回去办冬天的腊肉。回连上见到瘸子，我还不能开口说出我的欢喜，那号兵就说：

“那个女人死了！”

这是什么话？难道我的耳朵，是准备受人来这样戏弄取乐的么？这些不合人情的谰言，这些无道理的谎话，我还应当有一种义务去相信么？

可是，我一面从容俯下去脱换我的草鞋。瘸子站在我面前，又说了一些话，使我不得不认真了。我听清楚这话的意义了，我忽然立起，简直可说是非常粗暴的揪着了这人的领部，大声的问这事真伪。到后他要我用耳朵听听，因为这时节远处正有一个人家办丧事敲锣打鼓，一个唢呐非常凄凉的颤动着吹出那高音。我一只脚光了脚板，一只脚还笼在湿草鞋里，就拖了瘸子出门。我们几乎是用救火的速度向豆腐铺跑去，也不管号兵的跛脚，也不管路人的注意。但没有走到，我已知道那唢呐锣鼓声音，便是由那豆腐铺对面人家传出。我全身皆在发寒，我的头脑好像被谁重重的打击了一下，耳朵发哄哄的声音，眼睛起了无数金光……

到后我能静静的坐在那豆腐铺的长凳上了。我能接过了朋友给我的一碗热豆浆吃下了。我望到对面，这个人家大门前，凭空多了许多人，门前挂了丧事中的白布，许多小孩子头上缠了白包头，在门外购买东西吃。我还看到那大鱼缸边，有人躬身用长铗焚着银锭，火光熊熊向上直冒，纸灰飞得很高，才为二门上的白布帘所遮掩，无从见到了。

我知道这些事情都是真实，就全身拘挛，然而笑了。

我看看那豆腐老板，这个人这时却不如往天那样乐观，显然也受了一种打击，有点支持不住了。他作为没有见到我的样子，回过脸去。我又看号兵，号兵却做出一种讨人厌烦的样子。不知道为什么我这时真有点厌烦这跛脚的人，只想打他一拳，可是我到底没有做过这种蠢事。

到后我问，才知道这女子是昨天吞金死的。为什么吞金，同些什么人有关系，我们当时一点也不明白，直到如今也仍然无法明白。许多人是这样死去，活着的人毫不觉得奇怪的。女人一死，我们各人皆觉得损失了一种东西，但先前不会说到，却到这时才敢把这东西的名字提出。我们先是很忧郁的说及，说到后来大家都笑了，分手时，我们简直互相要欢喜到相打了。

为什么使我们这样快乐可说不分明。似乎各人皆知道女人正像一个花盆，不是自己分内的东西；这花盆一碎，先是免不了有小小惆怅，然而当大家讨论到许多花盆被一些混账东西长久占据，凡是花盆终不免为权势所独占，这花盆却碎到地下，我们自然而然又似乎得到一点放心了。

可是，回到营里，我们是很难受的。从此我们生活破坏无余了。从此再也不会为一些事心跳，在一些梦上发痴了。我们的生活，将永远有一个缺口，一处补丁，再也不是完全的生活了。

其实这样女人活在世界上同死去，对于我们有什么关系？假使人还是好好的活下，开差移防的命令一到，我们还有什么希望可言？我们即或驻扎到这里再久，一个跛脚的号兵，一个什长，这两个宝贝，还有什么机会，能够使我们同那两只狗认识以外，有何种伟大企图？

第二天，两人很早的就起来，互相坐在铺上对望，沉默不能言语。各人皆似乎在努力想把自己安置到空阔处去，不再为过去的记忆围困。各人皆要生气，却不知道为什么忽然脾气就坏到这样子。

“为什么眼睛有点发肿？你这个傻瓜！”

号兵因为我嘲笑他，却不取反攻姿势，只非常可怜的望到我。

我说：“难道人家死了，你还要去做孝子么？”

他还是那样，似乎想用沉默作一种良心的雄辩，使我对于他的行为引起注意。

我了解这点，但是却不放弃我嘲骂他的权利。

末了他只轻轻的问我：“是不是死了的人还会复活？”因这一句痴话我又说了他一顿。

两人到豆腐铺时，却见对面铺门极其冷清，我们的朋友，那个年青老板，人坐在长凳上，用手扶了头，人家来买豆腐时，就请主顾自己用钢刀铲取板上的豆腐。见我们来了，他有了一点生气，好像是遮掩自己的伤痕，仍然对我们微笑着。他的笑，还是说明他的健康与善良的人格。

“为什么？”

“埋了，埋了，一早就埋了！”

“早上就埋了么？”

“天还不大亮就出门了的。”

“你有了些什么事情，这样不快乐？”

“我什么也不。”

他说了后，忙着为我们去取碗盏，预备盛豆浆给我们吃。

坐在那豆腐铺子里望着对面的铺子，心中总像十分凄凉，我同号兵坐了一会儿，就离开这个豆腐铺子，走向一个本地妇人处打牌去了。我们从那里探听得这女人所埋葬的地点，在离城两里的鲢鱼庄上。

不知为什么我一望到那号兵忧郁样子，就使我生气要打他骂他。好像这个人的不欢样子，侮辱到我对那小姑娘的倾心一样。好像他这样子，简直是在侮辱我。我实在不愿意再同他坐在一个桌上打牌了，我自走回连上，躺到草垫上睡了。

这夜里朋友竟没有回到连上来。他曾告我不想回连上去睡，我知道他一定在那妇人处过夜了，也不觉得希奇。第二天，我还是不愿意出门，仍然静静的躺在床上。到下午来我的头有点发烧，全身也像害了病，心中又不甚想进饮食。我在连上吃过一点草药，因为必须蒙头取汗，到全身被汗水透湿人醒来时，天气已经夜了。

我起身到大殿后面去小便，正是雨后放晴，夕阳斜挂屋角，留下一片黄色。天空一角白云，为落日烘成五彩。望到这个暮景，望到一片在人家屋上淡淡的炊烟，听到鸡声同狗声，听到军营中喇叭声音，我想起了我们初来此地那一天发生的一切事情。我想起我这个朋友的命运，以及我们生活的种种，很有点怅惘。我有一个疑问的弧号隐藏在心上，对于人生，我的思想自然还可以说是单纯而不复杂。

我到后仍然回去睡了，不想吃饭，不想说话，不想思索。我仍然睡下去不知道有多久时间，只是把棉被蒙了头颅，隐隐约约听到在楼上兵士打牌吵闹的声音，迷迷糊糊见过许多人，又像是我们已经开了差，已经上了路，已经到了地。过去的事重复侵入我的记忆，使我重新看见号兵跌倒时的神气。醒回时好像有人坐在我的身边。把被丢去，才知道灯已熄灭了，只靠着正殿上的大油灯余光，照得出有一个人影，坐在我身边不动。

“瘸子，是你吗？”

“是我。”

“为什么这时节才回来？”

他把脸藏在黑暗里，没有作声。我因为睡了许久，出了两次汗，头昏昏的，这时候究竟已经是什么时候，也依然不很分明，就问他这是什么时候。他还是好像不曾听到我的话样子，毫无动静。

过了一会，他才说：“义哥，放哨的差一点一枪把我打死了。”

“你不知道口令么？”

“我哪里会知道口令？”

“难道已经是十二点过了么？”

“我不知道。”

“你今天到些什么地方去，这时才回来？”

他又不作声了。我看见放在米桶上兵士们为我预备的一个美孚灯，灯头弄得很小，还可以使它光亮，就要他捻一下灯。他先是并不动手，我第二次又请他做这件事。

灯光大了一点，我才望到这号兵，全身黄泥，极其狼狈。脸上正如刚才不久同人殴打过样子，许多部分都牵制着显著受伤的痕迹。我奇异而又惊讶，望到这朋友，不知道如何问他这一天来究竟到过些什么地方，做了些什么事情。我的头脑这时也实在还是有点糊涂，因为先一时在迷糊中我还梦到他从石狮上滚下地的情形，所以这时还仿佛只是一个梦。

他轻轻的轻轻的说：“义哥，哥哥，那坟不知道被谁挖掘了。”

“谁的坟呢。”

“好像是才挖掘不久的，我看得很清楚。”他的话，带着顽固神气，使我疑心他已经发了狂。

“我说，你讲什么人的坟？在什么地方，为什么你又知道？”

“为什么我又不知道吗？我听人说埋在那里，我要去看看。我昨天到过一次，还是很好的。我今天晚上又去，我很分明记到那一条路，那座坟，不知道已经被谁挖了。”

如不是我有点发狂，一定就是我这个朋友发了狂。我明白他所指的坟是谁埋葬在那里了。我像一个疯人，就跳了起来，“你到过她的坟上么？你到过她的坟上么？”

这朋友，却毫不惊讶，静静的幽悄的说，“是的！我到过她的坟上，昨天到过，今天又到过。我不是想做坏事的人！我可以赌咒，天王在上，我并不带了什么家伙去。我昨晚上还看到那个土堆，今天晚上变了。我可以赌咒，看到的是昨晚那座坟，完全不是原来样子。不知谁做了这样事情，不知谁把她从棺木里掏出，背走了。”

我听到这个吓人的报告，却忽然想起一个人来了。但我并不说出口，因为这个人还只在我的心上一闪，就又即刻消失了。我起了一个疑问，以为是这个女子复活，因为重新生回，所以从棺木中挣扎奔出，这时节或者已经跑回家中同她的爹爹妈妈说话了。我疑心她是假死，所以草草的埋葬，到后另外一个人就又把她掘出，把她救走了。我又疑心这事一定在我这个朋友有了错误，因为神经错乱，忘记了方向和地位，第一次同第二次并不是在同一地方，所以才会发生这种误会，我用许多空想去解释，以为这件事并不完全真实。

后来我问他为什么要到坟边去。他很虚怯，以为我疑心这事他一定已经知道，或者至少事后知道这主谋人是谁，他一连发了七种誓言，要求各样天神作证，分辩他并无劫取女尸的意思。他只是解释他并不预先带有何种铁器作掘墓的人犯。他极力分辩他的行为。他把话说完了，望见我非常阴沉，眼睛里含有一种疑惧神色，如果我当时还不能表示对他的信托，他一定可以发狂把我扼死。

我的病已完全吓走了，我计算应当如何安置这个行将疯狂的朋友。我用许多别的话为他解说，且找出许多荒唐故事安慰这个破碎的心灵。说到后来这人忽然哭了。他的血慢慢的冷静，一切兴奋过去后，非常悲哀的哭了。他担心惊吵了外面铺上的别人，只是抽咽。他告给我他实在也有过这种设想，因为听人说吞金死去了的人，如果不过七天，只要得到男子的偎抱，便可以重新复活。他又告我，第一天他还只是想象他到了坟边，听得到有呼救声音，便来作一次侠义事，从墓中把人救出。第二天，他因为听到这个话，才到那里去，预备不必有呼救声音，也把女人掘出。可是到了那里坟头已经完全变了样子，棺盖掀在一旁，一个空棺张着大口等候吃人。他曾跳进棺里去看过，除了几件衣服以外什么也不见。一定是有人在稍前一些时候做了这事情，一定把坟掘开，这人便把女子的尸身背走了。

他已经不再请天神作他的伪证了。他诚实而又巨细无遗的同我说到过去一切，我听完了他这些话，找不出任何话来安慰他了。我对于这件事还是不甚相信；我还是在心中打量，以为这事情一定是各人都身在梦中。我以为即或不是完全的梦，到了明天早上，这号兵也一定要追悔今晚所说的话语，因为这种欲望谁也无从禁止，行诸事实仍然不近人情。

他因为追悔他的行为，把我杀死灭口也做得出。我这样想着，不免有所预防，可是，这个人现在软弱得如一个妇人，他除了忏悔什么也不能做了。我们有一个问题梗到心上来了，就是我们此后对于这件事应当如何处置。是不是要去禀告一声，还是尽那个哑谜延长？两人商量了一会，靠着简单的理智，认为这发现我们无权利去过问，且等天明到豆腐铺看看。走了许多夜路的号兵，一双瘸腿已经十分疲倦了，回来又谈了许久，所以到后就睡了。我是大白天睡了一整天的人，这时无论如何也不能再睡了，望到这个残废苦闷的脸，肮脏的身，我把灯熄了，坐到这朋友身边，等候天明。

到豆腐铺时间已经不早了，却不见那年青老板开门。昨晚上我所想起的那件事，重新在我心上一闪。门是向外反锁，分明不是晏起，或在家中发生何等事故了。我的想象或将成为事实，我有点害怕，拉了号兵跑回连上，把这估计告给了那起过非凡野心的他。他不甚相信事情一定就是这样子，一个人又跑出了许久，回来时，脸色哑白，说他已经探听了别一个人家，知道那老板的确是昨天晚上就离开了他的铺子的。

我们有三天不敢出去，到后有人在营里传说一件新闻，这新闻生着无形的翅翼，即刻就全营皆知了。“商会会长女儿新坟刚埋好就被人抛掘，尸骸为人盗去。”另外一个新闻，却是“这少女尸骸有人在去坟墓半里的石峒里发现，赤光着个身子睡在洞中石床上，地下身上各处撒满了蓝色野菊。”

这个消息加上人类无知的枝节，便离去了猥亵转成神奇。

我们给这消息愣住了。

从此以后我们再也不能到那豆腐铺里去，坐在长凳上，喝那年青朋友做成的豆浆，再也不曾见到这个年青诚实的朋友了。至于我那个瘸子同乡，他现在还是第四十七连的号兵，他还是跛脚，但他从不同人说到过这件事情。他是不曾犯罪的，但别一个人的行为，却使他一生悒郁寡欢。至于我,还有什么意见没有？我现在已经有了三个儿子，连长缺出，便应轮到我了。我实在有点忧郁，有点不能同年青人合伴的脾气，因为我常常要记起那些过去事情。

十九年八月廿四日

图书在版编目（CIP）数据

爱是半开的花朵 / 沈从文著 . —南京 ：江苏凤凰文艺出版社，2019.4
ISBN 978-7-5594-3227-8

Ⅰ . ①爱… Ⅱ . ①沈… Ⅲ . ①短篇小说—小说集—中国—现代 Ⅳ . ①I246.7

中国版本图书馆 CIP 数据核字（2019）第 012395 号

书　　名	爱是半开的花朵
著　　者	沈从文
责任编辑	王　青
出版发行	江苏凤凰文艺出版社
出版社地址	南京市中央路 165 号，邮编：210009
出版社网址	http://www.jswenyi.com
印　　刷	三河市嘉科万达彩色印刷有限公司
开　　本	880 × 1230 毫米 1/32
印　　张	10.5
字　　数	262 千字
版　　次	2019 年 4 月第 1 版　2019 年 4 月第 1 次印刷
标准书号	ISBN 978-7-5594-3227-8
定　　价	56.80 元

（江苏凤凰文艺版图书凡印刷、装订错误可随时向承印厂调换）